人文艺术通识丛书
编写委员会

主　任：刘伟冬
副主任：谢建明　詹和平
委　员：沈义贞　夏燕靖　李立新　范晓峰　邬烈炎
　　　　顾　平　吕少卿　孙　为　王晓俊　费　泳
　　　　殷荷芳
秘　书：殷荷芳（兼）

张仲谋 著

宋词之美

The Beauty of Song Lyrics

人文艺术通识丛书

General Studies in Humanities and Arts

北京大学出版社
PEKING UNIVERSITY PRESS

图书在版编目（CIP）数据

宋词之美 / 张仲谋著. —北京：北京大学出版社，2021.3
（人文艺术通识丛书）
ISBN 978-7-301-31970-3

Ⅰ. ①宋… Ⅱ. ①张… Ⅲ. ①宋词—诗歌欣赏 Ⅳ. ①I207.23

中国版本图书馆CIP数据核字（2021）第014120号

书　　名	宋词之美 SONG CI ZHI MEI
著作责任者	张仲谋　著
责任编辑	张晗　郑子欣
标准书号	ISBN 978-7-301-31970-3
出版发行	北京大学出版社
地　　址	北京市海淀区成府路205号　100871
网　　址	http://www.pup.cn　新浪微博：@北京大学出版社
电子信箱	pkuwsz@126.com
电　　话	邮购部 010-62752015　发行部 010-62750672　编辑部 010-62752022
印　刷　者	北京九天鸿程印刷有限责任公司
经　销　者	新华书店
	720毫米×1020毫米　16开本　14.75印张　230千字 2021年3月第1版　2021年3月第1次印刷
定　　价	68.00元

未经许可，不得以任何方式复制或抄袭本书之部分或全部内容。
版权所有，侵权必究
举报电话：010-62752024　电子信箱：fd@pup.pku.edu.cn
图书如有印装质量问题，请与出版部联系，电话：010-62756370

目 录

丛书序　　　／1

绪论　　　／3
词的艺术个性与审美特质

第一章　　　／18
节奏之美
　　第一节　长短句错落　／19
　　第二节　奇偶音节错落　／35
　　第三节　韵位错落　／45

第二章　　　／60
阴柔之美
　　第一节　审美历程　／61
　　第二节　词为艳科　／72
　　第三节　美女与爱情　／85
　　第四节　檀郎与谢娘　／104

第三章　　　／123
绮怨之美
　　第一节　何谓绮怨　／125
　　第二节　绮怨主题　／137
　　第三节　绮怨意象　／164

第四章　　　／181
婉约之美
　　第一节　婉约与豪放　／182
　　第二节　婉约技法举要　／192
　　第三节　婉约修辞　／218

延伸阅读书目　　　／230

丛书序

通识教育（Liberal Study 或 General Education）最初是针对大学教育中知识过于专门化的境况而设立的一种全科性的知识传授体系。它涉及范围广泛，涵盖了人文科学、社会科学和自然科学等领域。通识教育常常通过学校课程来实现，因此，通识课程也就成为这一教育体系中的重中之重。通识课程的内容极为丰富，包括了文学、历史、哲学、艺术、宗教、经济、法律、政治、社会、科学等方方面面，像牛津大学为通识教育编撰、出版的通识读本就有六百多种，其中不仅有一般性的知识读本，如《大众经济学》《时间的历史》《畅销书》等，也包括大量的人物传记，如《卡夫卡》《康德》《达尔文》等。许多欧美大学也把通识课程列为必修科目，哈佛大学为其所设定的核心课程就涉及外国文化、历史、文学与艺术、道德修养与社会分析等六个领域，而且要求学生在这些课程中所修的学分达到毕业要求的四分之一。

如上所述，创立通识教育的最初目的就是为了避免知识过于专门化，因为各种知识间的相互割裂，很容易造成知识的单向度发展，进而也使人变得缺乏变通与融合的能力；单一的线性知识积累容易使人变得狭隘和固执，而没有相互比较，便很难生发出一种创新的能力和反思的精神。事实上，一个没有变通与融合能力的人，一个狭隘、固执而不够开放、不会创新与反思的人，是很难融于社会、与时俱进的。而通识教育的出发点正是要培养人的社会责任感和人生价值观，是一种不直接以职业规划为目的的全领域教育。它的终极目标就是要培养出一种具有创新能力、反思精神、完备知识、健全人格以及具有职业之本的完整的人。他能够随着社会的变化而自我改造，随着社会的发展而自我完善。当然，要真正实现这个目标，单靠大学的通识教育乃至大学的整个教育是很难做到的，应该说，家庭教育和社会教育也是不可或缺的重要因素，但通识教育终归把这个问题清晰明确地提了出来并提供了一些有效的路径和方法。爱因斯坦曾经说过，所谓教育就是把在学校所学全部忘光之后剩下的那些东西。这位科学巨人的话语似乎有点绝对，但仔细分析却也不无道理。知识会被遗忘，技能也会生疏，专业可转行，唯独人的道德感和责任感不会随着时间的流逝而被轻易地丢弃，或许这就是教育的真正意义所在。

其实对"通识"的认知我国古人早已有之，明末科学家徐光启就提出过"欲求超胜，必先会通"的主张。在我国近现代的大学教育实践中，蔡元培先生在北京大学所倡导的"兼容并蓄"的治学理念从某种意义上来说也是对通识教育的一种诉求。而现在的北京大学在通识教育方面更是全国高校的领头羊，它所开设的通识课程和出版的通识教材不仅涉及面广、水平高，而且也符合中国的国情，能满足中国学生的知识需求，已经成为这个领域高质量的标杆。南京艺术学院作为一个百年艺术院校，一直秉承蔡元培先生为学校题写的"闳约深美"的学训理念，以"不息的变动"的办学精神努力推动教学事业的高质量发展，在学科建设、人才培养以及艺术创作等方面均取得了令人瞩目的成绩。进入新时代，学校更是把"立德树人"作为根本任务，努力培养德、智、体、美、劳全面发展的社会主义建设者和接班人。通识教育无疑也是实现这一目标的重要路径和坚实平台，故学校以优势的艺术学科为依托、以深厚的学术积淀为基础、以优秀的专业老师为骨干，组织策划了一套视野开阔、内容丰富、观点新颖、叙述生动的人文艺术类通识教材。真切地希望能通过讲述人文艺术的故事，来丰富我们的知识，培养我们的品德，美化我们的人生。

是为序。

刘伟冬（南京艺术学院院长）
2020 年 9 月

绪论 词的艺术个性与审美特质

近代学者王国维《宋元戏曲史序》云："凡一代有一代之文学：楚之骚，汉之赋，六朝之骈语，唐之诗，宋之词，元之曲，皆所谓一代之文学，而后世莫能继焉者也。"[1]这种文学史观并非王国维首创，却以他的影响为最大。"一代有一代之文学"命题的正面，是说一代有一代的文学代表样式，而另一面是说每一种文学样式只可能有一次青春期或鼎盛期。历元、明、清以来，唐诗、宋词、元曲的说法早已约定俗成，也确立了词之一体在宋代文学中的突出地位。即使从现代读者的视角来看，词也仍然是一种能赢得广大读者青睐的文学样式。可能有人以为楚辞艰涩难读，有人不喜欢汉赋夸张堆砌，有人不喜欢元曲的"蒜酪气"或"蛤蜊风味"，甚至有人不喜欢《红楼梦》的家常琐屑，可是大多数人不会不喜欢宋词。在大学校园内开展的关于"大学生必读书"的问卷调查中，《唐诗选》和《宋词选》等书都是高居榜首的。

一

在中国古代的文体系统中，作为韵文形式之一的词，有着独特的表现功能和审美特质。中国古代文学的文体系统是一个天然形成的有机体，它对应着中华民族的精神、心理、性格、气质而次第生成并逐渐丰满，同时也是中华民族生存姿态与审美情趣的重要载体。就某一种具体文体来说，它的出现应是因为有某种情志需要表达，而且只有用这种文体才能更好地表达出来。这种独特的表现功能是该文体产生的前提和存在的理由。以词而言，在唐代以前，中国文学已经形成了较为丰富的文体系统。章学诚说"后世之文，其

---

[1]王国维：《宋元戏曲史》，上海古籍出版社2008年版，第1页。

体皆备于战国"[1]。刘师培说"文章各体，至东汉而大备"[2]。这些说法或许不无夸张，但至少可以说明那时的文体已经比较丰富了。再晚一些，到了陆机作《文赋》、挚虞写《文章流别论》，或是刘勰完成《文心雕龙》的时候，所提到的文体就更加丰富，颇让人眼前缭乱了。可是词这种独特的韵文形式还是姗姗来迟，直到唐代才应运而生，在宋代走向极致。耐人寻味的是，唐之前无词，人们似乎并没有感到缺憾。当然，那时有《诗经》，有楚辞，有汉魏六朝乐府，它们和词一样都是音乐文学。而在宋代及以后的人看来，在中国文学史或者说是在中华民族的审美表现系统里，假如缺少了词这种文体，该是多么大的遗憾与损失。

有些人为了推尊词体，很努力或是很虔诚地强调诗词同源，诗词一理。如清初徐士俊为徐喈凤所作《荫绿轩词序》云："词与诗虽体格不同，其为摅写性情，标举景物一也。"[3]他的意思是说，词与诗的文体区别只在体格形式上，其表现功能是一样的。事实上这是绝对不可能的。词与诗如果功能相同，词这种文体压根儿就不会产生，因为没有产生的必要。又如刘熙载《艺概·词概》云："东坡词颇似老杜诗，以其无意不可入，无事不可言也。"[4]这恐怕也只能理解为东坡词的题材领域较为开阔而已，若是真的"无意不可入，无事不可言"，则只能是杂体文，连诗也不是。任何文体都有一定的题材限制，韵文中个性很强的词也不可能像这样包容与谐俗。老杜以文为诗，东坡以诗为词，均有过犹不及之处，不过以其才学功力过人，所以成为特色而不是缺点，但他人仿之，易流入偏至过火一路。刘熙载又云："齐梁小赋，唐末小诗，五代小词，虽小却好，虽好却小。"[5]可谓谈言微中。"虽小却好，虽好却小"八个字，把他那种爱赏不置而又不无遗憾的心态传达得十分准确

---

[1] 章学诚：《文史通义》，上海古籍出版社 2015 年版，第 18 页。
[2] 刘师培：《中国中古文学史》，人民文学出版社 1959 年版，第 23 页。
[3] 徐士俊：《荫绿轩词序》，收于冯乾编校：《清词序跋汇编》，凤凰出版社 2013 年版，第 116 页。
[4] 刘熙载：《词概》，收于唐圭璋辑：《词话丛编》，中华书局 1986 年版，第 3690 页。
[5] 同上，第 3710 页。

而传神。事实上词也正因其小而能成其好，即因其专一而成就其擅场。清人意欲推尊词体，以诗教律词，讲"沉郁顿挫"，讲"重拙大"，其初衷未尝不佳，却导致词体个性的消解，就是因为不明白"虽小却好"、大则未必佳的道理。

二

本书的主要目标是探讨词的审美特质，也就是词的艺术个性。所采用的基本方法是比较诗词异同，因为词和散文、戏曲、小说等文体较少有可比性。

古人也有诗词异同之辨，但往往流于玄虚。如晚明沈际飞《草堂诗余正集》评说李璟《摊破浣溪沙》"细雨梦回鸡塞远，小楼吹彻玉笙寒""青鸟不传云外信，芭蕉空结雨中愁"以及晏殊《浣溪沙》"无可奈何花落去，似曾相识燕归来"，此六句，"律诗俊语也，然自是天成一段词，著诗不得"[1]。按《摊破浣溪沙》和《浣溪沙》下片的前二句均为对偶句，所以沈际飞说这六句像是律诗中俊语，但是细品其神理意味，仍是词而不是诗。清初王士禛《花草蒙拾》曰："或问诗词、词曲分界，予曰：'无可奈何花落去，似曾相识燕归来'，定非香奁诗。'良辰美景奈何天，赏心乐事谁家院'，定非草堂词也。"[2]按"无可奈何"二句出于晏殊《浣溪沙》，"良辰美景"二句出于汤显祖的名剧《牡丹亭》。王士禛的意思是说，尽管韩偓的诗集《香奁集》风格靡丽，《草堂诗余》中的有些词与曲相去不远，但像晏殊的"无可奈何花落去，似曾相识燕归来"，仍然是词而不是诗；像《牡丹

---

[1] 转引自上彊村民编，唐圭璋笺注：《宋词三百首笺注》，上海古籍出版社1996年版，第14页。
[2] 王士禛：《花草蒙拾》，收于唐圭璋辑：《词话丛编》，中华书局1986年版，第686页。

亭》中的"良辰美景奈何天,赏心乐事谁家院",也仍然是曲而非词。沈际飞与王士禛等人都是诗词鉴赏的专家,他们的说法是建立在大量阅读与审美积淀基础上的,当然都有一定道理。也许在诗词圈子里的人听到便会心一笑,但对于现代读者来说,这样的说法还是不免玄虚。有鉴于此,本书探讨词的审美特质,谈节奏之美、阴柔之美、绮怨之美、婉约之美,皆力求落到实处。

关于词的节奏之美,笔者认为,词在节奏形式方面的进化或变革,很大程度上来自其音乐文学的属性。词所展现出来的全新的节奏类型,从根本上来说是出于音乐的塑造,而不是像沈约等人悟得"浮声""切响"而创造出近体诗那样,是诗人们持续努力之所得。词在节奏形式方面的诸多特点,不是文人单凭想象或悟性所能创造出来的,而是词人"按谱填词"和"依曲定体"的结果。词与诗的节奏之别,主要体现在长短句错落、奇偶音节错落、韵位错落三个方面。"长短句错落"是词最外在的形式特征,但是单纯的"长短句错落"并不足以揭示词的节奏特点。从原始歌谣的二言体,到《诗经》的四言体,都是以双音节收尾的;而从汉末形成的五言诗,到后来次第生成的五、七言近体诗,都是以单音节收尾的。单音节收尾的诗体从汉末到唐代一直占据抒情达意的韵文形式的主流;只有到了唐代,随着词体的产生,奇偶音节错落的节奏类型才重新与单音节收尾的节奏类型分庭抗礼,与楚辞时隔千年遥相呼应。从押韵方面来看,诗的韵位是均匀、固定、统一的,即不管古体、近体,不管五言、七言,都以偶句押韵为基础。而词在押韵方面则展示出极大的丰富性。现存的八百多种词调,虽然不能说每一种词调都是一种独立的押韵方式,但其韵式的丰富与韵位的变化组合,是一般的古近体诗所不可比拟的。

关于词的阴柔之美,本书认为,在中华民族审美意识发展史上,在中国古代的各种文艺形式中,词之一体正是阴柔美的最佳载体形式。其他文体都是阳刚、阴柔并举,独有词这种文体以阴柔之美为本色当行,视豪放为变格别调。郑骞先生认为,词体文学阴柔之美的形成,主要是因为词的繁盛时代在两宋,而宋代文化正以阴柔为特色。但从词体发展的内因来说,词体阴柔之美特色的形成,主要是由两种因素决定的,一是女性角色的主体地位,即清代先著、程洪《词洁》所谓"词之初起,事不出于闺帷"[1];二是女性演唱的传播方式,即张炎《词源》所谓"声出莺吭燕舌间,稍近乎情可也"[2]。自古以来,没有哪一种文体像词这样,几乎是专为女性而生,专以描写与展示女性之美为职志的。在中国文学史上,如此大张旗鼓、不假掩饰、理直气壮、名正言顺地描摹女性,歌咏爱情,仅在宫体诗中出现过,而宫体只是诗这一文体中的一种题材类型。天底下最大的阴阳之别就是男女,最细美幽约的柔情就是爱情。词的阴柔之美,首先表现在女性与爱情的书写上。

关于词的绮怨之美,笔者认为,所谓绮怨,就是美丽的感伤。唐宋词中多感伤之作。惜流光、思华年、伤春伤别、美人迟暮、众芳芜秽、流连光景、惆怅自怜,这些都是词中常见的主题与情调。与这些主题相伴的绮怨,乃是一种其他文体所不具备的独特的美感,就常见的伤春、伤别两大主题来说,词自有特色。诗中也有感伤,但中唐之前,诗坛上流行的是悲秋主题,而到了晚唐时期,悲秋主题淡出,伤春主题则骎骎然日盛。李商隐《杜司勋》绝句云:"刻意伤春复伤别,人间唯有杜司勋。"实际上李商隐自己的诗集中也处处弥漫着伤春情调。在他诗中,有词心,有词境,只是没用词调,没写成长短句而已。词这样一种长于绮怨的韵文形式,不早不迟,恰恰在晚唐时期独放异彩,正表明它是适逢其会、应运而生的时代产物。伤别主题古已有之,但宋词中的伤别之作亦自有特色,其一是赠别怀思的对象不同。前代诗文中所写的离别场景,大都是同性友人之间的分别;而宋词中离别的对

---

[1] 先著、程洪撰,胡念贻辑:《词洁辑评》,收于唐圭璋辑:《词话丛编》,中华书局1986年版,第1347页。
[2] 张炎:《词源》,收于唐圭璋辑:《词话丛编》,中华书局1986年版,第263页。

象，不再是同性友人，而是异性恋人。其二是感情的色泽质地不同。同性友人之间的感情，无论多么真挚深厚，总不如异性恋人之间的感情来得缠绵幽怨，别具姿媚。

关于词的婉约之美，笔者认为，婉约作为文学作品的一种风格，本来并不是词所特有的。但对诗文而言，婉约只是众多风格中的一种，且没有主次之分；而对词来说，随着《花间集》的编定与传播，婉约就成为大众认可的词的基本风格，进而凝定为词的传统与底色。李之仪《跋吴思道小词》称词"自有一种风格，稍不如格，便觉龃龉"[1]，指的就是婉约风格。宋代人所讲的婉约与豪放，说的是风格而不是流派。现在流行的婉约与豪放两大流派的概念，是明代以后才逐步形成的，在宋代并不存在两派并称的说法。关于婉约与豪放词的评价，我们主张可以分正变，而不可据此论优劣。婉约词自是正宗，豪放词可称别调，但这并不影响对苏、辛为首的豪放词派的肯定性评价。讲正变是立足词史发展的事实判断，论优劣则是文本审美评价的价值判断。两者不是一回事。

三

晚唐五代词是词史发展的第一阶段，含蓄蕴藉，如花初胎，属于词体发展的豆蔻年华。五代时赵崇祚编选的《花间集》是第一部文人词集，在词的发展史上具有里程碑意义。当人们肯定某人的词本色当行时，或者如陈师道讥评东坡词"虽极天下之工，要非本色"[2]时，人们心目中词的本色或正宗大都有《花间集》的影子。本书在论述或举例时数典追宗，上溯晚唐五代，

---

[1] 曾枣庄主编：《宋代序跋全编》，齐鲁书社2015年版，第3264页。
[2] 陈师道：《后山诗话》，收于何文焕辑：《历代诗话》，中华书局1981年版，第309页。

即是出于这方面的考虑。

词之分两宋,犹诗之分唐宋。钱锺书先生《谈艺录》指出:"唐诗、宋诗,亦非仅朝代之别,乃体格性分之殊。天下有两种人,斯分两种诗。唐诗多以丰神情韵擅长,宋诗多以筋骨思理见胜。……夫人禀性,各有偏至。发为声诗,高明者近唐,沉潜者近宋,有不期而然者。故自宋以来,历元、明、清,才人辈出,而所作不能出唐宋之范围,皆可分唐宋之畛域。唐以前之汉、魏、六朝,虽浑而未划,蕴而不发,亦未尝不可以此例之。"[1]这就是说,唐诗与宋诗,不仅仅是指两个朝代的诗,或一般意义上的两种创作风格,而是中国诗史上的两大创作范式。至于唐宋诗的风格异同,缪钺先生《论宋诗》一文中有精彩论述,其文曰:

> 唐宋诗之异点,先粗略论之。唐诗以韵胜,故浑雅,而贵酝藉空灵;宋诗以意胜,故精能,而贵深折透辟。唐诗之美在情辞,故丰腴;宋诗之美在气骨,故瘦劲。唐诗如芍药海棠,秾华繁采;宋诗如寒梅秋菊,幽韵冷香。唐诗如啖荔枝,一颗入口,则甘芳盈颊;宋诗如食橄榄,初觉生涩,而回味隽永。譬诸修园林,唐诗则如叠石凿池,筑亭辟馆;宋诗则如亭馆之中,饰以绮疏雕槛,水石之侧,植以异卉名葩。譬诸游山水,唐诗则如高峰远望,意气浩然;宋诗则如曲涧寻幽,情境冷峭。唐诗之弊为肤廓平滑,宋诗之弊为生涩枯淡。虽唐诗之中,亦有下开宋派者,宋诗之中,亦有酷肖唐人者;然论其大较,固如此矣。[2]

由诗分唐宋到词分两宋,我们觉得缪钺先生关于唐宋诗的比较观,稍加改

---

[1] 钱锺书:《谈艺录(补订本)》,中华书局1984年版,第2—3页。
[2] 缪钺:《论宋诗》,收于缪钺:《诗词散论》,上海古籍出版社1982年版,第36—37页。

造，即可移用来评价两宋词。也就是说，北宋词与南宋词的比照情形，正犹如唐诗与宋诗的比照。北宋词尚自然，故生香真色，神韵悠然；南宋词重人工，故惨淡经营，穷极工巧。北宋词以体态韵致胜，故浑雅而贵蕴藉空灵；南宋词以意格气骨胜，故精能而贵深折透辟。北宋词之弊为软媚甜俗，南宋词之弊为拗折生涩。虽北宋词人亦有开南宋之调者，南宋词人亦有追复北宋者，然从总体风格来看，仍大致如是。这里要说明的是，词学史上提到两宋词优劣之争，所用的北宋词概念其实都包括晚唐五代词在内；之所以称北宋词而不说晚唐（五代）北宋词，主要是为了与南宋词相比并，表述起来方便。

从词的艺术个性的发展来看，北宋词正当青春，南宋词则一方面因为词体自身的发展逻辑，音乐外壳渐次脱落，文学性愈益增强，词的创作亦从自然走向人工；另一方面因为南宋社会内忧外患的浸染，词由花间樽前走向社会现实，其作风亦不由自主地走上"诗化"之路。清代朱彝尊推崇南宋词，其《词综·发凡》中说："词至南宋，始极其工，至宋季而始极其变。"[1]晚清陈廷焯《白雨斋词话》则云："北宋去温、韦未远，时见古意。至南宋则变态极焉。变态既极，则能事已毕。"[2]王国维《人间词话》亦云："唐五代北宋之词，可谓生香真色。"[3]两相比较，笔者以为，在探讨词的艺术个性方面，北宋词更近本色，南宋词则渐近于诗。本书中取证举例，北宋词多而南宋词少，即是出于这方面的考虑。

另外，本书中引录词作，凡押韵处一律用句号，单句用逗号，句中停顿用顿号。这是传统标点法，与新式标点略有区别，特在此一并说明。

---

[1] 朱彝尊、汪森编：《词综》，上海古籍出版社1978年版，第10页。
[2] 陈廷焯：《白雨斋词话》，收于唐圭璋辑：《词话丛编》，中华书局1986年版，第3825页。
[3] 王国维：《人间词话删稿》，收于唐圭璋辑：《词话丛编》，中华书局1986年版，第4260页。

四

　　学术的发展进步有两种表现形式。一种是开辟新境，填补空白，此非有天才异秉者不可；另一种是在前人创立的基础上，梳理整合，更进一境，这是凭个人努力所能达到的。本书所做的工作基本属于后一种。关于词的审美特质的探讨，从宋代就已经开始了。近千年来，词人、词学家们持续接力，薪火相传，不断有进展。无论是诗话词话抑或是笔记杂谈，微言大义、谈言微中者，都可能对后人有所启发。这既是我们现在继续探讨的逻辑起点，也是我们建构宋词审美体系的思维材料。寻源溯流，我们应记得前贤们的贡献。

　　比如，宋代李之仪《跋吴思道小词》中说长短句"自有一种风格"[1]，李清照《词论》中提出词"别是一家"[2]，他们已经认识到词与其他文体不同的"另类特征"。明代王世贞《艺苑卮言》提出的"香而弱"[3]之说，第一次对词的审美特质做了正面界说。清代焦循《雕菰楼词话》说词的主要功能就是抒发人"性情中所寓之柔气"[4]，从人性心理结构方面指出词与诗文之别。王国维《人间词话》说："词之为体，要眇宜修。能言诗之所不能言，而不能尽言诗之所能言。诗之境阔，词之言长。"[5]在诗词比较中突显了词的文体个性。现代词学家如缪钺先生《诗词散论》中《论词》一篇，指出词所擅长的就是表现人生情思之中"更细美幽约者"[6]。郑骞先生《词曲的特质》一文中指出"词所表现的是中国文化的阴柔美"[7]。叶嘉莹先生则打造了一个更为独特的范畴，把词的审美特质概括为"弱德之美"[8]。凡此种种，

---

[1] 曾枣庄主编：《宋代序跋全编》，第3264页。
[2] 李清照著，黄墨谷辑校：《重辑李清照集》，中华书局2009年版，第54页。
[3] 王世贞：《艺苑卮言》，收于唐圭璋辑：《词话丛编》，中华书局1986年版，第386页。
[4] 焦循：《雕菰楼词话》，收于唐圭璋辑：《词话丛编》，中华书局1986年版，第1491页。
[5] 王国维：《人间词话删稿》，收于唐圭璋辑：《词话丛编》，第4258页。
[6] 缪钺：《诗词散论》，第54页。
[7] 郑骞著，曾永义编：《从诗到曲》，商务印书馆2015年版，第9页。
[8] 叶嘉莹：《从艳词发展之历史看朱彝尊爱情词之美学特质》，收于叶嘉莹：《清词丛论》，河北教育出版社1997年版，第59页。

在文献与理论两方面，为我们探讨词的艺术个性提供了坚实的基础。

因为选题与内容的直接相关性，这里应该特别提及当代词学家的两本著作，即杨海明先生和邓乔彬先生同名的《唐宋词美学》。

杨海明先生的《唐宋词美学》在数十年研治宋词的基础上加以整合升华，善于运用传统词学术语揭示唐宋词特有的美学内涵，对于深入把握词的文体个性与唐宋词的人文精神，具有重要的启发作用。如第一章把"唐宋词所提供的审美新感受"概括为四个方面：以富为美（富贵气）、以艳为美（香艳味）、以柔为美（婉媚态）、以悲为美（愁苦心）。第三章把唐宋词的主体美感特色概括为五个方面：声情并茂的音乐美、"优化组合"的声律美、雅俗共赏的语言美、情景交炼的意境美、柔媚婉丽的风格美。[1]这些对于词的文体个性都具有相当的概括性。当然，杨海明先生有关唐宋词美学的探讨，应结合其他著作整合统观。比如此前出版的《唐宋词史》序论部分，从文体特征角度对唐宋词做整体观照，认为唐宋词有三大特点：一是狭深文体和心绪文学；二是忧患意识和伤感色彩；三是"南方文学"和柔美风格。[2]这些别具会心的看法在当时词学界引起广泛的关注与好评。

邓乔彬先生的《唐宋词美学》共分六个部分，依次论述唐宋词的审美对象、题旨原型、艺术境界、审美意识、艺术传达和美学接受。书中有不少个人的感悟，如第一部分把词定位为"内倾型的心绪文学"，并提出"心灵的审美化"，以与传统的道义、事功追求相区别。第二部分论"唐宋词的题旨原型"，以伤春、伤别为人生感情原型，以芳草美人为现实政治原型。第三部分论唐宋词的艺术境界，谈词的狭而深、阴柔美、悲剧性等特点，[3]与杨海明先生多有相合处。这是当同者不得不同，实际举例论述则二位先生各有体悟自得之言。要全面理解把握邓乔彬先生的唐宋词美学思想，可结合阅

---

[1] 杨海明：《唐宋词美学》，江苏教育出版社1998年版。
[2] 杨海明：《唐宋词史》，江苏古籍出版社1987年版，第4—23页。
[3] 邓乔彬：《唐宋词美学》，齐鲁书社2004年版。

读其晚年巨著《唐宋词艺术发展史》[1]。该书以百万字的篇幅把文献学、文艺学与文化学融为一体，可以说是邓乔彬先生长期从事词学研究的集大成之作。与一般的唐宋词史相比，邓先生在词的艺术形式与艺术手法的发展方面，投入了更多的精力，力图把当代词学较为忽略的图谱、音律、词韵、声调诸方面融入词史发展的全过程，遂使传统的音韵谱律之学与当代学术擅长的美学、文化学有机地结合起来，使此书成为"旧学"与"新知"相得益彰的著作。

五

关于本书提出的"宋词四美"之说，还应做一些说明。

其一，本书提出宋词的四种审美特质，或者说是词的艺术个性的四种表现，不是凭空提出来的，而是在历代词人、词学家探索基础上归纳与提炼出来的。如前所述，从五代欧阳炯《花间集叙》开始，词学理论体系的建构就开始了。尤其是当李之仪提出词"自有一种风格"，李清照提出词"别是一家"时，就已经开启了词的艺术个性的探讨之路。此后历宋末张炎，明代王世贞，清代焦循、刘熙载，清季民初况周颐、王国维，一直到现当代的缪钺、郑骞、叶嘉莹、杨海明、邓乔彬等词学家，还有一些未遑提及的学者及著述，都为词的艺术个性的探索做出了累积性的历史贡献，为我们今天的归纳集成提供了思维取向与建构材料。所以在这里首先应向所有做出贡献的前辈词学家表示敬意与感谢。

其二，把节奏之美、阴柔之美、感伤之美、婉约之美这四种审美质素整合为宋词的审美体系，个人认为还是有意义的。这不仅是把前人相关论述的

---

[1] 邓乔彬：《唐宋词艺术发展史》，河北人民出版社2010年版。

中肯之处打叠到一起，即所谓省却翻检之劳，而且使宋词的诸种审美特质形成一种颇具向心力的审美体系。这样我们就不再是零散地或单向度地记忆与思维，不再是单独地提到李清照的"别是一家"、王世贞的"香而弱"、王国维的"要眇宜修"、叶嘉莹先生的"弱德之美"，而是一想到词的审美特质，就会想到这"一本四花"的审美系统，也会想到历代学者薪火相传的持续接力。周邦彦《浣溪沙》词曰："新笋已成堂下竹，落花都上燕巢泥。"前辈学者谈言微中的诗性隽语有如飘飞的花瓣，如今被整合为宋词审美体系，我为此而感到欣慰。

其三，四种审美质素之间不无交叉，这是显而易见的事情，集成是为了突显宋词特色，切分则是为了便于表述。这四种因素中，节奏之美更多地属于形式因素，虽然长短句错落、奇偶音节错落、韵位错落等等，在表现词的"要眇宜修"的审美特点方面都有助成之效，但和后面的三种因素毕竟不是一回事。而所谓阴柔之美、感伤之美、婉约之美这三种质素，真的是难解难分啊。诸君会发现，在这三章中所举的词例，除了具体切入角度不同，有时是可以互换的。尤其是阴柔与婉约，相通相似度更高。把它们分为两种因素，主要的理由是婉约之美主要偏重于风格与技法，而阴柔之美往往表现为气质风韵。当然，如果有人把婉约之美并入阴柔范畴，把婉约风格看作阴柔之美的一种表现形式，似乎也没有什么不可。但我们在反复斟酌之后，仍定为"四美"而不是"三美"，因为自其同者而视之，阴柔、绮怨、婉约三者皆有相通或交叉之处；自其异者而视之，三者又各有其独特的内涵。没有哪一种审美质素是多余的，少了哪一种都不免有缺憾。

其四，当我们试图从丰富各别的词学现象中概括、抽绎出词的艺术个性的时候，必然会多有舍弃，故所谓"宋词四美"，很难周赅《全宋词》中的词人词作。譬如阴柔之美、绮怨之美、婉约之美的概括都可能引发质疑，因为宋词中非阴柔、非绮怨、非婉约的词确实存在。事实上，人们在发掘提炼任何一种文体或任何一代文学特色的时候，都必然有所舍弃，才可能在割舍某些例外的前提下总结出规律。譬如缪钺先生《论宋诗》谈唐诗宋诗之别已成学术经典,但当他说唐诗浑雅、丰腴,"如芍药海棠,秾华繁采"的时候,似乎和老杜诗并不相合;当他说宋诗精能、瘦劲而贵深折透辟,"如寒梅秋菊,幽韵冷香"的时候,也与宋代苏轼、陆游两大诗人的风格不类。然而人们仍然认为缪钺先生的比照描述非常精彩。本书在探讨诗词异同的时候,自然会撷取宋词最典型最内在的特质,故不为周全而面面俱到。读本书而有类似质疑者,在此姑做预先答辩。

六

若干年前,北京出版社曾经推出一套丛书曰"大家小书"。袁行霈先生为该丛书所作序云:"《大家小书》,是一个很俏皮的名称。此所谓'大家',包括两方面的含义:一、书的作者是大家;二、书是写给大家看的,是大家的读物。所谓'小书'者,只是就其篇幅而言,篇幅显得小一些罢了。若论学术性则不但不轻,有些倒是相当重。"这其中包括闻一多《唐诗杂论》、朱自清《经典常谈》、朱光潜《谈美书简》、沈祖棻《宋词赏析》、赵朴初《佛教常识答问》等等。这些书本不是一时一地之作,但确有一个共通的特点,就是轻松简约,深入浅出,不是高头讲章,不端着架着。虽然不作矜持或炫耀之态,那沉潜的内涵、学问的气象却是处处可见的。这样的书,一般文化程度的人也能看懂,专业的人看亦有所得,这就是深者得其深,浅者得其浅。读高头讲章是苦事,读这样的"大家小书"是乐事,因为它轻松而有趣。我知道自己不是大家,但我非常希望自己能达到这样的学问境界和写作境界。然而尝试之后发现,这实在不是行文风格问题,而是一种学问成熟的

---

[1] 袁行霈:《〈大家小书〉序》,收于袁行霈:《学问的气象》,新世界出版社2009年版,第324页。

表现，是长期含英咀华之后的自然体现，是绚烂之极归于平淡，而且除了学问的厚积薄发，也还需要才华、需要个性。这的确是一种难能而可贵的学术境界。

虽然心向往之而不能至，但我想，向着这个方向努力总不会错。

第一章 节奏之美

词本来就是音乐文学，所以词又称乐府或近体乐府、寓声乐府。诗歌有节奏美，从音乐文学的角度来说就是音乐美。尽管除了《白石道人歌曲十七首》之外，词乐大都失传了，可是在八百多个词调、两万余首宋词中，词的节奏乃至旋律特点还是以格律形式被保存下来了。很多人喜欢词，最初就是被它的节奏美迷住的。五言、七言为主的古近体诗的形式呈现为一种整齐、对称、稳定的建筑美，而词则是长短句错落、奇偶音节错落、韵位错落的形式，于是化方板为流动，呈现为一种参差错落、宛转流丽的音乐美。我们读范仲淹的《苏幕遮》："碧云天，黄叶地。秋色连波，波上寒烟翠。山映斜阳天接水。芳草无情，更在斜阳外。"除了文辞优美、意象鲜明之外，它那仿佛"大珠小珠落玉盘"的节奏，一气舒卷的旋律，更使它别具韵味。又如贺铸的《青玉案》："试问闲愁都几许。一川烟草，满城风絮。梅子黄时雨。"其妙处前人已数数道及，但假如说只是把无形之愁苦比作有形之事物，那么如杜甫《自京赴奉先县咏怀五百字》中的"忧端齐终南，澒洞不可掇"，又如李群玉《雨夜呈长官》中的"请量东海水，看取浅深愁"，可谓早有成例在前；但贺铸先以七字句设问，又以"四四五"句式相排而下，节奏群与意象群同步而错综，所以比齐言之诗更具参差摇曳之美。

必须指出，词在节奏形式方面的进化或变革，很大程度上出于音乐的塑造，而不是像沈约等人悟得"浮声切响"而创造出近体诗那样，是诗人们持续努力之所得。词在节奏形式方面的诸多特点，如长短句错落、奇偶音节错落、韵位错落等等，都不是文人单凭想象或悟性创造出来的，而是词人"按谱填词"和"依曲定体"的结果。

第一节　长短句错落

长短句错落是词体形式的重要特征之一，"长短句"也因此成为词体的别名之一。朱熹《朱子语类》说:"古乐府只是诗,中间却添许多泛声。后来人怕失了那泛声,逐一声添个实字,遂成长短句,今曲子便是。"[1]又吴曾《能改斋漫录》卷十六说"东坡长短句云"[2],陆游《老学庵笔记》称贺铸"攻长短句"[3],又辛弃疾词集即名《稼轩长短句》等等,可见在南宋时期,把词称为"长短句"已经约定俗成了。

当然,诗中也有长短其句的杂言诗。譬如汉魏六朝时期的乐府诗,就有不少长短其句、与词体形式相近的作品,例如杨慎《词品》中所举陶弘景《寒夜怨》、梁武帝《江南弄》、陆琼《饮酒乐》及隋炀帝《望江南》等。这其中如所谓隋炀帝之《望江南》,实际见于宋人所撰小说《海山记》,此正如小说故事中"先唐鬼神作近体诗"一样,本是后人的依托杜撰,当然不能看成故事主人公的创作。[4]至如陶弘景《寒夜怨》,采用三、五、七言错落的句式,确实已经很像词了。但著名词学家吴熊和先生指出,"词乐以燕乐为基础。宋、齐、梁、陈亦世有新声,但其音乐性质概属清商乐。追溯词的起源就不能超越到隋代之前",像《寒夜怨》之类的乐府诗,"不是词的雏形,而是清商曲的变体;不是新诗体的先声,而是旧时代的遗音"。[5]至于清代朱彝尊、汪森等人把远古歌谣中的《南风歌》《五子歌》视为长短句之"所由昉"[6],恐怕只能视为其推尊词体的一种策略,连他们自己也未必相信这种词的起源说。另外,从一般诗歌来说,也有长短句的形式,尤其是句式和篇幅都有较大弹性的歌行体。如李白《将进酒》:"岑夫子,丹丘生,将进酒,杯

---

[1] 朱熹:《朱子语类》,岳麓书社1997年版,第3009页。
[2] 吴曾:《能改斋漫录》,上海古籍出版社1979年版,第476页。
[3] 陆游:《老学庵笔记》,中华书局1979年版,第105页。
[4] 钱锺书《管锥编》有"先唐鬼神作近体诗"一节,引《太平广记》卷五十《嵩岳嫁女》中载穆天子作七律,王母、汉武帝、丁令威等酬答之作亦皆七言律绝。参见钱锺书:《管锥编》,中华书局1979年版,第664页。因为五、七言近体律绝是唐代才形成的,故知此为"小说家言",不可据信。
[5] 吴熊和:《唐宋词通论》,浙江古籍出版社1989年版,第1—2页。
[6] 见朱彝尊:《水村琴趣序》,收于冯乾校《清词序跋汇编》,第338页。又见汪森:《词综序》,收于施蛰存主编:《词籍序跋萃编》,中国社会科学出版社1994年版,第748—749页。

莫停。与君歌一曲，请君为我倾耳听。"杜甫《兵车行》："车辚辚，马萧萧，行人弓箭各在腰。耶娘妻子走相送，尘埃不见咸阳桥。"这些古诗局部的参差变化，也表明古诗的形式并不是完全固化的。

然而，从汉代以来的中国诗史来看，不管是古体还是近体，五言还是七言，作为中国古诗的主流的仍是以五、七言句式为主的齐言体。尽管汉代以前有过《诗经》的四言体，有过楚辞以"兮"字句为特色的骚体，唐代诗人也曾经探讨过六言诗的形式，但是四言诗容量有限，楚辞体离开了楚地音乐难以为继，六言诗又过于散文化，所以最为恒常稳定的诗体还是整齐、对称的五、七言诗。

从另一个角度来看，词调中当然也有少量的齐言体。如《玉楼春》，分上下两片，第五句押韵，这是它和七律的不同之处。但若单从句式来看，七言八句看上去和仄韵七律差不多。另如晚唐韩偓等人所作五言八句的《生查子》，俨然是一首古风式的五言律诗。欧阳修所作《生查子》，因为上下片各以"去年元夜时""今年元夜时"领起，强化了对称复叠的效果，所以才觉得与五律显然有别。另外还有《瑞鹧鸪》，本来就是七言八句诗，因唐人以燕乐曲调来唱，所以也就成了分为上下片的双调之词了。还有七言四句的《小秦王》，亦与七言绝句无异，《词律》收载而《词谱》不收，也许就是因为它不太像词之体段吧！

尽管诗中也有杂言的作品，词中也有齐言的词调，但毕竟杂言的诗是少数，齐言的词调更是少数。就宋代流传下来的八百多个词调而言，长短句仍然是词体的基本特征之一。

一、词的基本句式

与诗的体裁句式相比，词的句式更丰富，长短变化幅度更大，组合形式更丰富多彩。所谓长短句错落，除了较为少见的一字句和十字句之外，从二字句到九字句均为常用句式。韵句的节奏组合稍为复杂一点，这里先来看单句的基本句式。

一字句　词中单独以一字成句的句式在词体中较为少见。严格说来，只有《苍梧谣》（又名《十六字令》）的开头，才算得上真正意义的一字句。如宋代蔡伸所作：

> 天。休使圆蟾照客眠。人何在，桂影自婵娟。

开头这个"天"字独立成句，而且押韵，所以按传统的句读法当加句号。其他如苏轼和辛弃疾的《哨遍》，过片用"噫""嘻"之类感叹语，因为入韵，可以勉强看作一字句，若不是感叹语则很难独立成句。至于辛弃疾《西江月·遣兴》下片："昨夜松边醉倒，问松我醉何如。只疑松动要来扶。以手推松曰去。"从意义节奏来说，这个"去"字也应该视为一字句，但这里所讲句式皆指词谱规定的"格律句"，像这样的"意义句"不在讨论之列。

二字句　共涉及十多个词调。早期词调如《调笑令》，韦应物之作为："胡马。胡马。远放燕支山下。"常用词调如《如梦令》，李清照所作为："知否。知否。应是绿肥红瘦。"都是作叠句。尤其是在长句之间，两字作一顿宕，往往别具韵味。如《南乡子》，其中二字句多用叠字，如苏轼之作："谁似临平山上塔，亭亭。迎客西来送客行。""今夜残灯斜照处，荧荧。秋雨晴时泪不晴。"又如辛弃疾之作："千古兴亡多少事，悠悠。不尽长江滚滚流。""天下英雄谁敌手。曹刘。生子当如孙仲谋。"值得关注的是，二字句用在过片处的较多。如柳永《白苎》过片的"追惜"，秦观《满庭芳》过片的"消魂"，周邦彦《渡江云》过片的"堪嗟"，姜夔《霓裳中序第一》过片的"幽寂"，王沂孙《无闷》过片的"清致"等，都是独立的韵句，与后句连起来读是不对的。这种安置在过片的短促韵句，两字为一拍，应与乐曲过渡方面的音韵效果有关。

三字句　三字句在民间歌谣及古体诗中运用较普遍，后来成为词体中的基本句式之一。词体中有通篇用三字句者，如《三字令》；有一调之中大量用三字句者，如《六州歌头》，三字句连续相排而出，具有繁音促节、铿锵有力的声情特点。在多数词调中，三字句的声情效果取决于句式的组配。早期令词中的三字句往往与五、七言相配。如《渔歌子》《捣练子》《潇湘神》《长相思》等调中，两个三字句并列，其节奏似一个七言句式拆开而略去第四字。如《江南好》《忆秦娥》等调中以三、五、七言句式配合，虽然句式有长短变化，但均以单音节收尾，仍然属于诗的节奏类型。后来三字句较多地与四字句、六字句或其他双音节收尾的句子相配，散文化程度加强，其节奏声情亦由轻快流畅变为顿挫而深沉了。如秦观《八六子》"倚危亭。恨如芳草，萋萋刬尽还生"；周邦彦《兰陵王》"柳阴直。烟里丝丝弄碧"之类。至如顾敻《荷叶杯》"知摩知。知摩知"一类叠句，还保留着词在其民间初起时代的歌词风味。

四字句　四言诗在上古时代盛行很久，《诗经》即以四言句式为主。五言诗代兴之后，四言句式又在骈文中得到普遍运用。词体也吸收了四言诗及骈文四言句的艺术经验，使四字句成为词体中的主要句式之一。四字句适应了汉语双音节词较多和字分四声的特点，形式整齐，音韵和谐，长短适度。它之所以能成为词体中使用频率最高的一种句式，除了本身的表现功能之外，很重要的一点在于它介于长句与短句之间，具有很强的组配能力。四言对偶句本身整饬工稳，再加上或前或后字句的组配，便会构成整齐而多变的声情与姿态。故汪东《词学通论》云："四字句例，于词中极为紧要，其排偶处，尤须精警动目，不可草草。"[1]

五字句　五字句既是诗体中的常用句式，在词体中使用频率也比较高。有的词调全首皆用五字句，如五言四句的《一片子》、五言八句的《生查子》等。一般来说，五字句的平仄格式与诗体大致相同而更富于变化，但亦有因

---

[1]汪东：《词学通论》，收于汪东：《梦秋词》，齐鲁书社1985年版，第435页。

名作而形成的定格,比诗的平仄要求还要严格些。比如在五言律诗中,每句第一字的平仄是可以不拘的,但在有些词调里一成定格就不能不论。比如范仲淹名篇《苏幕遮》中"波上寒烟翠"一句为"平仄平平仄",从律诗的角度来看,写成"仄仄平平仄"亦无不可。但后来周邦彦也写了一首很有名的《苏幕遮》,其中同位置的"侵晓窥檐语"一句也作"平仄平平仄"。有了这两首名家名作在前,后人也就不敢轻易改变这种平仄格式了。

六字句 六字句是一种散文化的句式,在骈文中运用较普遍,诗体中不多见。在词体中,六字句用于长调较多,小令中较少。六字句一般两字一顿,平仄一般以两平两仄相间,常与五七言句式相配。又往往于片首或片尾双句骈行。在片首者如晏几道《临江仙》:"梦后楼台高锁,酒醒帘幕低垂。""记得小蘋初见,两重心字罗衣。"辛弃疾《破阵子》:"醉里挑灯看剑,梦回吹角连营。""马作的卢飞快,弓如霹雳弦惊。"在片尾者如欧阳修《朝中措》:"手种堂前垂柳,别来几度春风。""行乐直须年少,尊前看取衰翁。"俞国宝《风入松》:"红杏香中箫鼓,绿杨影里秋千。""明日重扶残醉,来寻陌上花钿。"另外如《木兰花慢》《双双燕》等调亦是如此。盖六言而双句骈行,尤其有抑扬中节、前于后喁之美。

七字句 七字句在词体中也是常见句式。部分词调通篇皆用七言句式,如七言八句平韵的《瑞鹧鸪》和仄韵的《玉楼春》等调,其平仄格律大致与七言近体诗相近而略有变化。七字句作为古近体诗的基本句式,一般为上四下三句法(或分解作"二二三"),而词中七字句则有多种变化切分方式,从而构成与诗不同的节奏类型(说详见下)。

七字以上的长句,从平仄和节奏来看,大多可以看作两个七字以下句子的复合,故吴梅《词学通论》曰:"句至七字,诸体全矣。"[1]然而这些长句毕竟是一整句而不是两句,有些句子在意义与节奏方面均不便拆作两句。

---

[1]吴梅:《词学通论》,上海古籍出版社2006年版,第31页。

而有些词调，如《南柯子》《虞美人》等，亦正以长句曼衍、摇曳生姿为特色。设使词中没有七字以上长句，则词体的长短句性质及其声情节奏都将会大打折扣。所以我们认为，从节奏和语气停顿上把长句断为两句是可以的，但不能因此否认词体中七字以上长句的存在。

八字句 词体中八字句的节奏组合，较有特色的有两种形式。一为上三下五式。如柳永《雨霖铃》"更那堪、冷落清秋节"，高观国《贺新郎》"倚高情、预得春风宠"。第二种为上一下七式。如宋祁《锦缠道》"问、牧童遥指孤村道"，朱敦儒《踏歌》"便、山遥水远分吴越"。当然，前面所列举的上三下五式，如果第一字为去声且可以与下二字分切开，视为上一下七节奏也没有什么不可以。也就是说，节奏分切是相对的而不是绝对的。

九字句 九字句的节奏组合，一般有三种形式。其一为上三下六。如苏轼《洞仙歌》"又不道、流年暗中偷换"，王沂孙《法曲献仙音》"应忘却、明月夜深归辇"，吴文英《新雁过妆楼》"风檐近、浑疑珮玉丁东"，张炎《念奴娇》"笑当年、底事中分南北"。这种上三下六句式，或因为前三字停顿意味较强，有的词集会用顿号点断。其二为"一四四"或上五下四。如王安石《洞仙歌》"听曲楼玉管、吹彻伊州"，赵长卿《瑞鹤仙》"动院落清秋、新凉如水"。其三为上二下七式。如欧阳修《南歌子》"爱道、画眉深浅入时无"，僧仲殊《南柯子》"又是、凄凉时候在天涯"。此种句式，视为上六下三或上二下七亦无不可，因为在很多情况下，这种九字句几乎是一气呵成、很难切分的。

至于词中有没有十字句，也有不同看法。王力认为："只有《摸鱼儿》一词，前阕第六句和后阕第七句是十字的。"[1]如辛弃疾之作为"见说道、天涯芳草无归路""君不见、玉环飞燕皆尘土"，都是上三下七节奏，而"见说道""君不见"尤其像在七言句式之前加了一个三字的插入语。至于宛敏灏先生在《词学概论》中所举辛弃疾《粉蝶儿》"把春波都酿作一江醇酎"，虽

---

[1] 王力：《汉语诗律学》，上海教育出版社2002年版，第671页。

然从意义上连成一气，一般词谱则是断作三、三、四的三个句子的；而柳永《夜半乐》中"岸边两两三三浣纱游女"，词谱上一般也是作为上六下四两个句子来看的。所以这些都不宜视为十字句。

还有人认为词中有十一字句，但也只有黄庭坚《归田乐令》中的"引调得、甚近日心肠不恋家"一个句例。[1]王力先生认为如苏轼《水调歌头》"不知天上宫阙今夕是何年"是十一字句，可是在词谱中一般都断作一个六字句和一个五字句。[2]像这样的句子，即使我们承认在某个词调中确有存在，但因为是孤例，没有普遍意义，这里就存而不论了。

二、词的句法变化

词的节奏韵律不仅和句式有关，句法变化也会引起节奏的变化。我们习惯上把句中字数的不同构成称为句式，如五字句、七字句之类；如果通过句子的结构调整带来节奏的变化，就称之为句法。在这方面，词的句法变化比诗要丰富得多。这里重点来看一下四、五、六、七字句这几种基本句式的句法变化。

四字句，在古近体诗中一般以"二二"为常格，在词中这当然也是基本句法，如"寒蝉凄切""大江东去"之类，此类节奏与四言诗或散文句法相同，可以存而不论。除此之外，词中四字句还有多种变化，但大都不是出于声律规定，而是词人刻意求变。上一下三者如辛弃疾《沁园春》"杯汝前来"，刘克庄《沁园春》"何处相逢，登宝钗楼，访铜雀台"。值得注意的是"一二一"句式。这种句式在词的四字句中不为罕见，且往往具有独特的声情效果。如柳永《雨霖铃》开头："寒蝉凄切。对长亭晚，骤雨初歇。"这三个四字句当中，前后两句皆为"二二"节奏，而"对长亭晚"一句无论是就文字意义还是就

---

[1] 参见《中国词学大辞典》和《宋词大词典》"十一字句"条。
[2] 参见王力：《汉语诗律学》，第672—674页。

声音节奏来说，均当读为"一二一"节奏。这应该不是偶然所致，而是柳永的着意追求。以柳永的文字功力，随便怎样调整字句，均可采用与前后统一的"二二"式节奏来表达同样的意思。比如说，改成"长亭秋晚"，也没有什么不可以。故知柳永乃是故意如此，因为这种节奏颇有顿挫吞吐之致，更有利于传达词人剪不断、理还乱的离愁别恨。更为典型的例子是《水龙吟》的末句。同调之作，较早的如章楶所作末句为"有盈盈泪"，苏轼和作末句为"是离人泪"。自此以后，宋人所作，通常采用此种"仄平平仄"的"一二一"句式，且第一字为去声，中间两字为连语词。辛弃疾《水龙吟》凡十三首，结拍十三字中，前九字或变化作参差句，而末句均采用这一句式。如"倩何人、唤取红巾翠袖，揾英雄泪"，"待他年、整顿乾坤事了，为先生寿"等。

词中五字句与诗中五字句的主要差别不在平仄格式，而在节奏的变化。常用句法如上二下三（或作"二二一"），这是诗词共有的基本句法。词中特有的句法为上三下二和上一下四两种。上三下二句法，如柳永《十二时慢》"睡不成还起"，辛弃疾《临江仙》"引壶觞自酌，须富贵何时"，姜夔《齐天乐》"一声声更苦"，刘过《醉太平》"更那堪酒醒"等皆是。上一下四的句式更为常见。如苏轼《洞仙歌》"冰肌玉骨，自清凉无汗"之下句，李清照《醉花阴》"东篱把酒黄昏后，有暗香盈袖"之下句，姜夔《惜红衣》"高树晚蝉，说西风消息"之下句，吴文英《八声甘州》"渺空烟四远，是何年、青天坠长星"之上句，皆为上一下四节奏。因为读这种句子时，第一字须略作小顿，所以有人把这种上一下四的五字句称为"空头句"。如沈雄《古今词话·词品上卷》说："五字句起结自有定法，如《木兰花慢》首句'拆桐花烂熳'，《三奠子》首句'怅韶华流转'，第一字必用虚字，一如衬字，谓之空头句，不是一句五言诗可填也。如《醉太平》结句'写春风数声'，《好事近》结句'悟身非凡客'，可类推矣。"[1] 晚清陈锐《词比》则

---

[1] 沈雄：《古今词话》，收于唐圭璋辑：《词话丛编》，中华书局1986年版，第840页。

称为"尖头句"。所举例句有"尖头五言偶句",如柳永《临江仙引》:"对暮山横翠,衬梧叶飘黄。"顾敻《献衷心》:"绣鸳鸯枕暖,画孔雀屏欹。"[1] 杜安世《行香子》:"系长江舴艋,拂深院秋千。"所举"尖头七言偶句"有史达祖《绮罗香》"惊粉重蝶宿西园,喜泥润燕归南浦"等。[2] 詹安泰先生据此归纳说:"所谓尖头句,盖即五字句中用'一、四'法,与七字句中用'三、四'法者,以上轻下重,故名'尖头'。"[3] 这是词中特有句法,为诗中所无,与其他句式相配,便构成顿挫摇曳的声情姿态。

六字句的意义节奏以"二二二"为常格,也有人进一步细分为三种节奏类型。如以辛弃疾《永遇乐》"一片神鸦社鼓",为上二下四;姜夔《扬州慢》"二十四桥仍在"为上四下二;辛弃疾《西江月》"宜醉宜游宜睡","管竹管山管水"为"二二二"。实际此类句法归纳,宜粗不宜细。上述各例均可视为"二二二"式节奏。至于辛弃疾《西江月》上下两片结句之所以显得有点与众不同,乃是因为这两个六字句分别用"宜"字、"管"字重复组词造句的关系。另外偶尔也有上一下五式节奏,如姜夔《暗香》"又片片吹尽也,几时见得",或姜夔《角招》"过三十六离宫,遣行人回首"。此类句例较为少见,而"又"字、"过"字颇有领字意味,故其音节必待下句承接而后稳。

六字句的特殊节奏为"三三"式,这也是词有别于诗的一种特色句式,或称之为"折腰句"。最常用这种句式的有以下词调,如《御街行》,范仲淹之作为"夜寂静、寒声碎","酒未到、先成泪"。《青玉案》,苏轼之作为"遣黄耳、随君去"。《水龙吟》,周邦彦之作为"偏勾引、黄昏泪"。《诉衷情》,欧阳修之作为"故画作、远山长"。《杏花天影》,姜夔之作为"倚兰桡、更少驻","更移舟、向甚处"。这类句子,用新式标点中间一般加顿号,在过

---

[1] 按:"画孔雀屏欹",陈锐《词比》原作"画孔雀屏高",据词中用韵,知"高"字误。此据曾昭岷等编著《全唐五代词》改正。
[2] 陈锐:《词比》,收于葛渭君编:《词话丛编补编》,中华书局2013年版,第2568页。
[3] 詹安泰著,汤擎民整理:《詹安泰词学论稿》,广东人民出版社1984年版,第86页。

柳永《雨霖铃》
（寒蝉凄切）词意

去词谱里称为"豆",但只有六字合起来才是一句。

词中七字句的节奏特点,在于除了有与诗相同的上四下三或"二二三"节奏,还有上三下四句法。这种句法往往在押韵句中出现。如柳永《雨霖铃》:"今宵酒醒何处,杨柳岸、晓风残月。"周邦彦《满庭芳》:"人静乌鸢自乐,小桥外、新绿溅溅。"李清照《声声慢》:"三杯两盏淡酒,怎敌他、晚来风急。"是上六下七。又如王安石《桂枝香》:"六朝旧事随流水,但寒烟、衰草凝绿。"秦观《鹊桥仙》:"金风玉露一相逢,便胜却、人间无数。"虽然是两个七字句相连,但前句为上四下三,后句却倒转过来,在整饬中见变化,尤有顿挫之感。

有人以为七字句中还有上一下六类型,其实皆可视作上三下四。如史达祖《双双燕》"又软语商量不定",张元幹《贺新郎》"聚万落千村狐兔"之类,粗看未尝不是,但经不住推敲。史达祖《双双燕》上下片同一部位句法相同,上片是:"还相雕梁藻井,又软语商量不定。"下片是:"应自栖香正稳,便忘了天涯芳信。"上下一律,皆应视为上三下四。张元幹的"聚万落千村狐兔",因为"聚"字须稍作小顿,确实像是上一下六,但检点张元幹本人及他人的《贺新郎》,此部位多作上三下四。如张元幹另一首《贺新郎》此处为"宿雁落寒芦深处",戴复古之作为"但东望故人翘首",蒋捷之作为"正过雨荆桃如菽"。以通例互校,可知皆应作上三下四。还有一些词例,看似上一下六,实际为领字句。如柳永《雨霖铃》:"念去去千里烟波,暮霭沉沉楚天阔。"这实际是以一个"念"字领起这两句(即整个韵句),不宜单独视为七字句。又如聂冠卿《多丽》中"有翩若轻鸿体态,暮为行雨标格",乃是以"有"字领起六字对句,仅把前句视为上一下六节奏也是不妥当的。

三、节奏与声情

长句是和短句相对而言的。唐人一般以七言句为长句,盖以五言句为常

用句式。如元稹有《寄旧诗与薛涛因成长句》，白居易有《早春忆游思黯南庄因寄长句》，杜牧有《柳长句》《洛阳长句二首》《长安杂题长句六首》等，这些诗都是七言律诗。杜甫《苏端薛复筵简薛华醉歌》诗中有云："近来海内为长句，汝与山东李白好。"仇注引计东曰："长句，谓七言歌行，太白所最擅场者。"[1]然而杜牧又有《东兵长句十韵》，则是七言排律。可知唐人所谓长句就是指七言诗，而不必定指律诗或歌行。至于词体之长句短句则是相对而言的，并没有什么具体规定。

词与诗的不同点之一，就是每首词都有一个词调。据统计，《全宋词》中所用词调多达八百余种。这些词调在唐宋词付诸歌唱的时期本来是曲调，曲调所规定的是一首歌曲的音乐形式，包括宫调、分片、曲拍等基本要素。后来词乐失传，原来的音乐规定性凝定为格律，就形成了现在的词调词律。词拥有如此丰富的体式，是古体诗、近体诗所无法比拟的。不同的词调具有不同的节奏与旋律，也就具有不同的声情韵味。在词体节奏旋律与人的复杂微妙情感的对应性上，丰富的词调既为禀性气质不同的词作者提供了很大的可选范围，也为词人根据内在的情感特点来选择最为合适的文字音律图式提供了最大的可能性。朱彝尊《陈纬云红盐词序》说："盖有诗所难言者，委曲倚之于声，其辞愈微，而其旨益远。"[2]就是说，词的参差变化、流丽婉转的体式节奏，在表达某种细微幽眇的情思意趣方面比诗更具优长。

关于语言节奏的修辞功能，现代学者曾做过一些探讨。先是唐钺写过一篇长文《音韵之隐微的文学功用》，后来收入其著作《国故新探》，在这篇文章中，唐钺提出了"隐态绘声"论。所谓"隐态绘声"，是与"显态绘声"相对，显态绘声是以字音模拟声音，实际就是象声词，如"关关雎鸠"，"黄鸟于飞……其鸣喈喈"之类。而"隐态绘声，不是直接模仿事物原有的发声，

---

[1] 杜甫著，仇兆鳌注：《杜诗详注》，中华书局1979年版，第294页。
[2] 朱彝尊：《陈纬云红盐词序》，收于冯乾编校：《清词序跋汇编》，凤凰出版社2013年版，第233页。

乃是以字音句调间接暗示所叙写的事物的神气"[1]。如韩愈诗《送无本师归范阳》有句云:"奸穷怪变得,往往造平淡。"唐钺认为这"奸""穷""怪"三字,"其音突兀,与语意相称"[2]。无本师即贾岛,早年为僧,法名无本。其诗风清峭幽僻,时流于涩。韩愈说他的诗风是由怪奇而入平淡。事实上唐钺这里所举例已经不是"象声"意义的"隐态绘声",而是通过字词音声效果来传递某种特定情趣了。稍后陈望道著《修辞学发凡》,在"辞的音调"一节充分肯定了唐钺"隐态绘声"论的积极意义,并从修辞学角度做了引申。他综合了一些修辞学家和语言学家的意见,认为字词的发音本身即有某种"音趣",如:"长音有宽裕、迂缓、沉静、闲逸、广大、敬虔等情趣;短音有急促、激剧、烦扰、繁多、狭小、喜谑等情趣。"[3]陈望道先生说的是字词的"音趣",但我们读来觉得和长句、短句的节奏声情是相通的。另外如夏丏尊先生研究文章学,曾经探讨过句读与语意轻重的对应关系,曹冕《修辞学》在论句式句法时也约略接触到这个问题[4]。另外傅庚生在《国文月刊》56期发表的《谈文章的诵读问题》,提出了一个比较准确的命题,他说古人作文一贯重视音调节奏,但汉代以前是纯任自然,至韩愈则化为工力的陶冶。音节的作用不仅是产生抑扬中节、疾徐变化的音乐美,而且有"借音调摹写情感"的效用。[5]这是很精当的提法,比唐钺的"隐态绘声"论更准确也更容易把握。

　　为了更具体地见出长短句的审美效果,我们试以同题材的唐诗与宋词做一比较。先来看唐代朱庆馀的七言绝句《近试上张水部》:

　　　　洞房昨夜停红烛,待晓堂前拜舅姑。
　　　　妆罢低声问夫婿,画眉深浅入时无。

---

[1] 唐钺:《国故新探》,商务印书馆1927年版,第2—4页。
[2] 同上,第5页。
[3] 陈望道:《修辞学发凡》,上海教育出版社1979年版,第236页。
[4] 曹冕:《修辞学》,商务印书馆1934年出版。
[5] 傅庚生:《谈文章的诵读问题》,载《国文月刊》1947年第56期。

再来看欧阳修的令词《南歌子》：

> 凤髻金泥带，龙纹玉掌梳。走来窗下笑相扶。爱道画眉深浅、入时无。　　弄笔偎人久，描花试手初。等闲妨了绣功夫。笑问鸳鸯两字、怎生书。

因为欧阳修词中直接嵌入了朱庆馀的诗句，而这两篇作品在内容与情景描写上亦确实有相似之处，所以尽管我们知道朱庆馀的诗是借新婚夫妇的生活情趣，来试探主考官张籍是否赏识自己的文章，这里也就姑且不论其创作动机，只从诗句文字上来做比较。欧阳修的词写的是一对年轻夫妇相亲相爱的生活情景，其温馨气息与旖旎风调，使人非常容易想到沈复《浮生六记》中的"闺房记乐"。两相比较，我们认为，齐言的七言绝句只能以"妆罢低声问夫婿"这样的细腻观察和文字描写来展示新嫁娘的娇羞容态，而《南歌子》词调"五五七九"的长短句错落，则除了"笑相扶""偎人久"之类的情态描写之外，更从节奏风韵上助成了一种妩媚与风流。如果说纯粹的五言诗或七言诗所显示的只是方正或整饬之美，长短句的参差错落则如风鬟雾鬓，罗衣袅娜，自具一种流动曼妙的风韵。

长句与短句具有不同的声情效果。唐代日僧遍照金刚《文镜秘府论》卷四就说过："句长声弥缓，句短声弥促。"[1]一般来说，连续的短句往往会具有迫促、激剧、烦扰、轻快等声情效果。这里来看贺铸的《六州歌头》：

> 少年侠气，交结五都雄。肝胆洞。毛发耸。立谈中。死生同。一诺千金重。推翘勇。矜豪纵。轻盖拥。联飞鞚。斗城东。轰饮酒垆，春色浮寒瓮。吸海垂虹。闲呼鹰嗾犬，白羽摘雕弓。狡穴俄

---

[1] 弘法大师原撰，王利器校注：《文镜秘府论校注》，中国社会科学出版社1983年版，第343页。

空。乐匆匆。　　似黄粱梦。辞丹凤。明月共。漾孤篷。官冗从。怀倥偬。落尘笼。簿书丛。鹖弁如云众。供粗用。忽奇功。笳鼓动。渔阳弄。思悲翁。不请长缨，系取天骄种。剑吼西风。恨登山临水，手寄七弦桐。目送归鸿。

在各种词调中，《六州歌头》是多用短句的典型词调。双调，一百四十三字，平仄韵间押，上片十九句，八平韵，六仄韵，下片二十句，八平韵，六仄韵。《全宋词》中较早者为李冠所作，《词谱》以贺铸所作为正体。全调皆用五字句以下短句。其中三字句为主，凡二十二句，四字句八句，五字句九句。三字句连排，中间四字句、五字句稍作调节，韵脚极密，三十九句而多达二十八韵，又是平仄韵转换，这些音素加到一起，便自然形成了该调激烈慷慨的声情特点。南宋程大昌《演繁露》卷十六云："《六州歌头》，本鼓吹曲也，近世好事者倚其声为吊古词，如'秦王草昧，刘项起吞并'者是也，音调悲壮，又以古兴亡事实之，闻其歌使人怅慨，良不与艳词同科，诚可喜也。"[1]这里所说的"近世好事者"即指李冠，"秦王草昧"为其词首句。贺铸这首词，俞陛云《唐五代两宋词选释》称其"雄健激昂，为集中希有之作"[2]。夏敬观《手批东山词》称其"雄姿壮采，不可一世"[3]。其实这种风格在很大程度上是由《六州歌头》的句格节奏决定的。南北两宋词人同调之作，无论是李冠"秦王草昧"一阕，还是张孝祥"长淮望断"及刘过"中兴诸将"等作，皆为豪放慷慨一路。这表明《六州歌头》的雄健风格不仅是作者个人的风格追求，更是词调的节奏声情所致。顺便说一下，1996年的流行歌曲《霸王别姬》，即屠洪刚演唱的那一版，"我心中，你最忠；悲欢共，生死同"云

---

[1]邓子勉编：《宋金元词话全编》，凤凰出版社2008年版，第770页。
[2]俞陛云：《唐五代两宋词选释》，上海古籍出版社1985年版，第256页。
[3]夏敬观：《吷庵词评》，收于葛渭君编：《词话丛编补编》，中华书局2013年版，第3459页。

云，声情韵味颇有《六州歌头》的影子。

第二节　奇偶音节错落

"长短句错落"是词最外在的形式特征，但是单纯的"长短句错落"的说法并不足以揭示词的节奏特点。比如早期词调如张志和《渔父》：

> 西塞山前白鹭飞。桃花流水鳜鱼肥。青箬笠。绿蓑衣。斜风细雨不须归。

又如李煜《捣练子》：

> 深院静，小庭空。断续寒砧断续风。无奈夜长人不寐，数声和月到帘栊。

除了七言绝句体的《竹枝》《杨柳枝》《浪淘沙》等之外，这两个词调是和七绝体式最为相近的。我们知道，在以七言句式为主的诗歌里，两个相连的三字句略等于一个七字句，或者说是相当于一个七字句裂变而成两个三字句。我们可以做一个简单的实验，在两个三字句之间随意加一个连接字，如"青箬笠兮绿蓑衣"，或是"深院静啊小庭空"，就变成了一个七字句，足证其节奏是相同的。这就是说，仅仅说是长短句错落，还不足以揭示词与诗节奏比较的不同点。

再来看下面一些词调的句式结构：

> 《忆江南》：三五七七五

《南歌子》：五五七九

《长相思》：三三七五

《虞美人》：七五七九

《巫山一段云》：五五七五

《天仙子》：七七七三三七

《菩萨蛮》：七七五五，五五五五

以上是从早期流行词调中选取的几个例子，都以三、五、七、九言为基本句式。这些句式只有长短不同，而均以单音节收尾，用习用的说法即"三字尾"。从节奏类型来看，尽管这些词调均为长短句错落，与齐言的诗有明显不同，却仍然属于同一种节奏类型。

诗词句法节奏的主要不同点，不在于长短句错落，而是奇偶音节错落。这里所说的奇偶音节，不是指五、七言句中"二三"或"二二三"的句中节奏，而是指句末音节而言。句末以单音节收尾的即奇数音节，句末以双音节收尾的即为偶数音节。

奇偶音节错落是中国诗歌节奏进化史上的重要变化。现在我们知道，在《诗经》四言诗之前，还曾经有过原始歌谣的二言诗。《吴越春秋》所载《弹歌》："断竹，续竹；飞土，逐肉。"[1]《文心雕龙·通变》言"黄歌断竹，质之至也"[2]说这首《弹歌》是黄帝时代的遗留。《周易》卦爻辞中也有一些二言体的短歌，如《屯·六二》："屯如，邅如；乘马，班如；匪寇，婚媾。"《离·四九》："突如，其来如；焚如，死如，弃如。"《中孚·六三》："得敌，或鼓，或罢，或泣，或歌。"[3]黄帝时代的说法未见更确凿的证据，但

---

[1] 赵晔：《吴越春秋》，江苏教育出版社1999年版，第149页。
[2] 刘勰著，陆侃如、牟世金译注《文心雕龙译注》，齐鲁书社1995年版，第385页。
[3]《十三经注疏》整理委员会整理，李学勤主编：《十三经注疏·周易正义》，北京大学出版社1999年版，第35、137、243页。

若以此为始，则从原始时代的二言歌谣发展到周朝颇为成熟的四言诗体，大约历经了千百年的时间。然后又经过数百年的时间，直到东汉后期，才形成了中国古诗的基本体式五言诗。钟嵘《诗品序》称："五言居文词之要，是众作之有滋味者也。"[1]然后由五言而七言，由古体而近体，虽然诗体形式日益丰富，但作为基本特征的"三字尾"迄无改变。这就是说，从原始歌谣的二言体，到《诗经》的四言体，都是以双音节收尾的；而从汉代形成的五言诗，到后来次第生成的五、七言近体诗，都是以单音节收尾的。只有到了唐代，随着词体的产生，奇偶音节错落的诗歌样式才在楚辞之后重新焕发生机。所以词的奇偶音节的错落变化，更代表着一种与此前诗歌相当不同的节奏类型在诗歌节奏进化史的舞台上重新出现。

一、单式句与双式句

在词学家郑骞先生的著作中，采用的不是奇偶音节的说法，而是更通俗也更直观的单式句与双式句的概念。他在《词曲的特质》一文中指出：

> 绝大多数的词调，都是由单式（三五七言）、双式（二四六言）两种句法合组而成。完全单式句的词调像《玉楼春》，完全双式句的像《十二时》，占极少数，而且都只是小令。这样单双句式相配合的组织，造成了音律的和谐。尤其要注意的是：多数词调的组成，都是双式句比较多，单式比较少。越是讲究音律的词家所常用的调子越是如此，音乐性越高的调子越是如此。[2]

另外，郑骞先生《再论词调》一文中说："三五七言的谓之单式句，二四六

---

[1] 钟嵘著，曹旭集注：《诗品集注》，上海古籍出版社1994年版，第36页。
[2] 郑骞著，曾永义编：《从诗到曲》，第4—5页。

言的谓之双式句。一个调子，单式句多了就快，双式句多了就慢。"[1]又其《论北曲之衬字与增字》一文中说："句式之大别，可分为二，曰单与双。五字、七字者，单式也；四字、六字者，双式也。单式句，其声'健捷激袅'；双式句，其声'平稳舒徐'，吾侪读《楚辞》与《诗经》，觉其音节韵味迥然不同，即缘《楚辞》单式句多，而《诗经》双式句多之故。"[2]

郑骞先生关于单式句与双式句的论述主要见于这三处。其中《词曲的特质》一文见于1954年出版之《中国文化论集》；《再论词调》一文见于1954年《中华文艺函授学校讲义》；《论北曲之衬字与增字》一文则发表于1973年。可知这种说法虽然其他词家也采用过，却是由郑骞先生最先提出的。超越五言、七言等句中字数多少而论音节节奏，这是郑先生对于词曲之学的一大贡献。我们可以在此基础上稍做延伸，早期的词调，比如晚唐五代以至宋初的词调，犹以单式句为多，到周邦彦及南宋词人手里，双式句越来越多。与此同步的是，小令中单式句较多，而长调中双式句较多。从这些方面可以看出词调进化的一个侧面。

另外需要加以强调的是，单式句与双式句的判断依据不是整句字数，而是句末音节的字数。因为在词曲中句法多有变化，奇字句也可能处理成双式句，偶字句也可能处理成单式句。比如，五字句如前面所举柳永《木兰花慢》之"拆桐花烂漫"等句，均为上一下四，虽为五字句而不妨其为双式句；六字句中的折腰句，如"故画作、远山长"，亦不妨其为单式句。至于七字句，因为上三下四者颇为常见，究竟是单式句还是双式句更要视具体情况而定。其他如八字句的上三下五与上一下七，九字句的上五下四，都不能仅凭整句字数来定音节类型。当然，这层意思郑骞先生在别处也有照应。如其《论北曲之衬字与增字》中就说过，四五六七字句往往要分段，以调节语

---

[1]郑骞著，曾永义编：《从诗到曲》，第45页。
[2]同上，第860页。

气之轻重疾徐,"句式之究竟为单为双,即视其下段所含之字数为定"[1]。因为文字分散,为防误解,这里做一些补充说明。

诗史的一个方面是节奏进化。在中国诗歌节奏进化史上,奇偶音节错落是一种合乎逻辑的发展。正如齐言的四言诗、五言诗和七言诗发展成熟以后,长短其句的词就应运而生;诗史上既然已经有了双式句和单式句,奇偶音节错落也就成为一种自然而然的选择。这种节奏类型为中国诗歌史增添了一种独特的韵律美。在中国诗史上,以双式句或单式句为基本句型的诗体由周代至唐朝之间先后发展成熟,单式句与双式句错综组配的节奏类型在楚辞之后却长期陷入沉寂。因此,与单纯的三、五、七、九言句式错落,抑或是二、四、六言句式错落相比,这种单式句与双式句的错落是一种更大的突破。如果说单纯的长短句还只是词体进化的初级阶段,那么长短句再加上单式句与双式句的奇偶音节错落,才是词体进化的高级阶段;如果说单纯的长短句错落还属于诗的节奏类型,那么单式句与双式句的错落才展示了词体所特有的节奏美。

二、单式句与双式句错落

词中的奇偶音节错落,有两种表现形式。一种是就单句或自然句来说,单式句与双式句交错,会产生以往纯为单式句或纯为双式句的诗体形式所不具有的节奏美。试以李清照《一剪梅》为例:

> 红藕香残玉簟秋。轻解罗裳,独上兰舟。云中谁寄锦书来,雁字回时,月满西楼。　　花自飘零水自流。一种相思,两处闲愁。此情无计可消除,才下眉头,却上心头。

《一剪梅》的节奏单纯,旋律特点明显。一般的词谱或词律书中只是说它为

---

[1] 郑骞著,曾永义编:《从诗到曲》,第861页。

双调六十字，上下片各六句三平韵。这样介绍当然并没有错，却不足以揭示其节奏特点。事实上从句法节奏的角度来看，《一剪梅》句法的单纯简洁几乎使人吃惊；当然使人惊讶的不仅在于它的单纯，而且在于它能以极其单纯的句法获得非常美听的效果。它上下片格式全同，每片可以再分为两个格式相同的节奏群，这个节奏群以一个七字句和两个四字句组成，因此整个词调就是由"七四四"的句法结构反复四次而构成。当然，我们没有感觉它重复四次而造成单调，因为上下片之间的"大顿"把它分成了两个音乐单元，而在一个单元里反复一次是不会构成重复之感的；相反还会因为复叠产生一种回环往复的节奏美呢！

我们说《一剪梅》因为句尾单双音节的错落而具有一种特殊的节奏美，当然是建立在四言诗和五七言诗节奏的审美经验基础之上的。四言诗的节奏安和平稳，我们在《诗经》中已经有了充分的审美体验；五言诗的"二三"节奏和七言诗的"二二三"节奏自身已有奇偶组合，所以比四言诗更有错综变化之美，这些我们在汉唐间的古近体诗中也早已熟悉了。但这两种句式节奏的组合将为我们带来全新的节奏效果。当然，如果没有具体的比较分析，总会让人觉得有点"口说无凭"；而如果把词和全无干系的四言诗、五七言诗相比较，又会觉得没有可比性。在这种情况下，我们不妨冒煞风景之嫌，对李清照的名篇《一剪梅》做一点小小的改动，一律改为七言句式，于是奇偶音节错落的《一剪梅》就变成了一首纯为单式句的《瑞鹧鸪》：

> 红藕香残玉簟秋，罗裳轻解上兰舟。云中谁寄锦书来，雁字回时月满楼。　花自飘零水自流，一种相思两处愁。此情无计可消除，才下眉头上心头。

改作于整首词删去了"独""西""闲""却"四个字，每片只删去两个字，基本意思可以说没有多少变化，但由于原来两个相邻的四字句变成了一个以

晏殊《浣溪沙》
（小园香径独徘徊）词意

单音节收尾的七字句，原来的奇偶音节错落变成了纯粹的单式句，节奏韵味就迥然不同了。节奏一变，声情亦随之变化，读来方整而少变化，轻快而不免滑脱，原来那种流丽顿挫、宛转缠绵的韵味也就失去了。

当然，奇偶音节错落的词调很多，《一剪梅》词调只是一个比较典型的例子。与《一剪梅》相比，很多的词调组配方式更复杂，也更富于变化。让我们再来看一下苏轼的《水调歌头》：

> 明月几时有，把酒问青天。不知天上宫阙，今夕是何年。我欲乘风归去，又恐琼楼玉宇，高处不胜寒。起舞弄清影，何似在人间。　转朱阁，低绮户，照无眠。不应有恨，何事长向别时圆。人有悲欢离合，月有阴晴圆缺，此事古难全。但愿人长久，千里共婵娟。

在《全宋词》最常用词调中，《浣溪沙》以存词八百四十七首高居榜首，而《水调歌头》则以存词七百七十一首位居第二，这就足以表明该调的节奏之美在宋人心目中是得到普遍认可的。从句式的长短相配、音节的奇偶变化来看，《水调歌头》采用了三、四、五、六、七言等五种句式，充分展示了词体句法伸缩自如、长短错落的特点。从单式句与双式句的组配关系来看，《水调歌头》共十九句，其中三、五、七言句式均为单式句，共十三句，而五字句多达九句；四、六言句式为双式句，共六句。可见在该调中是以单式句的节奏类型和五言句式为主。该调中虽然比较散文化的六字句多达五句，可是并没有影响整首词的节奏韵律感，原因在于与六字句相配的均是五字句收韵，从而使得其节奏仍然落在单式句上。譬如"不知天上宫阙"一句，前边已有两个五字句奠定了单式句的节奏类型，后边又以"今夕是何年"一个五字句押韵，前后融合晕化，六言句式的散行意味就被弱化了。另外，词中的四个六字句分属于两个句组，句组格式均为"六六五"结构，给人的感觉是两句骈行，一句收束，这样由分而合，节奏有变化而不失工稳。同时因为韵脚仍落在五字句上，六字句的局部节奏仍然在单式句整体节奏的包孕之中。如果按照一般的看法，把四、六言句式看作散文的节奏，把五、七言看作诗的节奏，那么《水调歌头》一方面充分显示了长短句错落和奇偶音节错落的节奏变化特点，同时仍然以诗的节奏类型作为全词节奏的基础，从而把散文化的因素控制在一个合适的程度之内。也正因为《水调歌头》充分利用了词的节奏错综变化的功能特点，达到了抑扬中节、优美和谐的美声效果，所以成为宋人乃至后人所喜爱的词调之一。

三、奇字韵与偶字韵错落

奇偶音节错落的另一种表现形式是不同韵句之间的奇偶变化。对这种现象的考察，不是看某一单句是单式句还是双式句，而是看每一韵句的韵脚音节是奇字韵还是偶字韵。因为词属于音乐文学，是歌而不是诗，凡押韵处即是歌唱拍板处，这是决定词的节奏类型的关键部位。比如前面讲到的《水调歌头》，其中有不少六字句、四字句，这些当然都是双式句，但该调叶韵处均为单式句。如苏轼之作："我欲乘风归去，又恐琼楼玉宇，高处不胜寒。""人有悲欢离合，月有阴晴圆缺，此事古难全。"前面虽然各有两个六字句（双式句），但叶韵处的"高处不胜寒"和"此事古难全"均以奇数音节收尾，可知《水调歌头》尽管既有单式句也有双式句，但由于其八个押韵处均为单音节收尾，所以《水调歌头》仍是奇音型节奏。

一般来说，奇字韵为主的词调多为小令、多是急曲子，韵密，节奏轻快流丽，宜于表达轻快、活泼、热烈、奔放的情绪。偶字韵为主的词调多为长调、慢词，韵疏，近乎散文，节奏疏缓跌宕，宜于表达从容、舒展、清旷、刚方、深沉、凝重的情绪。当然这只是就总体而言，在实际创作中，奇字韵也可以深沉凝重，偶字韵也能轻快活泼，就看内容境界等的综合效果了。

奇字韵为主的常用词调有：《渔歌子》《忆江南》《潇湘神》《长相思》《捣

练子》《天仙子》《江城子》《巫山一段云》《相见欢》《虞美人》《生查子》《木兰花》《卜算子》《蝶恋花》《渔家傲》《苏幕遮》《青玉案》《点绛唇》《眼儿媚》《阮郎归》《南乡子》《定风波》等。

偶字韵为主的常用词调有:《清平乐》《如梦令》《西江月》《人月圆》《柳梢青》《画堂春》《洞仙歌》《八六子》《桂枝香》《念奴娇》《凤凰台上忆吹箫》《八声甘州》《望海潮》《沁园春》《声声慢》《暗香》《疏影》《翠楼吟》《长亭怨慢》《霓裳中序第一》《双双燕》《高阳台》《齐天乐》等。因为韵脚多为双音节,故其节奏声情以平稳舒徐为主。但音节节奏也只是决定词的声情的一个因素,其他还有原始的音乐背景以及音韵等因素。比如《念奴娇》虽然有平韵、仄韵二体,最常用的正体是仄韵体;又如《齐天乐》也是仄韵体。这两个词调常用来表达"健捷激袅"的情绪。

从词史的纵向发展来看,晚唐五代等早期的词调从诗的节奏体系分化未久,奇字韵者多,节奏旋律仍近于诗。以后则随着词的文学性增强,同时伴随着雅化审美追求,偶字韵词调渐多。尤其是南宋姜夔、张炎一派所创制、常用的词调,如《暗香》《疏影》《双双燕》《高阳台》等,多为偶字韵词调。本来词之雅俗在内容而不在节奏,但"张打油""胡钉铰"之属以及莲花落之类俚俗韵文,往往用五七言单字韵,遂使得单字韵多俗词,而偶字韵近乎雅,这也是词史上不期而然的一种文化现象。

奇偶相参的词调,是指一调之中既有奇字韵、也有偶字韵,且两者难分主次的词调。这类词调或前奇后偶,如《忆秦娥》;或前偶后奇,如《破阵子》;或奇偶相间,如《临江仙》。常用词调还有《贺新郎》《摸鱼儿》《兰陵王》《八声甘州》等。因为兼有奇偶,构成词调中节奏的变化,适于表达起伏跌宕的情绪。因为小令中的韵句往往也就是单句或自然句,而慢词中的韵句往往包含多个单句,所以讲奇字韵与偶字韵的组合变化,主要是针对慢词而言的。这里来看吴文英的《八声甘州》。为了更为直观地考察奇偶韵脚,这里分韵排列:

渺空烟四远，是何年、青天坠长星。
幻苍崖云树，名娃金屋，残霸宫城。
箭径酸风射眼，腻水染花腥。
时靸双鸳响，廊叶秋声。

宫里吴王沉醉，倩五湖倦客，独钓醒醒。
问苍波无语，华发奈山青。
水涵空、阑干高处，送乱鸦、斜日落渔汀。
连呼酒，上琴台去，秋与云平。

《八声甘州》为双调，九十七字，上下片各九句四平韵。因为分韵排列，奇字韵、偶字韵一目了然。上片四韵，依次为奇、偶、奇、偶；下片四韵，为偶、奇、奇、偶。八个韵脚，四奇四偶，但从排列来看仍有错落变化。从节奏感来说，奇字韵与偶字韵是平分秋色，难分主次。但因为上下片歇拍处均为偶字韵，整首词的情调还是偏于深沉、舒缓的。

第三节　韵位错落

押韵问题是一切韵文的核心问题之一。因为韵脚所在，既体现了诗歌的结构组织手段，又是节奏点所在。无论是过去的吟唱，还是现在的吟诵，对于押韵的安排都是非常重视的。作为音乐文学来说，词的押韵问题尤为重要。沈义父《乐府指迷》说："词腔谓之均，均即韵也。"[1] 戴表元《程宗旦古诗编序》说："语之成文者有韵，犹乐之成音者有均，一也。"[2] 这就是说，作

---

[1] 沈义父：《乐府指迷》，收于唐圭璋辑：《词话丛编》，中华书局1986年版，第283页。
[2] 戴表元著，陈晓冬、黄天美点校：《戴表元集》，浙江古籍出版社2014年版，第167页。

为音乐术语的"均"(又叫均拍)和歌词中的"韵"其实是一回事,在文辞曰韵,在音乐为均,两者是统一的。张炎《词源·讴曲指要》有大顿、小顿之说,小顿就是词中句读处,大顿就是叶韵处。据此可知,词在押韵方面的种种变化是造成词的节奏美的重要因素。

一、韵式的变化

从节奏方面来看诗词异同,诗的节奏是相对单纯、固定和统一的,而词的节奏则呈现出许许多多的变化,在押韵格式方面也是如此。对诗来说,同一种句式的不同诗体,其节奏是基本相同的。譬如五古、五律、五绝,除了五律中二联的对仗、黏连等细节之外,都是五言句式,"二三"或"二二一"节奏,也都是偶句押韵,其节奏是基本相同的。七言诗也是如此,只不过七言古诗或歌行体中句式会有局部的长短变化,那就是另一回事了。

相比较而言,诗的韵位是均匀、固定、统一的,即不管古体、近体,不管五言、七言,都以偶句押韵为基础。词就不同了。我们不能说词的韵位是不固定的,因为对每一种词调而言,其韵位都是明确、固定、不可移易的。我们只能说,不同的词调具有不同的押韵方式。现存的八百多种词调,虽然不能说每一种词调都是一种独立的押韵方式,但其韵式的丰富性是一般的古近体诗所不可比拟的。

词的韵位的丰富性,首先体现在节奏点的变化。诗的节奏点一般在偶句的韵脚处,其节奏是均匀、工稳的。而词的调式不同、韵位不同,节奏点即随之而变。这种节奏点的变化体现在两个方面,一个是时值,一个是拍眼。时值是指前后节奏点之间的间隔长短,拍眼体现为虚实轻重(重音所在)。如苏轼《望江南》:

春未老,风细柳斜斜。试上超然台上望,半壕春水一城花。烟雨暗千家。　　寒食后,酒醒却咨嗟。休对故人思故国,且将新火试新茶。诗酒趁年华。

这是正常的排列方式。如果按韵脚排列,每韵为一行,就成为如下的阵列:

春未老,风细柳斜斜。
试上超然台上望,半壕春水一城花。
烟雨暗千家。

寒食后,酒醒却咨嗟。
休对故人思故国,且将新火试新茶。
诗酒趁年华。

这里时值体现为每一韵的字数:每片第一韵八字,第二韵十四字,第三韵五字。字数的多少体现时值的长短。拍眼体现在每韵的句数构成。每片第一韵、第二韵均由二句构成,虽然有句式的长短变化,但仍然是偶句押韵,求大略小,它们和诗的韵位仍然是近似的。第三韵为一个独立的单句,就与诗的偶句押韵迥然有别了。我们的第一感觉是这里"少了一句",然后因为每片第五句的平仄与第四句的后五字相同,都是"平仄仄平平",这时会感觉到是因为第五句的平仄安排,把第五句前面的一句给"吃进去了"。所以《望江南》的节奏特点,尤其体现在每片的最后一韵也即最后一句上。

与《望江南》相似的还有《破阵子》。辛弃疾所作如下:

醉里挑灯看剑,梦回吹角连营。
八百里分麾下炙,五十弦翻塞外声。
沙场秋点兵。

> 马作的卢飞快，弓如霹雳弦惊。
> 了却君王天下事，赢得生前身后名。
> 可怜白发生。

《破阵子》用了三种句式。六字句是双式句，七字句和五字句是单式句，这是奇偶音节的错落变化。从节奏点的时值切分来看，每片第一韵十二字，第二韵十四字，第三韵只有一句，五字。而从第五句和第四句的平仄复叠关系来看，缺少的也是第五句前面的一句。假如我们不揣冒昧，在每片末句之前为它加上一句，无论多么富有才情，或是看上去多么稳惬允当，都改变了原来的节奏美。一旦把原来预留的节奏空间填满了、塞实了，也就失去了原来的韵味。

韵位错落的典型词调还有《相见欢》与《定风波》，这种比较特殊的押韵方式可称为"嵌入错叶格"。如李煜的《相见欢》：

> 林花谢了春红。太匆匆。无奈朝来寒雨晚来风。　　胭脂泪。
> 相留醉。几时重。自是人生长恨水长东。

又如宋代朱敦儒的《相见欢》：

> 金陵城上西楼。倚清秋。万里夕阳垂地大江流。　　中原乱。
> 簪缨散。几时收。试倩悲风吹泪过扬州。

《相见欢》又名《乌夜啼》，虽然只有三十六字，却是一首双调。它在押韵方式上的典型特征，是过片处两个三字句换了另外一个韵部，有人分别称之为"主韵"与"副韵"。所谓"嵌入"，是就局部的"副韵"而言。李煜所作，"红""匆""风""重""东"是主韵，下片的"泪"与"醉"为另一韵部，即所谓"副韵"。朱敦儒所作，"楼""秋""流""收""州"是主韵，下片的

"乱"与"散"为另一韵部。而且通首来看是五平韵,这里却交错而叶两仄韵。因为这只是一种局部的点缀,所以我们称为"嵌入错叶格"。之所以举两首词为例,就是要表明这种现象不是偶然的,而是已成定式了。

同样属于"嵌入错叶格"的还有《定风波》,也举两首为例。欧阳炯所作如下:

> 暖日闲窗映碧纱。小池春水浸晴霞。数树海棠红欲尽。争忍。玉闺深掩过年华。　独凭绣床方寸乱。肠断。旧珠穿破脸边花。邻舍女郎相借问。音信。教人羞道未还家。

苏轼所作如下:

> 莫听穿林打叶声。何妨吟啸且徐行。竹杖芒鞋轻胜马。谁怕。一蓑烟雨任平生。　料峭春风吹酒醒。微冷。山头斜照却相迎。回首向来萧洒处。归去。也无风雨也无晴。

《定风波》词调,上片三平韵,错叶两仄韵,下片两平韵,前后错叶四仄韵。欧阳炯词中的"纱""霞""华""花""家"为主体部分,押平声六麻韵,而"尽""忍"为上声十一轸,"乱""断"为去声十五翰,"问""信"分属去声十三问和去声十二震,可以通押。苏轼《定风波》与此同格。这种不同韵部及平仄韵的错落转换,不仅使得词调具有极强的音乐感,而且为表达各种复杂微妙的感情提供了充分的可选择性。

二、韵位的疏密

韵位就是押韵的部位。与诗体韵位的均匀分布不同,词体之韵位往往是疏密变化、错落有致的。诗的押韵方式当然也适应了汉字的音韵特点与审美规律，但近体诗的格律是文字格律，词的格律却是以歌曲的曲调为根据的，曲调的变化远远多于文字格律的变化，故词的押韵方式与韵位的疏密变化更能适应表达多种感情的需要。龙榆生在其《词曲概论》中，曾专门论及词的"韵位疏密与表情的关系"。他说："韵位的疏密，与所表达的情感的起伏变化、轻重缓急，有着不可分割的关系。大抵隔句押韵，韵位排得均匀的，它所表达的情感都比较舒缓，宜于雍容愉乐场面的描写；句句押韵或不断转韵的，它所表达的情感比较急促，宜于紧张迫切场面的描写。"[1]这样分析是对的。韵位之疏密本来是由曲拍决定的，而在词的音乐背景淡化之后，韵字之平仄与韵位之疏密又对词句的文字节奏起着统领与调节作用，这是在词的文字意义之外表达情调的一种辅助性载体，在欣赏词时也应给予一定的注意。

所谓韵位的疏与密，是以偶句押韵为常态，即一韵之中，两句以上者为疏，两句以下者为密。大体来说，短小的令词韵位一般较密，长调的韵位一般较疏。短调如《忆王孙》《长相思》《相见欢》《醉太平》《渔家傲》等调，都是句句押韵的。另外如《忆秦娥》，十句八韵；《清平乐》，八句七韵；《浪淘沙》，十句八韵；《浣溪沙》，六句五韵；《天仙子》，十二句十韵；《采桑子》，八句六韵；《阮郎归》，九句八韵；《点绛唇》，九句七韵，都属于韵位较密的词调。

韵位较疏的词调，从音乐角度称为慢词，就文字篇幅而言则称长调。如《沁园春》，二十六句十韵；《八六子》，十七句七韵；《洞仙歌》，十四句六韵；《念奴娇》，二十句八韵；《水龙吟》，二十三句八韵；《石州慢》，二十一句九韵；《永遇乐》，二十二句八韵；《浪淘沙慢》，二十七句七韵，就属于韵位较疏的词调。当然这只是就一般情况而论，长调也有韵位较密的。如《剑器近》，九十六字，十九句，却多达十五韵；《西河》，一百零五字，十八句，也多达十三韵。《词谱》卷二十六《留客住》调下注："宋人长调，以韵多者

---

[1] 龙榆生：《词曲概论》，上海古籍出版社1980年版，第131页。

为急曲子，韵少者为慢词。"[1]因为词调名中带有"慢"字的大都用韵偏少，所以这种说法应是符合实际的。

就一个具体的词调来说，韵位的疏密变化也有多种不同的情况。有的词调通首停匀，韵位分布较为均匀，使人想见曲调比较平稳，节奏变化不大。如苏轼所作《永遇乐》：

> 明月如霜，好风如水，清景无限。曲港跳鱼，圆荷泻露，寂寞无人见。紞如三鼓，铿然一叶，黯黯梦云惊断。夜茫茫、重寻无处，觉来小园行遍。　　天涯倦客，山中归路，望断故园心眼。燕子楼空，佳人何在，空锁楼中燕。古今如梦，何曾梦觉，但有旧欢新怨。异时对、黄楼夜景，为余浩叹。

又如姜夔自度曲《疏影》：

> 苔枝缀玉。有翠禽小小，枝上同宿。客里相逢，篱角黄昏，无言自倚修竹。昭君不惯胡沙远，但暗忆、江南江北。想佩环、月夜归来，化作此花幽独。　　犹记深宫旧事，那人正睡里，飞近蛾绿。莫似春风，不管盈盈，早与安排金屋。还教一片随波去，又却怨、玉龙哀曲。等恁时、重觅幽香，已入小窗横幅。

这两个词调从韵位疏密分布来看有相似之处，基本上为三句一韵，韵位分布均匀，给人的感觉是从容、舒展、深沉，整首词写一种词境或一种情绪，没有大起大落的变化。

而有一些词调则是在一调之中，呈现出局部的疏密变化。如秦观

---

[1] 转引自吴熊和：《唐宋词通论》，浙江古籍出版社1989年版，第59页。

《八六子》：

> 倚危亭。恨如芳草，萋萋刬尽还生。念柳外青骢别后，水边红袂分时，怆然暗惊。　　无端天与娉婷。夜月一帘幽梦，春风十里柔情。怎奈向、欢娱渐随流水，素弦声断，翠绡香减，那堪片片飞花弄晚，蒙蒙残雨笼晴。正销凝。黄鹂又啼数声。

《八六子》词调，虽然也是双调，但前短后长，上片六句三平韵，下片十句五平韵。平均二句一韵，属于比较正常的情况。可是下片自"怎奈向"三个虚字以下却是五句一韵，与前后韵位分布相比差别甚大。想来这一段音乐必是深沉舒缓，与前后的较快节奏构成明显的对比。

就词调史的演化来看，韵位的疏密变化有时会改变词的风格情调。这方面《一剪梅》是个典型的例子。这个词调，宋人曾创作出不少好词，无论是周邦彦"一剪梅花万样娇"，李清照"红藕香残玉簟秋"，蒋捷"一片春愁待酒浇"等等，均为脍炙人口的名篇。然而到了明人手中，《一剪梅》几入俗调。如瞿佑《一剪梅》：

> 水边亭馆傍晴沙。不是村家。恐是仙家。竹枝低亚柳枝斜。红是桃花。白是梨花。　　敲门试觅一瓯茶。惊散群鸦。唤出双鸦。临流久立自咨嗟。景又堪夸。人又堪夸。

又如唐寅《一剪梅》：

> 雨打梨花深闭门。孤负青春。虚负青春。赏心乐事共谁论。花下销魂。月下销魂。　　愁聚眉峰尽日颦。千点啼痕。万点啼痕。晓看天色暮看云。行也思君。坐也思君。

宋祁《玉楼春》
（红杏枝头春意闹）词意

其他如凌云翰、王世贞等人所作，基本上都是这种格式。和宋人所作《一剪梅》相比，明人所作有两个变化，一是韵位加密，本来是上下片各六句三平韵，即第一、三、六句押韵，明人所作乃变为句句押韵，六句六韵；二是把上下片的四字句变为叠字叠句，瞿佑所作"不是村家，恐是仙家"，还是二字相重，唐寅所作"孤负青春，虚负青春"，更是只有首字不同了。韵位过密和叠句过多，使得明人的《一剪梅》过于顺溜，缺乏应有的顿挫感，因而带有打油或俳谐气味了。

三、说《浣溪沙》

从词的节奏特点来看，最为典型的词调是《浣溪沙》。从已有的统计数据和发展趋势来看，在唐宋以来的千年词史上，《浣溪沙》很可能是使用频率最高的词调。据刘尊明、王兆鹏著《唐宋词的定量分析》，在曾昭岷等编《全唐五代词》中，其正编部分共收录词一千九百六十一首，使用词调一百七十六种，其中《浣溪沙》共九十六首，占比4.9%。按统计数字是排名第二，排名第一的是《望江南》，七百五十三首，但是其中所收录的易静的《兵要望江南》七百二十首，很难说是文学作品，如果把这七百二十首剔除，那么《浣溪沙》就是排名最高的，其次是《菩萨蛮》八十六首。新版《全宋词》共收录词两万一千一百二十六首，使用词调八百四十四个，使用频率最高的词调也是《浣溪沙》，共八百四十七首，占比4%。排名第二的是《水调歌头》七百七十一首。据王靖懿博士学位论文《明词特色及其历史生成研究》，《全明词》和《全明词补编》共收录词两万四千三百七十三首，使用词调六百六十八种，排名第一的是《蝶恋花》，八百九十一首；《浣溪沙》排名第二，共七百八十三首，占比3.2%[1]。目前《全清词》的编纂还在过程中，但从已经出版的《顺康卷》《雍乾卷》来看，《浣溪沙》的使

---

[1] 王靖懿：《明词特色及其历史生成研究》，苏州大学2015年博士学位论文。

用频率仍然很高。据估计《全清词》顺康、雍乾、嘉道、咸同、光宣五卷全部竣事之后，词作总量可能达到三十万首。即使按照《浣溪沙》所占明词比例3.2%推算，历代词中的《浣溪沙》至少也在万首以上，这是一个非常惊人的数字。由此可见，《浣溪沙》词调之受人喜爱，就不能理解为个别词人的偏嗜，而是历代词人共同的选择。这是值得索解的词学现象。

《浣溪沙》词调的节奏之美与旋律特点，主要是由两点造成的。其一是它三句一段的体式，其二是每片的三句之间的节奏组合关系。

中国古典诗歌，无论长篇短制，句数多为偶数。这种体制的形成，当和重视骈偶、追求稳定感的审美传统相关。奇句体的诗在中国诗史上也能找到一些，比如汉代有刘邦三句体的《大风歌》，还有马援《武溪深》、梁鸿《思友诗》，以及蔡邕编集《琴操》中的《将归操》《别鹤操》等，都是三句体。还有三句一转韵的，唐代有岑参《走马川行》和富嘉谟的《明冰篇》，宋代有黄庭坚《观伯时画马礼部试院作》以及苏轼等人的和作。另外还有五句一首的，如江淹《齐凤凰衔书伎辞》，杜甫《曲江三章章五句》；七句一首的，如李白《乌栖曲》、苏轼《黄茅冈歌》；还有九句一首的，如汉武帝刘彻《秋风辞》；十五句一首的，如曹丕《燕歌行》等等。这些奇句成章的诗有一个共同特点，就是句句押韵。只有句句押韵，才能在某个奇数句那儿停下来。由上可知，奇句体诗虽然时而可见，始终未能形成某种定式，总量也有限。相比之下，三句一段的《浣溪沙》不仅形成了一种专门的词调，而且历代词中的《浣溪沙》超过一万首。这样超乎寻常的创作规模，以及相连带的阅读欣赏效应，就和三句体的《大风歌》或三句一转韵的《走马川行》那种偶然一现的情况大不相同了。

《浣溪沙》节奏的独特韵味，实际是以中国诗歌一般皆以偶句成章为前提背景的。首先，《浣溪沙》打破了由偶句诗体约定俗成的"心理图式"，给读者带来"别具一格"的新鲜感。因为在中国诗史上，向以偶句诗体为主，长期的审美积淀已在读者意识中造成一种既定的心理图式，因而阅读诗歌的时候常会伴随着一种无意识的心理预期，即读到上句（或奇数句）时便自然企盼下句，有了下一个偶数句（在律诗中与"出句"相对而称"对句"），节奏与韵味才觉圆满完足。在这种心理背景下读三句体诗或《浣溪沙》，读到第三句即自成一篇或自成一段，这先是在读者感觉上造成一种孤零感或失落感，旋即又转化为新奇感。阅读者为第四句预留的欣赏空间成了画框之内的艺术空白，这种艺术空白一方面使得第三句充分舒展而摇曳多姿，同时也使得全词具有一种有余不尽的悠长韵味。其次，与一般的偶句体诗相比，三句一段的《浣溪沙》更具有宛转流动的声情特点。偶句体诗往往具有方正、对称、稳定的建筑美，而《浣溪沙》具有韵密节促、流丽宛转、舒卷盘旋的韵味。某些地方民歌中的"赶五句"（或称"五句头"），前四句均为铺垫、蓄势，效果全在第五句。而过去曾一度流行的文艺形式"三句半"，效果全在最后的半句上，道理与此相通。[1]

也许是因为《大风歌》已经流传了两千余年，我们对其三句体式带来的新鲜感已经多少有点麻木了。那么我们也不妨像前边改动李清照的《一剪梅》那样，借拟议变化以资比较。比如说，按照一般的诗体形式，给它末尾再加上一句，便成为韵味截然不同的"另一首"诗了：

> 大风起兮云飞扬，威加海内兮归故乡，安得猛士兮守四方，太平万世兮乐无疆。

因为我们久已接受了三句体的《大风歌》，所以对这追加的第四句，会明显产生多余、累赘的蛇足之感。但假如刘邦当初所唱本为四句，我们也许会觉得它很正常；但也唯其正常，便不会有三句体诗的格外新奇之感。

同样，我们也可以选取晏殊的名篇《浣溪沙》，来做一个改造实验，即在上下片各加一句，使之变为四句一段：

---

[1] 把《浣溪沙》词调的效果比作"三句半"，乃1994年襄樊词学会议上闻之于钟振振教授。

>   一曲新词酒一杯，去年天气旧亭台。
>   <u>流年不禁春晼晚</u>，夕阳西下几时回？
>
>   无可奈何花落去，似曾相识燕归来。
>   <u>新词谱就无人唱</u>，小园香径独徘徊。

划线这两句是外加的，已尽可能贴近其原意，也许不至于唐突大雅。"晼晚"，出《楚辞·九辩》"白日晼晚其将入兮"，指日暮光景。李商隐《春雨》诗："远路应悲春晼晚。"宋词中亦常用。然而加上这一句，奇句段变为偶句段，遂变宛转流丽为方正工稳，韵味风致就大不如原来了。

除了奇句成段之外，《浣溪沙》的另一个魅力之源在于每片第三句与前句构成的复叠关系。《浣溪沙》每片只有三句，而进一步考察各句的平仄格式会发现，相对于偶句成段的诗歌来说，它缺少的不是第四句，而是第三句。之所以做出这种判断，是因为《浣溪沙》每片第三句的平仄格式皆同于第二句，而不是第一句。据龙榆生《唐宋词格律》，《浣溪沙》谱式如下：

　　　　＋｜＋－＋｜－（韵）＋－＋｜｜－－（韵）
　　　　　　　　　　　　　　＋－＋｜｜－－（韵）

　　　　＋｜＋－－｜｜（句）＋－＋｜｜－－（韵）
　　　　　　　　　　　　　　＋－＋｜｜－－（韵）[1]

据《唐宋词格律》凡例，这里是以"－"表平声，以"｜"表仄声，以"＋"表可平可仄。此谱式中字句平仄全依《唐宋词格律》，之所以把每片第三句

---

[1] 龙榆生：《唐宋词格律》，上海古籍出版社1978年版，第13页。

与第二句上下并列，是为了让读者看出，第三句与第二句的平仄格式是完全相同的，因此在节奏上就造成一种复叠效果。

为了证明《浣溪沙》每段第三句与第二句的复叠关系，我们还可以做一个实验。上一种实验是《浣溪沙》增句而成七律模样，现在是倒过来，把七律减去二句，变成《浣溪沙》模样。当然，减去的是相应的第三句和第七句。请看以下三首七律。李商隐《银河吹笙》：

怅望银河吹玉笙，楼寒院冷接平明。
重衾幽梦他年断，别树羁雌昨夜惊。
月榭故香因雨发，风帘残烛隔霜清。
不须浪作缑山意，湘瑟秦箫自有情。

韦庄《忆昔》：

昔年曾向五陵游，子夜歌清月满楼。
银烛树前长似昼，露桃华里不知秋。
西园公子名无忌，南国佳人号莫愁。
今日乱离俱是梦，夕阳唯见水东流！

晏殊《无题》：

油壁香车不再逢，峡云无迹任西东。
梨花院落溶溶月，柳絮池塘淡淡风。
几日寂寥伤酒后，一番萧瑟禁烟中。
鱼书欲寄何由达，水远山长处处同。

以上三首七律，试各掩去其第三句和第七句，则俨然一首《浣溪沙》。当然，为了使这些作品更像词，更接近词的风味意境，我们特意选了晚唐五代的李商隐、韦庄和宋代晏殊的诗作，因为这几家之诗本来就有些"词化"，其诗亦有词味。对一般读者来说，假如不告诉你这三首作品的来历，你是不是觉得这三首词写得还可以？当然，有些地方不合格律。比如说，每首词的第三句和第六句前四字的平仄都有点小问题。也许在正统学者看来，这样的实验是一种近乎恶作剧的小把戏。然而我是受王蒙先生的启发才想到的。王蒙先生当年为了证明李商隐诗的跳跃、空白、弹性和可重组性，曾经把李商隐的《无题》（锦瑟无端五十弦）等，打破其结构，倒错其语序，先后改写成多首七律和一首词，那种文风和写法确实让人耳目一新。而且王蒙先生的这篇大作《混沌的心灵场——谈李商隐无题诗的结构》，不仅发表在古代文学研究的权威期刊《文学遗产》（1995年第3期）上，而且赢得了正统学者的一致认可。我们现在也想追步其后尘，将既有名家名篇加以改造，从而证明《浣溪沙》每片二、三句间独特的复叠关系。我想，这种实验还是有效果的。

思考题

1. 结合本书绪论内容，试谈诗、词异同。
2. 词体节奏美的构成要素有哪些？试举例说明。
3. 比较诗与词句法、节奏的差异，品味词的句法节奏的特点与功能。
4. 什么叫单式句？什么叫双式句？结合本章第二节内容，体会奇偶音节错落之节奏美。
5. 吴熊和先生《唐宋词通论》第二章讲词体之形成，讲依乐段分片，依词腔押韵，依曲拍为句，审音用字等等，试依此思路，谈词与音乐的关系。

第二章 阴柔之美

在中华民族审美意识发展史上，在中国古代的各种文艺形式中，词之一体正是阴柔美的唯一载体形式。我们不想卷入婉约与豪放的正变优劣之争，我们只认为词就是阴柔、婉约、优美或女性化的。这正是它的特色，也是词在各种文体中有以自立的重要原因。有人说，词的出现，弥补了以前诗歌中那种相对直露的抒情。确实，相对于过去偏重美刺的诗教传统，相对于"修、齐、治、平"或"画图凌烟阁"之类的言志，词的柔情曼声不啻是一种民族审美心理的调剂。当然，假如只是我说词的审美特质在于阴柔美，那是很难得到认可的。早期的敦煌词并不一味阴柔婉约，两宋时期更有苏、辛豪放词派，说词的审美特质在阴柔美或婉约美，岂不是罔顾事实、挂一漏万吗？然而须知，任何一种文体个性的抽象概括都是建立在大胆舍弃的基础上的。好在前辈词学家已经提供了权威的说法，词的阴柔之美早已得到确认了。明代王世贞《艺苑卮言》说词的特点是"香而弱"；清代焦循《雕菰楼词话》说词的主要功能是疏导"性情中所寓之柔气"；现代词学家郑骞先生说"词之代表阴柔之美，是无可置疑的"[1]；叶嘉莹先生说"词体中之要眇幽微之美的基本质素"，"乃是属于一种'弱德之美'"。[2] 既然前辈词学家已经有了这样的高言傥论，我这里就没有任何创立新说的压力了。我所要做的就是进一步梳理归纳，使之更加体系化而已。

第一节　审美历程

关于词之艺术个性的探讨，历代词家各有会心，亦各有各的表述。因为这是词体文学最独特也是最本质的特点，所以关于词的阴柔美的探索和关于

---

[1] 郑骞著，曾永义编：《从诗到曲》，第6页。
[2] 叶嘉莹：《〈词之美感特质的形成与演进〉序言》，收于叶嘉莹：《迦陵杂文集》，北京大学出版社2014年版，第433—434页。

词之审美特质的探索几乎就是一回事。从唐宋以来的千年词学史来看，这种探讨可以说是与词的起源发展相与俱来的。现在就让我们来浏览一下，看看历代词学家曾经有过哪些经典化的表述。

一、李清照"别是一家"说

宋代是词的黄金时代，而宋代人对词的审美特质还没有形成正面的直接的认知。宋人词论中，有两位词人的说法最值得关注，一个是北宋的李之仪，一个是两宋之交的李清照。两位词人都是山东人，按照过去的表述习惯，或可并称为"山左二李"。

李之仪（1048—1127），字端叔，号姑溪居士，沧州无棣（今属山东省）人。著有《姑溪居士文集》和《姑溪词》，《全宋词》录其词九十六首。他的那首《卜算子》"我住长江头，君住长江尾"，前人赞为"古乐府俊语"[1]。《姑溪居士文集》卷四十有《跋吴思道小词》，其中写道："长短句于遣词中最为难工，自有一种风格，稍不如格，便觉龃龉。"[2]这两句话初看似平淡无奇，但我们能够在宋代的词话、词集序跋和其他种种词学史料中，一眼觑定这一篇与这一句，正是因为其中蕴含着可贵的理论萌芽。李之仪的贡献在于，他已经敏感地觉察到，词是一种独特的艺术形式或诗歌体裁，它有一种独特的味道，一种与此前各种诗歌形式全然不同的风格。至于这是一种什么样的风格，或者说这种风格有哪些独特的要素，他还没有琢磨出来。后面他又说"大抵以《花间集》中所载为宗"。并说柳永词"铺叙展衍，备足无余"，然"较之《花间》所集，韵终不胜"。晏殊、欧阳修、宋祁诸家词"风流闲雅，超出意表"，然与《花间词》相比，亦"非其类"。[3]这就是说，李之仪虽然暂时还未能正面界定词的风格特色，但他凭感觉认为，

---

[1] 毛晋：《毛晋词话》，收于邓子勉编：《明词话全编》，凤凰出版社2012年版，第3996页。
[2] 李之仪：《跋吴思道小词》，收于金启华等编：《唐宋词集序跋汇编》，江苏教育出版社1990年版，第36页。
[3] 同上。

> 朱顾仙、朱子尚、吴安泰、韩发秀，女有丽娟、莫愁、孙琐、陈左、宋容华、王金珠。唐时男有陈不谦、谦子意奴、高玲珑、长孙元忠、侯贵昌、韦青、李龟年、米嘉荣、李衮、何戡、田顺郎、何满、郝三宝、黎可及、柳恭。女有穆氏、方等、念奴、张红红、张好好、金谷里叶、永新娘、御史娘、柳青娘、谢阿蛮、胡二姊、宠姐、盛小丛、樊素、唐有忞、李山奴、任智、方四女、洞云。今人独重女音，不复问能否。而士大夫所作歌词，亦尚婉媚，古意尽矣。[1]

王灼在文中历数古来以歌唱著称的人物，不仅有男有女，而且男多女少。而入宋之后，宋人笔记中和词中提及的歌者往往是女性。联系王灼所谓"盖隋以来，今之所谓曲子者渐兴"[2]的说法，可知宋人"独重女音"正是与曲子词的兴起同步的。

唐宋词中的相关描写，为此提供了更具"现场感"的佐证。如牛峤《女冠子》：

> 绿云高髻。点翠匀红时世。月如眉。浅笑含双靥，低声唱小词。　眼看唯恐化，魂荡欲相随。玉趾回娇步，约佳期。

毛熙震《后庭花》：

> 轻盈舞伎含芳艳。竞妆新脸。步摇珠翠修蛾敛。腻鬟云染。　歌声慢发开檀点。绣衫斜掩。时将纤手匀红脸。笑拈金靥。

尹鹗《清平乐》：

---

[1] 王灼：《碧鸡漫志》，收于唐圭璋辑：《词话丛编》，中华书局1986年版，第79页。
[2] 同上，第74页。

芳年妙妓。淡拂铅华翠。轻笑自然生百媚。争那尊前人意。　酒倾琥珀杯时。更堪能唱新词。赚得王孙狂处，断肠一搦腰肢。

柳永《玉蝴蝶》：

误入平康小巷，画檐深处，珠箔微褰。罗绮丛中，偶认旧识婵娟。翠眉开、娇横远岫，绿鬓軃、浓染春烟。忆情牵。粉墙曾恁，窥宋三年。　迁延。珊瑚筵上，亲持犀管，旋叠香笺。要索新词，嫊人含笑立尊前。按新声、珠喉渐稳，想旧意、波脸增妍。苦留连。凤衾鸳枕，忍负良天。

晏殊《木兰花》：

春葱指甲轻拢捻。五彩条垂双袖卷。雪香浓透紫檀槽，胡语急随红玉腕。　当头一曲情无限。入破铮琮金凤战。百分芳酒祝长春，再拜敛容抬粉面。

欧阳修《减字木兰花》：

歌檀敛袂。缭绕雕梁尘暗起。柔润清圆。百琲明珠一线穿。　樱唇玉齿。天上仙音心下事。留往行云。满坐迷魂酒半醺。

这些词中描写的是五代北宋时期词的演出场景。毛熙震《后庭花》中提到"轻盈舞伎"，尹鹗《清平乐》称为"芳年妙妓"，柳永《玉蝴蝶》词中提到"平康小巷"，皆可使人想见她们以歌舞谋生的艺妓身份。从这些描写也可以看出，一个当红的艺妓应具备三个条件：天生丽质，打扮入时，擅长歌舞。而柳永词中的"要索新词，姵人含笑立尊前"，更反映了词人与歌妓之间的合作关系，同时也揭示了当时词的创作生态。

尤其值得关注的是，宋代的词家和文人也一致认为词应该由女性来演唱。如北宋时李廌《品令》词中写道："唱歌须是，玉人檀口，皓齿冰肤。意传心事，语娇声颤，字如贯珠。　老翁虽是解歌，无奈雪鬓霜须。大家且道，是伊模样，怎如念奴。"刘克庄《翁应星乐府序》云："长短句当使雪儿、啭春莺辈可歌，方是本色。"[1] 王炎《双溪诗余自序》云："长短句宜歌而不宜诵，非朱唇皓齿无以发其要妙之声。……长短句命名曰曲，取其曲尽人情，唯婉转妩媚为善，豪壮语何贵焉？"[2] 这里不仅认为词应宜于"朱唇皓齿"，而且直指婉转妩媚的阴柔风格。一直到宋末元初的词家张炎，在其《词源》中说："簸弄风月，陶写性情，词婉于诗。盖声出莺吭燕舌间，稍近乎情可也。"[3] 张炎是精通音乐的著名词学家，他的《词源》有正本清源、示人轨范的意味。他在这里不仅指出了词"声出莺吭燕舌间"的寻常格例，而且认为这正是词婉于诗的直接原因。清人彭孙遹《金粟词话》云："词以艳丽为本色，要是体制使然。"[4] 这里说的"体制"，不是指词的格律体裁，而是指唐宋时期歌舞演出的原初状态。可知词之所以会形成"别是一家"的另类特征，首先是由这种女性歌舞的演出体制所决定的。

三、男子而作闺音

唐宋词的抒情主体多是女性，而词作者多为男性，这种拟代女性视点

---

[1] 刘克庄：《翁应星乐府序》，收于金启华等编：《唐宋词集序跋汇编》，江苏教育出版社1990年版，第252页。
[2] 王炎：《双溪诗余自序》，收于金启华等编：《唐宋词集序跋汇编》，江苏教育出版社1990年版，第170页。
[3] 张炎：《词源》，收于唐圭璋辑：《词话丛编》，第263页。
[4] 彭孙遹：《金粟词话》，收于唐圭璋辑：《词话丛编》，中华书局1986年版，第723页。

口吻的创作方式，就是自《诗经》、汉乐府以来流行的"代言体"。因为这种情况比较普遍，于是出现了一个连带性问题，即所谓"男子而作闺音"的问题。

关于词中"代言体"，浦江清先生在《词的讲解》中说过三句话，虽然仿佛是课堂讲台上信口而出，未加强调，实际却是谈言微中，涉及唐宋词的规律性现象。浦江清先生说的第一句话是"凡词曲多代言体"[1]。这里的"词曲"兼指唐宋词与元代剧曲。戏曲设为人物角色，其为代言体不言自明，而浦江清先生指出词中亦多代言体，与万树所谓"诗余乃剧本之先声"[2]有相通之处。浦先生说的第二句话是"词有代言体和自己抒情体两种"[3]。如晚唐五代词家温庭筠的词大都为代言体，而韦庄词中抒情主人公多为其本人。又五代词家中，欧阳炯、和凝、牛峤、孙光宪等大部分词人多用代言体，而如冯延巳、李煜词中则多为本人抒情。浦先生说的第三句话是："初期之词曲皆为代言体。"[4]而言外之意是说，词至南北两宋，代言体日少，本人抒情日渐增多。北宋词人中，如柳永、张先、晏殊、欧阳修诸家，其词集中代言体与自己抒情体大约各占一半；至苏轼、黄庭坚而下，代言体地位日蹙，而以自己抒情体为主了。这种代言体和自己抒情体两大范畴的对立与消长，实际是词的音乐性与文学性进退消长的反映。

所谓"男子而作闺音"，是由清初阳羡派词人徐喈凤提出的。其《荫绿轩词证》云："从来诗词并称。余谓诗人之词，真多而假少。词人之词，假多而真少。如《邶风》《燕燕》《日月》《终风》等篇，实有其别离，实有其摈弃，所谓文生于情也。若词则男子而作闺音，写景也，忽发离别之悲；咏物也，全寓弃捐之恨。无其事，有其情，令读者魂绝色飞，所谓情生于文

---

[1] 浦江清：《浦江清讲古代文学》，凤凰出版社2010年版，第73页。
[2] 万树：《词律自序》，收于万树：《词律》，上海古籍出版社1984年版，第6页。
[3] 浦江清：《浦江清讲古代文学》，第48页。
[4] 同上，第62页。

也。此亦诗词之辨。"[1]徐啸凤意思是说,《诗经》是作者自道其身世经历,词则仿拟女性声气。曾经有学者专门撰文分析,认为这是唐宋词中一种奇特的文学现象,而在其他朝代或其他文体中是很少见的。其实,《诗经·国风》中那些以女性口吻叙事抒情的作品,往往出于男性作者之代言,这在《诗经》研究领域早已得到公认了。宋儒把郑卫之声中的"淫奔之诗"理解成"淫者所自作",现在看来是非常可笑的。钱锺书先生《管锥编》于《桑中》一诗说:"设身处地,借口代言,诗歌常例。貌若现身说法,实是化身宾白,篇中之'我',非必诗人自道。"[2]这是十分通达的看法。相比之下,朱熹以此诗为"淫者自作"或"自状其丑",就未免过于拘执了。

至于所谓"男子而作闺音",则是沿袭《诗经·国风》以及汉魏六朝以来乐府诗的代言作风,也并没有什么值得奇怪的。南朝乐府民歌中如《子夜歌》,吴声歌曲之《子夜四时歌》《华山畿》《读曲歌》,以及《西曲歌》《西洲曲》等等,称情人曰郎,自称曰妾,例作女性口吻。这是仿拟女性心思与口气,专为女性歌者所写的歌词,不能理解为女性相思者、淫奔者等等自道心曲。比如吴歌中的《碧玉歌》:"碧玉破瓜时,相为情颠倒。感郎不羞郎,回身就郎抱。"据说这首《碧玉歌》歌咏的是真人真事。碧玉是晋朝宗室汝南王司马义的姬妾,汝南王非常宠爱她,因此制作了这首《碧玉歌》。杜佑《通典·乐典》中有相关记载。这显然是好事者的因缘附会之说,和许多后人追加附会的所谓宋词本事一样不足凭信。在现今所见的南朝民歌中,这首《碧玉歌》是颇为大胆的。宗室闺帏之事,即使不说是"一入侯门深似海",要用真名来谱写出这样的淫词艳曲,至少不是什么光彩的事。从司马义的东晋时代到杜佑修《通典》,中间相去四百余年,好事文人有充分的闲暇去杜

---

[1] 徐啸凤:《荫绿轩词证》,收于屈兴国编:《词话丛编二编》,第450页。此段文字别见于田同之《西圃词说》,文字小异。田同之年代在后,《西圃词说》抄撮前人语而不注出处,故过去引用多误作田同之语。参阅李康化:《田同之〈西圃词说〉考信》,载《文献》2002年第2期。
[2] 钱锺书:《管锥编》,中华书局1979年版,第87页。

撰本事，杜佑不过是从其他文献中摭拾收录而已，所以尽管看上去这故事出于《通典》这样严肃的史学著作，却并不因此增加可信性。这首短歌为郭茂倩《乐府诗集》所收录的无名氏《碧玉歌》五首之一，而《玉台新咏》则和另一首并署名孙绰作。其实不管是孙绰之作，还是其他男性文人所作，其代言性质都是毫无疑义的。从音乐文学的角度来看，此前的乐府诗久已如此，明清的时调民歌亦复如此，今之流行歌曲仍然如此，非唯不足为奇，直可谓歌曲本色。当然，因为唐宋时唱词者多为女性，所以为女性歌者所写的歌词，也自然以女性视点为多。我们知道唐代也有著名的男性歌唱家如何满子、李龟年，宋代也有教坊雷大使那样著名的男性舞蹈家，可是我们看相关文献里提到词的演唱与舞蹈表演，几乎全是女性的歌者与舞者。袁行霈先生说："唐宋词在当时是配合着流行音乐演唱的，可以说是当时的流行歌曲。"[1]既然歌者、舞者皆为女性，词中抒情主人公多为女性就一点不奇怪了。

总之，只要把宋词当作歌曲而不是当作一般的文人诗来看，"男子而作闺音"就根本不是一个问题。比如，现当代有许多男性歌词作者，写了很多女性角色或女性视点的歌词，人们可是一点不以为怪的。比如阎肃创作的歌词《心香》《等着你回来》《风摆柳》《对对飞》，瞿琮所写《月亮走，我也走》《吐鲁番的葡萄熟了》《盼哥哥》《想给边防军写封信》等等，显然都是仿拟女性口吻的代言体，因为都是由女性歌者来演唱，这种人物视点口吻是非常自然的，所以从来也没有人惊奇于这些歌词作者"男子而作闺音"。就是说，观众们看到的是女性歌者，而根本没去关注男性歌词作者，因此不存在"男子而作闺音"的问题。当然，这里还有一个关于创作主体与演唱主体的认知问题。如当代歌曲，我们看到的是女性歌者演唱女性角色之歌，所以根本不会去理会词作者是男性还是女性，自然也压根儿没有

---

[1] 袁行霈：《唐宋词精华分卷·序》，收于王洪主编：《中国文学宝库 唐宋词精华分卷》，朝华出版社1991年版，卷首第1页。

"男子而作闺音"的想法。对于唐宋词而言,原本是"词人—演唱者—观众"的三元关系,到后世则变成了词作文本与读者的二元关系,我们无由见其当初演唱者的檀口皓齿冰肤,却只看到词中女性口吻与男性作者之间的反差或"反串"。"男子而作闺音"之所以会成为一个问题,恰恰是因为我们把词当作案头文学看所造成的心理错觉。只要还原到当时曲子词的歌舞演出现场,这一切就都不成问题了。

第三节　美女与爱情

　　词的阴柔之美表现在形式、内容及语体风格等多个层面,因为本书各章的避让关系,这里主要谈谈词中最为直接的显见的内容要素。和其他文体相比,词在题材内容方面的最大特点,也是决定词"别是一家"的前提基础,就是词中的女性主体地位和大量的爱情书写。可能从来没有哪一种文体像宋词这样,几乎是专为女性而生,专门以描写展示女性美为职志。真可谓入词之门,美女如云,仪态万方,争奇斗艳,明眸善睐,顾盼生辉。这一点不仅使词与诗有以区别,也与中国文学史上所有其他文体均有不同。反过来说,在中国文学史上,如此大张旗鼓、不假掩饰、理直气壮、名正言顺地描摹女性,歌咏爱情,此前仅在宫体诗里集中地出现过。要说词的文体个性、审美个性,这是最突出的、也是最重要的表现。天底下最大的阴阳之分就是男女之别,最细美幽约的柔情就是爱情。词的阴柔之美,首先表现在女性与爱情书写方面。

　　当然,就唐宋词的发展过程而言,前后期是有变化的。在词体形成与发展的晚唐、五代与北宋时期,词中的抒情主体,一直是以女性为主的。《花间集》就是最集中的表现。美国普林斯顿大学的田安教授,在其《缔造选本——〈花间集〉的文化语境与诗学实践》一书绪论中就说:"《花间集》词的灵魂,为浪漫爱情这一永恒主题。蜀人对于爱情乐辞的喜好,反映到选集的命名上:书名之'花',不仅是指词作写景描述的春天里真实的千花百卉,也是指整个选集所示美丽妇人的花容月貌。"[1]而随着词的文学性的增强,词的个人色彩也在增强,苏轼以后,词中代言体渐少,词人自我作为抒情主体的词作渐多。然而就唐宋词整体情况来说,词中的女性与爱情书写仍是相当突出的。南宋王炎《双溪诗余自序》曰:"今之为长短句者,字字言闺阃事……长短句命名曰曲,取其曲尽人情,唯婉转妩媚为善,豪壮语何贵焉?"[2]实际上"长短句命名曰曲",是歌曲之曲,不是"曲尽人情"的婉曲之曲,但这种有意的误解无伤大雅。我们所关注的是,正因为词"字字言闺阃事",所以才会"唯婉转妩媚为善"。这就是词的艺术个性,也是词的阴柔之美的主要表现。

一、美女如云

中国文学的创作主体是男性文人,而男性文人的人生理想是"修、齐、治、平",是"达则兼济天下",是"致君尧舜",是勒石燕然和画图麒麟阁;而耽于女色,和自暴自弃、玩物丧志一样是令人不齿的。所以在词体产生之前的先唐文学史上,刻画美女而能得到认可的,只有很少的先例。不能说是绝无仅有,但确实不多。堪称经典的约有三例。

一例是《诗经》中的《卫风·硕人》:

> 硕人其颀,衣锦褧衣。齐侯之子,卫侯之妻。东宫之妹,邢侯之姨,谭公维私。
>
> 手如柔荑,肤如凝脂。领如蝤蛴,齿如瓠犀。螓首蛾眉,巧笑

---

[1] 田安著,马强才译:《缔造选本——〈花间集〉的文化语境与诗学实践》,江苏人民出版社2016年版,第1页。

[2] 王炎:《双溪诗余自序》,收于金启华等编:《唐宋词集序跋汇编》,第170页。

倩兮，美目盼兮。

硕人敖敖，说于农郊。四牡有骄，朱幩镳镳。翟茀以朝。大夫夙退，无使君劳。

河水洋洋，北流活活。施罛濊濊，鳣鲔发发。葭菼揭揭，庶姜孽孽，庶士有朅。

这首早期的"美人诗"最吸引读者的当然是第二段。读者才不管她是谁的女儿、谁的妻子、谁的妹妹、谁的小姨呢，打听那些细节是下一步的事，眼下他们一下子就被这美女的惊才绝艳吸引住了。所谓"光彩夺目"，所谓"惊艳"，就是指这种状况。你看她的纤纤玉指，有如春天茅草的嫩芽，十指削尖，白里透红；她的皮肤白嫩细腻，凝如油脂；她的脖颈修长柔美，如蝤蛴一般丰润光洁；她的牙齿洁白灿然，有如瓠子一般小巧整齐；她的前额方正修洁，蛾眉弯细；她美眸流动，顾盼生辉，嫣然一笑，勾魂摄魄。前面五句有如电影的特写镜头，逐一刻画，写手，写皮肤，写秀颈，写牙齿，写方额细眉，这是写形；而末二句是点睛之笔，是写神。有了"巧笑倩兮，美目盼兮"这二句，这美女就不再停留在文字层面，而是飘然欲下的活的尤物。《硕人》虽然是"郑卫之声"，但它早成经典，具有崇高而不可撼动的地位，所以尽管它对女性之美竭尽刻画比喻之能事，"肤如凝脂，领如蝤蛴"亦不无性感意味，还是一直被保留传诵至今，成为美女描写的第一经典案例了。

第二例是宋玉《登徒子好色赋》中的"东家之子"：

天下之佳人莫若楚国，楚国之丽者莫若臣里，臣里之美者莫若臣东家之子。东家之子，增之一分则太长，减之一分则太短；著粉则太白，施朱则太赤；眉如翠羽，肌如白雪；腰如束素，齿如含贝；嫣然一笑，惑阳城，迷下蔡。然此女登墙窥臣三年，至今未许也。

这是刻画美女的另一种手法，是赋体文学分切"四至"、周匝渲染的变体。通过其增之减之、着粉施朱种种不可，来证明此"东家之子"长得恰到好处，要眇宜修，后面的"腰如束素"说明她体型也非常优美。这种写法似乎有点笨拙，但增之减之的排除法，也成为一种带有民间文学色彩的经典手法。

第三例是曹植的《洛神赋》：

> 其形也，翩若惊鸿，婉若游龙。荣曜秋菊，华茂春松。仿佛兮若轻云之蔽月，飘摇兮若流风之回雪。远而望之，皎若太阳升朝霞；迫而察之，灼若芙蕖出渌波。襛纤得衷，修短合度。肩若削成，腰如约素。延颈秀项，皓质呈露。芳泽无加，铅华弗御。云髻峨峨，修眉联娟。丹唇外朗，皓齿内鲜，明眸善睐，靥辅承权。瑰姿艳逸，仪静体闲。柔情绰态，媚于语言。奇服旷世，骨像应图。披罗衣之璀粲兮，珥瑶碧之华琚。戴金翠之首饰，缀明珠以耀躯。践远游之文履，曳雾绡之轻裾。微幽兰之芳蔼兮，步踟蹰于山隅。

与前二例相比，曹植《洛神赋》以更大的篇幅，更恢宏的气度，更大的活动空间，更铺张的描写，化方寸小品为巨幅大画，化静止描写为动态展示，尤其是"翩若惊鸿，婉若游龙"，"凌波微步，罗袜生尘"等描写，充分展示了洛水女神飘忽迅捷的飞动之美。在美女描写的演化史上，《洛神赋》可以说是令人叹为观止了。

除了以上三例之外，以刻画女性为基本题材和特色的还有南朝的宫体诗。宫体诗自唐代以来，一直被认为是狭邪、病态、不健康的，也一直是正统文学家讨伐、批判的靡靡之音与反面教材。闻一多的著名论文《宫体诗的自赎》更是直斥为"变态"与"堕落"。既然如此，此处便不将它与两宋"一代之文学"的宋词相提并论了。

在两宋名家词中，有很多描写美女的篇什。因为各人旨趣不同，写法各异,为我们展现了两宋时期群美争艳的夭冶长卷。因为背景大多在当时最繁华的都城汴京(今开封)和临安(今杭州),所以这也可以说是另一幅《清明上河图》。不过与张择端笔下的民俗风情图不同的是,图中除了少数风流佳公子之外,绝大多数是女子。尽管她们身份不同,神态各异,但都是被风流词人选出来的性感尤物。无论是服饰、发型、妆扮、器物,以及举止言谈、风流调笑态度,均可代表当时的摩登风习与审美追求。如果有人要写一部《中国女性文化史》,或是要研究古代女性服饰、女性心理、女性情爱观等等,宋词都是不可或缺的文本史料。

现在就让我们走进宋词,看一看宋词名家笔下美女的千姿百态。

先来看张先的一首《更漏子》:

> 锦筵红,罗幕翠。侍宴美人姝丽。十五六,解怜才。劝人深酒杯。　黛眉长,檀口小。耳畔向人轻道。柳阴曲,是儿家。门前红杏花。

这首词写才子佳人在酒宴上的一见钟情。叶申芗《本事词》卷上记载:"张子野风流潇洒,尤擅歌词,灯筵舞席,赠妓之作绝多。"[1]这个侍宴少女应该也是歌妓之类。她不仅长得黛眉檀口,光彩照人,而且识才爱才,这是让人动情之处。词写得最精彩的在歌拍处,在这个美少女对词人的耳语:"柳阴曲,是儿家。门前红杏花。"这既显示了女子的多情,又为辞章之外的情节留下了遐想空间。"儿家",指这女孩的家。"儿"是旧时少女自称,但在唐诗宋词中往往略带情色意味。元稹《莺莺传》:"玉环一枚,是儿婴年所弄。"又唐蒋维翰《春女怨》:"白玉堂前一树梅,今朝忽见数花开。儿家门户寻常闭,春色因何入得来。"这里的"门前红杏花",不仅是这少女家的标志物,

---

[1] 叶申芗:《本事词》,收于唐圭璋辑:《词话丛编》,中华书局1986年版,第2305页。

而且有点缀美化的功能。寻源溯流，应该出自白居易《杨柳枝》："若解多情寻小小，绿杨深处是苏家。"苏家，苏小小家。后来纳兰性德词《忆王孙》"刺桐花下是儿家"，又似从张先词夺胎。另外，《聊斋志异》卷十二《王桂庵》篇中所写："梦至江村……有夜合一株，红丝满树。隐念诗中'门前一树马樱花'，此其是矣。"又梁绍壬《两般秋雨盦随笔》卷四"鬼诗"条所记："盘塘江上是儿家，郎若游时来吃茶。黄土覆墙茅盖屋，门前一树马缨花。"[1]虽然有绿杨红杏及马缨花之别，意境趣味却是相通的。

张先这首词，虽然写了文人期盼的艳遇，却不流于狭邪。结尾处既有民歌风味，又显得雅致可人。吴曾《能改斋漫录》卷十六引晁补之评本朝乐章云："张子野与柳耆卿齐名，而时以子野不及耆卿；然子野韵高，是耆卿所乏处。"[2]这个评价把握得比较准确。柳永词中描写的往往是世俗的美女，有名有姓，刻画入微，其写法、趣味都带有市民文学的气息。如其《木兰花》一组四首分别写心娘之舞，佳娘之歌，虫娘之俊，酥娘之细腰；又如《昼夜乐》"层波细剪明眸，腻玉圆搓素颈"；《击梧桐》"香靥深深，姿姿媚媚，雅格奇容天与"；《红窗听》"如削肌肤红玉莹。举措有、许多端正"；《合欢带》"身材儿、早是妖娆。算风措、实难描"等等，都是一样的世俗审美眼光，在刻画形象的同时也在渲染性感气息。词学家们说柳永词俗，格调不高，所谓"绮罗香泽之态，所在多有"[3]，都和这种偏重色相的女性描写有关。然而所谓"有井水处皆能歌柳词"，亦说明柳词的流行正与迎合市民心态的描写有关。相比之下，张先的那些刻画美女的词作就比柳永显得要雅一些，格调高一些。包括《谢池春慢·玉仙观道中逢谢媚卿》，虽然也有"秀艳过施粉，多媚生轻笑"那样的色相刻画，但词的结尾："欢难偶，春过了。琵琶流怨，都入相思调。"并不停留于色相情欲，而是升华到一种颇具审美意味的绰约

---

[1] 梁绍壬：《两般秋雨盦随笔》，上海古籍出版社2012年版，第213页。
[2] 吴曾：《能改斋词话》，收于唐圭璋辑：《词话丛编》，中华书局1986年版，第125页。
[3] 刘熙载：《词概》，收于唐圭璋辑：《词话丛编》，第3689页。

风姿了。所谓"子野韵高",也正体现在这样一些升华之处。

再来看谢绛《菩萨蛮》:

> 娟娟侵鬓妆痕浅。双眸相媚弯如翦。一瞬百般宜。无论笑与啼。　酒阑思翠被。特故謷腾地。生怕促归轮。微波先注人。

按此首一作苏轼词,见曾慥《东坡词拾遗》;一作谢绛词,见黄昇《唐宋诸贤绝妙词选》卷二。《全宋词》两存之,学界据风格等判断,多以此归谢绛。这首词专咏美人目。首句是说女子化妆时浅涂眼角,使眼线延长,仿佛伸向两鬓。可知宋时女子,以眼角细长为美。"一瞬百般宜"二句是说只要眉目长得好看,无论笑啼,怎么都有风韵。董解元《西厢记》卷三《南吕宫·瑶台月》咏莺莺:"庞儿宜笑宜嗔,身分儿宜行宜坐。""庞儿"即脸儿,"宜笑宜嗔"与此意趣相通。"酒阑"二句是说酒后思睡,眼光乃故作醉态。末二句是说生怕情郎要走,先用眼色制止其开口。咏女性身体某一部位是南朝宫体诗之故技。谢绛这首词,传神阿堵,虽属艳词,好在不流于亵。后来到晚明以至清初如沈谦、徐石麒等人的"美人词",一直到清季民初况周颐的专集《绘芳词》,或咏女性身体的各个部位,或咏醉中、梦中、马上、帘下等各种美人情态,已不只是爱美之心,更带有情色意味了。

晏几道笔下的美女往往用笔至简,而别具神采。如《菩萨蛮》:

> 哀筝一弄湘江曲。声声写尽湘波绿。纤指十三弦。细将幽恨传。　当筵秋水漫。玉柱斜飞雁。弹到断肠时。春山眉黛低。

这首词写一位抚筝女子。虽然没有正面刻画其形象,却自觉优雅深情。"哀筝",过去评价音乐以悲为美,以悲哀动人为技艺高超。"一弄",奏一曲。"当

谢绛《菩萨蛮》
（娟娟侵鬓妆痕浅）词意

筵秋水漫",是写弹筝女子深情的眼神宛如一泓秋水。白居易《筝》"双眸剪秋水,十指剥春葱"或为其所本。"玉柱斜飞雁",是说十三个筝柱斜行排列,恰似一组斜飞的雁阵。"春山",指女子眉弯如远山一抹。《小山词自序》中曾提到莲、鸿、蘋、云四个歌女,而他写到弹筝女子往往忆及小莲,如《鹧鸪天》:"手撚香笺忆小莲。欲将遗恨倩谁传。……秦筝算有心情在,试写离声入旧弦。"又《木兰花》:"小莲未解论心素。狂似钿筝弦底柱。"所以余恕诚先生以为"这首词里所写的弹筝者很可能就是小莲"[1]。

小山词尤以情胜。夏敬观《映庵词评》云:"晏氏父子,嗣响南唐二主,才力相敌,盖不特辞胜,尤有过人之情。叔原以贵人暮子,落拓一生,华屋山邱,身亲经历,哀丝豪竹,寓其徼痛纤悲,宜其造诣又过于父。"[2]郑骞《成府谈词》云:"小山词境,清新凄婉,高华绮丽之外表,不能掩其苍凉寂寞之内心,伤感文学,此为上品。"[3]晏几道词中写了不少美丽多情的女子,以及彼此相爱、目挑心招的情形,但他给人的感觉却不是生活放荡,而是一个天生的情种。他没有占有欲或者邪念,而只是对这些明慧可爱的少女持审美欣赏的态度。他词中的女子大都是情窦初开的少女,没有烟火气,更没有柳永词中常见的烟花气。他善于把单纯、聪慧、美丽、多情这些理想情人的元素集于一身。而且,晏几道从来不用加之减之那样的写法,也绝不会用工笔细描。他用的是速写手法、写意手法。而且他总是能抓住这些美丽少女最有神采的特征或瞬间,三笔两笔的勾画就能传达出她们的神韵风采。晏几道写女性之词,清而纯,美而媚。这是一种难得的境界。何况其词不仅情深,又隽美风流。如《木兰花》"紫骝认得旧游踪,嘶过画桥东畔路";《蝶恋花》"月细风尖垂柳渡。梦魂长在分襟处";《临江仙》"落花人独立,微雨燕双飞";《生查子》"无处说相思,背面秋千下"等等,真真是天生好言语,所谓吟诵

---

[1]《唐宋词鉴赏辞典 唐·五代·北宋卷》,上海辞书出版社1988年版,第556页。
[2] 夏敬观:《映庵词评》,收于葛渭君编:《词话丛编补编》,第3450页。按,"徽"当作"徼"。
[3] 郑骞著,曾永义编:《从诗到曲》,第183页。

苏轼《水调歌头》（明月几时有）词意

一过，齿颊余香者也。

再来看贺铸《浣溪沙》：

> 鹭外红绡一缕霞。淡黄杨柳暗栖鸦。玉人和月摘梅花。　笑捻粉香归洞户，更垂帘幕护窗纱。东风寒似夜来些。

贺铸词婉约与豪放兼容并举。其婉约词名篇，除了《青玉案》（凌波不过横塘路），其次就是这一首。首句"鹭外红绡一缕霞"似从王勃《滕王阁序》"落霞与古鹭齐飞"化来。"玉人和月"一句写美人皎洁，与月相映生辉，让人想到韦庄的《浣溪沙》："暗想玉容何所似，一枝春雪冻梅花。满身香雾簇朝霞。"都是以景映衬，景与人融为一体。暮色晚霞，淡黄杨柳，含融晕化，为皎洁的玉人形象构成一种和谐的暖调背景，更显得恬淡宜人。"粉香"，指梅花；"洞户"，深宅之门，这里指闺房。晁端礼《醉桃源》："洞户悄无人，空锁一庭红雨。"曰洞户，曰绣户，都是指女子闺房。这首词自宋代以来广受佳评。近人陈匪石《宋词举》评曰："此种小令，从唐乐府之七言绝句脱胎而来，全以比兴出之。言景不言情，而情之所寄于言外得之，上也。言情而以景融入，用吞吐之辞，见含蓄之妙，耐人咀嚼，余味益然，次也。方回此作，纯是唐、五代遗音，通首不见一情语，而深厚之味、绵邈之情，必几经讽咏始能领会。"[1]唐圭璋《唐宋词简释》云："此与少游'漠漠轻寒'一首，同为美妙小品。唯少游写人情沉郁悲凉，而此则有潇洒出尘之致耳。"[2]宋词中写闺中独处，往往刻意伤春伤别，这首词恬静和悦，也是比较少见的。

周邦彦作为大晟府的提举，在刻画美女方面亦见工力。如《烛影摇红》（芳脸匀红），《意难忘》（衣染莺黄）等篇，都是别具匠心的佳作。这里试

---

[1] 陈匪石：《宋词举辑论》，收于葛渭君编：《词话丛编补编》，中华书局2013年版，第3661—3662页。
[2] 唐圭璋：《唐宋词简释》，上海古籍出版社1981年版，第118页。

看他的《满江红》：

> 昼日移阴，揽衣起、春帷睡足。临宝鉴、绿云撩乱，未忺装束。蝶粉蜂黄都褪了，枕痕一线红生玉。背画阑、脉脉尽无言，寻棋局。　　重会面，犹未卜。无限事，萦心曲。想秦筝依旧，尚鸣金屋。芳草连天迷远望，宝香熏被成孤宿。最苦是、蝴蝶满园飞，无心扑。

俞平伯先生《清真词释》云："尝谓《花间》所写为古典之美人，清真所写为较近代之美人；《花间》美人如仕女图，而《清真词》中之美人却仿佛活的。"[1]这是深悟自得之言，这首《满江红》正堪为例。周邦彦这首词，写来不动声色，乍读几不知何意，细品方知是写女性思春。这是温庭筠《菩萨蛮》一词的慢板，是《菩萨蛮》的加花变奏。试看温词：

> 小山重叠金明灭。鬓云欲度香腮雪。懒起画蛾眉。弄妆梳洗迟。　　照花前后镜。花面交相映。新帖绣罗襦。双双金鹧鸪。

温庭筠这首词写一个贵妇人晨起后的梳妆打扮，极写其慵倦之态，以衬托其春思无聊之感。龙榆生《词曲概论》第二章评曰："他用浓厚的彩色，刻划一个贵族少妇，从大清早起身，在太阳斜射进来的窗前，慢条斯理地理发、画眉、抹粉、涂脂，不断照着镜子，一面想着心事，最后梳妆好了，着上绣了成双小鸟的新衣，又顾影自怜起来，感到独处深闺的苦闷。"[2]

周邦彦这首词同工异曲，写来更从容，刻画更真切。俞平伯先生《清真

---

[1] 俞平伯：《清真词释》，收于俞平伯：《论诗词曲杂著》，上海古籍出版社1983年版，第623页。
[2] 龙榆生：《词曲概论》，第19页。

词释》评曰:"于昼影着一'移'字,便显得缓慢之极。然后写揽衣,写披帏,写睡足,无一不闲,无一不慢,想见春日迟迟,此睡足,真睡足也。"[1]尤其值得品味的是这词中的"枕痕一线红生玉",是说词中女子春睡过后,铅粉妆残,而雪白粉嫩的脖颈上,因为睡时挤压,留下一线红色的枕痕。这是对"春帏睡足"的具体刻画。这样的描写肯定来自于生活经验,真切如见,别具性感意味。后来明人就喜欢学习这种写法。比如晚明吴鼎芳的《惜分飞》"红界枕痕微褪玉",写女子睡起,酥颈圆白如玉而枕痕红一线。卓人月《古今词统》卷六评曰:"何减周美成'枕痕一线红生玉'?"[2]其实吴鼎芳此句正是从周邦彦词中学来的。

二、柔情似水

这里所谓柔情主要指相思之情,也就是爱情。爱情书写本来是古代正统文学的禁区,这里的正统文学主要指诗文。我们在古诗里看到的爱情诗,绝大部分见于《诗经·国风》,汉魏六朝乐府民歌,以及词曲和明清时调民歌,也就是广义的乐府诗,即音乐文学。正统文人的正经作品,言志诗要原道、宗经、征圣,抒情诗要发乎情止乎礼,儿女之情基本上是禁区。当然在唐诗中也有情诗,但往往如朱庆馀的《闺意献张水部》:"洞房昨夜停红烛,待晓堂前拜舅姑。妆罢低声问夫婿,画眉深浅入时无。"这不也是婉转可人的情诗吗?非也,这是别有寄托的寓意诗。此诗一题《近试上张籍水部》,是进士考试前献给考官之一水部员外郎张籍的,即所谓行卷、温卷是也。"画眉深浅入时无"其实不是问妆容,而是问文章风格。这样的诗,字面句句是说爱情,而言外全是另一回事。无独有偶,张籍的《节妇吟》也是这样的寄托之作。看上去情词宛转,可谓乐府余风之佳作,实际乃是张籍婉辞藩镇李师

---

[1] 俞平伯:《清真词释》,收于俞平伯:《论诗词曲杂著》,第640—641页。
[2] 卓人月汇选,徐士俊参评,谷辉之校点:《古今词统》,辽宁教育出版社2000年版,第217页。

道辟命之作,所谓"既坚己操,复不激人之怒"[1]者也。可知唐诗中的爱情诗,往往是借男女之情用作交际的回旋借代之作。

只有宋词成为中国诗歌史上别开生面的韵文形式,不仅可以堂而皇之地描写爱情,而且以之为专长专擅。钱锺书先生在《宋诗选注·序》中指出:

> 宋代五七言诗讲"性理"或"道学"的多得惹厌,而写爱情的少得可怜。宋人在恋爱生活里的悲欢离合不反映在他们的诗里,而常常出现在他们的词里。如范仲淹的诗里一字不涉及儿女私情,而他的《御街行》词就有"残灯明灭枕头敧,谙尽孤眠滋味;都来此事,眉间心上,无计相回避"这样悱恻缠绵的情调,措词婉约,胜过李清照《一剪梅》词"此情无计可消除,才下眉头,又上心头"。据唐宋两代的诗词看来,也许可以说,爱情,尤其是在封建礼教眼开眼闭的监视之下那种公然走私的爱情,从古体诗里差不多全部撤退到近体诗里,又从近体诗里大部分迁移到词里。[2]

事实上,到了北宋时代,既然如范仲淹、韩琦、司马光这样一些正人君子都会写出爱情词来,写爱情已不再被视为狭邪,用词写爱情也不再被看作"公然走私"了。

和后来戏曲中那种千篇一律的大团圆结局不同的是,宋词中很少描写恋人、情人、夫妻长相聚首、耳鬓厮磨的于飞之乐。像张先《菩萨蛮》词中"含笑问檀郎,花强妾貌强",欧阳修《南歌子》词中"走来窗下笑相扶,爱道画眉深浅入时无"那样的"闺房记趣"之作,在词中是较为少见的。志得意满很难产生真正的艺术品,个人的餍足不具有艺术感染力,而只有刻骨铭

---

[1] 张籍撰,徐礼节、余恕诚校注:《张籍集系年校注》,中华书局2011年版,第58页。
[2] 钱锺书:《宋诗选注》序,人民文学出版社1958年版,第9—10页。

心的离别相思之情才能引起读者的共鸣。

先来看柳永《凤栖梧》：

> 伫倚危楼风细细。望极春愁，黯黯生天际。草色烟光残照里。无言谁会凭阑意。　　拟把疏狂图一醉。对酒当歌，强乐还无味。衣带渐宽终不悔。为伊消得人憔悴。

这首词调名《凤栖梧》，其实和冯延巳最拿手的《鹊踏枝》一样，都是《蝶恋花》的别称，词学上叫作"同调异名"。词的结构也是中规中矩的写法，上片写景，下片抒情。当然，说的是"春愁"，实际是写爱情相思。这个"春"字，和《诗经·召南·野有死麕》"有女怀春"的"春"是一个意思，指春情，也就是爱情。"望极春愁，黯黯生天际"，当结合下一句来理解。"黯黯生天际"的实际是春草，而春草又总是和离别联系在一起。和柳永其他的那些情词艳词不同，这首词没有一味地刻红剪翠，也没有太多的尘俗气，所以是柳永《乐章集》中比较雅洁的作品。王国维在《人间词话》中谈到"古今之成大事业、大学问者，必经过三种之境界"，这首词中的"衣带渐宽终不悔，为伊消得人憔悴"，即被王国维借用来形容"第二境"。[1] 虽然是借词谈人生，但也说明这两句确实表现了一种锲而不舍的执着态度。

再来看晏几道《临江仙》：

> 梦后楼台高锁，酒醒帘幕低垂。去年春恨却来时。落花人独立，微雨燕双飞。　　记得小蘋初见，两重心字罗衣。琵琶弦上说相思。当时明月在，曾照彩云归。

---

[1] 王国维：《人间词话》，收于唐圭璋辑：《词话丛编》，中华书局1986年版，第4245页。

晏几道《小山词自序》中云："追惟往昔过从饮酒之人，或垄木已长，或病不偶，考其篇中所记，悲欢合离之事，如幻如电，如昨梦前尘，但能掩卷抚然，感光阴之易迁，叹境缘之无实也。"[1]怀旧与伤逝是晏几道词中突出的创作动机与旨趣。小蘋是晏几道《小山词自序》中提到的莲、鸿、蘋、云四个歌女之一，我们看《小山词》中《木兰花》"小蘋若解愁春暮，一笑留春春也住"，《玉楼春》"小蘋微笑尽妖娆，浅注轻匀长淡净"，可以想见她是一个天真烂漫、妩媚多情的女子。陈匪石《宋词举》有云："宋初小词每用歌姬名，东山、淮海以后，语唯求典，不复用矣。"[2]这就是说小蘋是实名，生活中实有其人，而不同于萧娘、谢娘之为类型化的名字。晏几道这首词先从梦回酒醒切入追忆，然后定格在去年暮春时节小蘋离去时的光景。下片"两重心字罗衣"云云，是再向前追忆初见小蘋的印象。俞平伯先生说，"去年春恨"三句是"较近的一层回忆"，而下片是"更远的回忆"。[3]结句则由小蘋的形象化入当空的皓月。"当时明月在，曾照彩云归"，其句法有意错综今昔，意思是说"当时""曾照彩云归"的明月仍在，而彩云——小蘋其人已不可复见了。彩云是美丽而薄命的女子的象征。中唐时有少女姓苏，名简简，殊姿异态，美艳无比，十三岁时未嫁而亡，白居易为作《简简吟》，有云："大都好物不坚牢，彩云易散琉璃脆。"由此出典来看，小蘋很可能不是一般的离去，而是如彩云归天一般仙逝了。

再来看秦观《满庭芳》：

> 山抹微云，天连衰草，画角声断谯门。暂停征棹，聊共引离尊。多少蓬莱旧事，空回首、烟霭纷纷。斜阳外，寒鸦万点，流水绕孤村。　　销魂。当此际，香囊暗解，罗带轻分。谩赢得、青

---

[1] 晏几道：《小山词自序》，收于金启华等编：《唐宋词集序跋汇编》，江苏教育出版社1990年版，第25页。
[2] 陈匪石：《宋词举辑论》，收于葛渭君编：《词话丛编补编》，第3672页。
[3] 俞平伯：《唐宋词选释》，陕西师范大学出版社2005年版，第101—102页。

楼薄幸名存。此去何时见也，襟袖上、空惹啼痕。伤情处，高城望断，灯火已黄昏。

这首词和柳永《雨霖铃》内容相似，都是恋人离别伤情之作。陈寅恪《柳如是别传》第三章论陈子龙《满庭芳·和少游送别》时指出，唐欧阳詹《初发太原途中寄太原所思》诗云"高城已不见，况复城中人"，所谓城中人是指太原妓申氏姊妹，秦观这首词末句化用欧阳詹诗句，可知这首词亦是别妓之作。"多少蓬莱旧事"二句是理解把握词的重要抓手，但"蓬莱"也可以有多种理解。一说蓬莱指会稽（今绍兴）龙山下的蓬莱阁，元丰二年（1079）秦观叔父任会稽尉，秦观曾去省亲，在那里住过一段时间，并有过一段恋情故事。又一说蓬莱是宋代馆阁的代称，秦观元祐年间曾任秘书省正字，兼国史院编修，因据此推定此词当作于绍圣元年（1094）外放为杭州通判时作。前一种说法出于宋代严有翼所撰笔记《艺苑雌黄》，类似捕风捉影之说，不可据信。但若把所谓"蓬莱旧事"解作秦观对馆阁生活的回忆，则又与本词所写的恋情不合。所以我们赞成关于蓬莱的第三种解释，即原指海上三神山之一，后用指恋人所居之地。李商隐《无题》诗云："蓬山此去无多路，青鸟殷勤为探看。"以蓬山隐指恋人居所，蓬山即蓬莱山之省称。按照这种解释，就与词的主题圆融无碍了。

这首词的抒情特点是融情于景。开头"山抹微云，天连衰草，画角声断谯门"三句，一方面是点出秋天黄昏的离别时间，同时也借微云、衰草和黄昏角声渲染离别之感伤。"多少蓬莱旧事，空回首、烟霭纷纷。斜阳外，寒鸦万点，流水绕孤村"，更是将无限怀恋之情都融入眼前的烟霭、斜阳、寒鸦、流水的凄迷景色之中。当然，"斜阳外"数句是化用隋炀帝杨广《野望》诗："寒鸦千万点，流水绕孤村。斜阳欲落处，一望黯销魂。"不能不承认隋炀帝原诗就是好诗，同时也不能不承认秦观的改造很高明。王世贞《艺苑卮言》说："'寒鸦千万点，流水绕孤村'，隋炀诗也。'寒鸦数点，流水绕孤村',少游词也,语虽蹈袭,然入词尤是当家。"[1]清贺贻孙《诗筏》评曰:"余谓此语在炀帝诗中,只属平常,入少游词特为妙绝。盖少游之妙,在'斜阳外'三字,见闻空幻。又寒鸦、流水,炀帝以五言划为两景,少游词用长短句错落,与'斜阳外'三景合为一景,遂如一幅佳图。此乃点化之神,必如此,乃可用古语耳。"[2]这里指出秦观词长短句错落之妙,很有见地。

这里顺便说一下,诗词曲化用前人成句,实际有一条不成文法,我们可以把它概括为"异体相袭"。因为运用同一种文体,如用前人成句就无异于剽掠,而换一种文体就是化用。所以诗不可用前人诗中成句,而可用前人文句;词不可用前人词中句,而可用前人文句或诗句;曲不可用前人曲中句,而可用前人文句、诗句或词句。亦如今日流行歌曲,歌词中嵌入、节缩或化用古典诗词名句颇受欢迎,但如用别人歌曲中词句则不可。邹祗谟《远志斋词衷》云:"诗语入词,词语入曲,善用之即是出处,袭而愈工。"[3]况周颐《蕙风词话》卷一云:"两宋人填词,往往用唐人诗句;金元人制曲,往往用宋人词句。"[4]说的就是这种现象。像明代杨慎那样,写词也往往用宋词中的句子,就难免被人视为剽窃了。

另外值得提醒的是,这首词的过片"销魂"二字是一个韵句,用标点当为句号,吟诵时应作"大顿"(与一般逗号处的"小顿"对比)。黄昇《唐宋诸贤绝妙词选》卷二说苏轼批评秦观学柳七作词,又说"销魂当此际"为柳七句法。这显然是捕风捉影之词。苏轼在作词方面一直自认为不如秦观,他也从不会要求弟子在诗文风格上与他保持一致。而且,苏轼虽不能说精通音律,至少不至于不懂断句。这是杜撰者露出的马脚。"香囊"二句写离别之际的难舍难分。香囊与罗带均为男女定情之物。东汉繁钦《定情》诗:"何

---

[1] 王世贞:《艺苑卮言》,收于唐圭璋辑:《词话丛编》,第387页。
[2] 周义敢、周雷编:《秦观资料汇编》,中华书局2001年版,第216页。
[3] 邹祗谟:《远志斋词衷》,收于唐圭璋辑:《词话丛编》,中华书局1986年版,第659页。
[4] 况周颐:《蕙风词话》,收于唐圭璋辑:《词话丛编》,中华书局1986年版,第4419页。

以致叩叩？香囊系肘后。"罗带，即香罗带，韦庄《清平乐》词："惆怅香闺暗老，罗带悔结同心。"林逋《相思令》："君泪盈，妾泪盈，罗带同心结未成。"今俗结婚时尚有用罗带打成同心结，双双牵入洞房者，即古之遗意。此处"暗解""轻分"，均指与爱恋之人离别。词的结尾融情于景，以景结情，化用唐欧阳詹的诗句而不着痕迹。如电影镜头化出拉远，有返虚入浑之妙。

再来看苏轼的悼亡名篇《江城子·乙卯正月二十日夜记梦》：

> 十年生死两茫茫。不思量。自难忘。千里孤坟，无处话凄凉。纵使相逢应不识，尘满面，鬓如霜。　　夜来幽梦忽还乡。小轩窗。正梳妆。相顾无言，唯有泪千行。料得年年断肠处，明月夜，短松冈。

据苏轼《亡妻王氏墓志铭》，苏轼妻子王弗，四川眉州青神人，治平二年（1065）五月卒于京师，时年二十七岁。次年归葬于眉州彭山县苏轼父母墓侧。此词作于熙宁八年乙卯（1075），苏轼在密州（今山东诸城）知州任上，距王弗去世刚好十年。起句"十年生死两茫茫"就抒发了一种感情强烈的深哀巨痛，所谓"两茫茫"，因为这不是一般的伤别恨远，而是人鬼殊途，阴阳永隔。回想当年他们喜结连理时，苏轼十八岁，王弗十六岁，共同生活十一年。因为感情至深，所以不需要专门去记亡妻忌日，也是不可能忘记的。"千里孤坟"一句极写对妻子的爱怜痛惜之情，实际即使他回到故乡，面对妻子的坟茔宿草，也仍然是阴阳两隔。所谓"纵使相逢应不识"，是因为十一年的岁月拉开了两人之间的反差，三十九岁的苏轼已是鬓发如霜，而早逝的王弗还停留在二十七岁的模样。这十一年间，苏轼在新旧党争的矛盾中，由京师出为杭州通判，再调任密州知州，仕途奔波，身心疲惫。"尘满面"之"尘"，不是尘土之"尘"，而是凡尘、红尘之"尘"。过片的"幽""忽"二字，准确传达了梦中的飘忽之感。还是熟悉的旧家庭院，妻子在小窗下梳妆一如生时，苏轼一方面觉得情景真切如见，而潜意识里又恍惚觉得妻子和他久已不在同一个世界了，所以彼此"相顾无言，唯有泪千行"。结尾处回应上片的"千里孤坟"，定格于亡妻坟茔的凄凉画面。

这首词是悼亡词的开山之作。本来词中所写的男女之情多为情人、恋人之间的幽隐之情，夫妻之情反而少见。故以词悼亡，从某种程度上来说，也是苏轼"以诗为词"的结果。夫妻之间的至性真情哀感顽艳，成就了这一千古名篇。也正因为有了苏轼的开创与引领，后来才有了贺铸《鹧鸪天》（重过阊门万事非），以及清代纳兰性德那些凄美幽怨的悼亡词。

第四节　檀郎与谢娘

古典诗词中的男女情侣往往会有一种类型化的称名方式，比如在唐宋词中出现比较多的就是檀郎和谢娘。当然，这里说檀郎和谢娘也只是一种代表性的说法，实际诗词中的男性情侣也可能是阮郎或萧郎，女性也可能是萧娘或秋娘。在古典诗词中，尤其是在唐宋词中，因为伤春伤别已成为基本主题，这种檀郎与谢娘的对应关系亦成为固定搭配。赵、钱、孙、李等常用姓氏不下百数，可是在诗词中成双作对出现的永远是檀郎与谢娘。我曾说唐宋词中的檀郎与谢娘，有点像中学英语教材中的李雷与韩梅梅，总是如影随形，成双作对。李雷与韩梅梅是教材编者杜撰出来的，檀郎与谢娘的出现却是在长期的诗词创作中约定俗成的。如此地不约而同，如此地高频率出现，显然已经成为一种文化现象和词学现象了。

一、专名与类名

古典诗词中的有名姓的人物大概可分为三类。一类是历史人物，如李白《永王东巡歌》："但用东山谢安石，为君谈笑静胡沙。"杜甫《咏怀古迹五首》其五:"诸葛大名垂宇宙,宗臣遗像肃清高。"苏轼《江城子·密州出猎》:"持节云中,何日遣冯唐?"辛弃疾《贺新郎》:"看渊明、风流酷似,卧龙诸葛。"这类人物形象多出现在咏史、怀古类作品中,或用作典故,或借以自比。第二类是作者身边实有的人物。如杜甫《饮中八仙歌》中的贺知章、崔宗之、张旭等人;柳永《木兰花》"心娘自小能歌舞","佳娘捧板花钿簇","虫娘举措皆温润","酥娘一搦腰肢袅";以及晏几道《小山词》中时时出现的四个歌女莲、鸿、蘋、云等人。当然也包括诗词中出现的题赠对象,如李白《赠汪伦》:"桃花潭水深千尺,不及汪伦送我情。"刘过《沁园春·寄稼轩承旨》:"须晴去,访稼轩未晚,且此徘徊。"这是生活中实有的人物,这些名字也是个性化的专名。第三类就是本文所要探究的类名化的人物。如《诗经》中的孟姜,乐府诗中的罗敷,以及唐宋诗词中屡屡出现的檀郎与谢娘之类。

我们把生活中实有人物的名字称为专名,把这种类型化的人物名字称为类名。顾颉刚则称为私名与通名,许地山称为私名与类名。顾颉刚在谈到孟姜女的名字由来时说:"当时齐国必有一女子,名唤孟姜,生得十分美貌。因为她的美的名望大了,所以私名变成了通名,凡是美女都被称为孟姜。正如西施是一个私名,但因为她极美,足为一切美女的代表,所以这二字就成为美女的通名。"[1]顾颉刚这里所用的私名与通名本为逻辑学概念,但理解亦有不同。比如许地山谈中国古典戏曲与梵剧之区别,其中有:"中国剧本对于互相称谓底方法也略有一定,如'员外''相公''小姐''主上'等,为通名;私名,则老者常名为'大年';婢女名为'梅香''春梅';役人名为'张千'之类都是。"[2]这是许地山的理解,而在我们看来,私名指具体人的名字,通名指类型化的名字。古典戏曲中婢女多叫"梅香",役人多叫"张

---

[1] 顾颉刚撰,钱小柏编:《顾颉刚民俗学论集》,上海文艺出版社1998年版,第114页。
[2] 许地山:《梵剧体例及其在汉剧上底点点滴滴》,收于郑振铎主编:《中国文学研究》,商务印书馆1927年版,第28页。

千",此正是通名或类名,而"员外""相公"则只是身份称谓而非人名了。

　　古典诗词中的类名代表着生活中某一类人物的形象特点,除了一般姓名的个体性符号功能之外,另具有某种文化意义和审美意味。它像一个语码,因为某种音韵效果和审美积淀,看到它就会涌起一些美好的优雅的联想。当然它也不像《红楼梦》中的甄士隐和贾雨村那样一些谐音影射的名字。那是小说家、戏剧家的惯技,中外文学皆不乏其例。而中国古典诗词中的类名更具有中国作风与古典韵味。

　　类型化的人物当然不仅出现在古典诗词中,在小说、戏曲等通俗文学、叙事作品中也存在。比如衙役中的董超、薛霸,在宋元话本《简帖和尚》、元杂剧《包待制智赚灰阑记》、明代小说《三遂平妖传》中都曾出现过,在《水浒传》中更是前后出现两次。第八回《林教头刺配沧州道,鲁智深大闹野猪林》中押解林冲的就是他们两个,那时候他们是开封府的解差;到了第六十二回《放冷箭燕青救主,劫法场石秀跳楼》,押解卢俊义的还是他们两个,这回他们是大名府的衙役。为了弥缝他们从开封府到大名府的蹊跷,《水浒传》作者还特地加了说明:"原来这董超、薛霸自从开封府做公人,押解林冲去沧州,路上害不得林冲,回来被高太尉寻事刺配北京,梁中书因见他两个能干,就留在留守司勾当。"其实为了两个路人甲乙式的边缘人物,本来用不着专门交代,只是这董超、薛霸似乎已成衙役之通名,所以不吝笔墨来疏通前后。

　　和董超、薛霸类型近似的还有张龙、赵虎。元代武汉臣杂剧《包待制智赚生金阁》第一折,庞衙内带两个随从登场,说:"我这两个小的,是我心腹人,一个叫做张龙,一个叫做赵虎。"《水浒传》第十二回《梁山泊林冲落草,汴京城杨志卖刀》写到杨志"迭配北京大名府留守司充军","当厅押了文牒,差两个防送公人,免不得是张龙、赵虎,把七斤半铁叶子盘头护身枷钉了"。这种写法见得张龙、赵虎的身份类名早已约定俗成,"免不得"三字更把作者懒得杜撰、信手拈来的意味都表现出来了。其他如《三宝太监西洋记》第九十四回，《喻事明言》里的《临安里钱婆留发迹》等，也都有这两位的随从形象。

更为典型的类名形象是说媒的王婆。宋元以来的小说戏曲中，媒婆几乎都姓王。王婆较早见于《太平广记》引《玉堂闲话》王仁裕的故事，"范公引宾客，绁鹰犬，猎于王婆店北"。这里的王婆店仿佛是地名，王婆也还不是媒婆、马泊六之流。稍后到了《京本通俗小说》中的《西山一窟鬼》，道是"元来那婆子是个撮合山，专靠做媒为生"，王婆的媒婆身份就基本确定了。元杂剧中如《赵盼儿风月救风尘》《玎玎珰珰盆儿鬼》等剧中都有王婆，但那个"隔壁王婆"基本就是路人甲，在推动剧情发展方面作用不大。而到了《水浒传》中，撮合宋江、阎婆惜的王婆和帮西门庆笼络潘金莲的王婆，就不仅是一般意义的媒婆，更有皮条客意味了。在晚明时期的话本小说"三言二拍"中，王媒婆的形象愈见稳定。如《喻世明言》中的《史弘肇龙虎君臣会》，《警世通言》中的《玉堂春落难逢夫》，《醒世恒言》中的《闹樊楼多情周胜仙》，《拍案惊奇》中的《姚滴珠避羞惹羞，郑月娥将错就错》《韩秀才乘乱聘娇妻，吴太守怜才主姻簿》，其中的王婆都是以说媒为生的。要研究中国古代的婚姻现象，王婆应是不可回避的人物。

值得注意的是，随着戏曲、小说等通俗文学的崛起，雅俗文学两大阵营中的类名也会出现交融互渗现象，一些常见于通俗文学的类名也会出现在诗词中。如明代著名小说家吴承恩《射阳先生存稿》中有词近百首，不仅词风近俗，其中出现的人物也时时透露出作者的小说家身份。如《菩萨蛮》："徘徊罗幌曙，闲共红儿语。"《点绛唇》："待月心情，只恐红儿解。"《蝶恋花》："忽地一声闻宝钗，隔帘弹出飞花片。"这里的红儿、宝钗之类，就是通俗文学中常见的丫鬟名，和过去诗词中的檀郎、谢娘迥异其趣。这就像某些侠客或武士，虽然可能十八般武器样样皆通，但林冲最擅长的还是枪，关胜最擅长的还是大刀。小说家、戏曲家写词，总不免带有一定的情节性或戏剧性。像吴承恩的这些词就颇有戏曲片段的意味。

二、谢娘与萧娘

在唐宋诗词中，檀郎与谢娘是最常见的情侣之类名。檀郎为诗词中男性情侣之类名，具体又有檀郎、阮郎、萧郎等不同称谓，既各有渊源，角色内涵亦有微别。谢娘为女性情侣之类名，具体又有谢娘、萧娘、秋娘等微妙变化。这些类名及形象之间，有联系又有区别，既有前后流变，又同中有异。这些形象在初起时或有出典，但在诗词创作发展过程中早已形成特定的人物意象，与原来的谢道韫或潘岳、阮肇等没有多少内在关系了。常见注疏往往笼统解会，看似追根溯源，实际不得要领。这里试做梳理。

谢娘的形象流变，在唐宋诗词中大致可分为三个层面。

其一，在晚唐以前的诗中，谢娘与谢道韫渊源较近，形象的基本内涵是才女或大家闺秀。如韩翃《送李舍人携家归江东觐省》："承颜陆郎去，携手谢娘归。"因为是送友人归家省亲，所以诗中以三国时怀橘孝亲之陆绩代指李舍人，谢娘代指李氏家眷。可知谢娘在彼时尚为美称，而这种用法在晚唐以后是不可想象的。又或称谢女。如刘禹锡《柳絮》："萦回谢女题诗笔，点缀陶公漉酒巾。"因为诗题是《柳絮》，这里的谢女显然是指咏絮才女谢道韫。又如李绅《登禹庙回降雪五言二十韵》："麻引诗人兴，盐牵谢女才。"咏雪而提及"盐"字，这里的谢女当然也是指谢道韫。又或称谢家。如白居易《奉和思黯自题南庄见示兼呈梦得》："谢家别墅最新奇，山展屏风花夹篱。"李端《题元注林园》："谢家门馆似山林，碧石青苔满树阴。"杨巨源《夏日裴尹员外西斋看花》："芳菲迟最好，唯是谢家怜。"卢纶《题李沆园林》："愿同词赋客，得兴谢家深。"这些都是题咏朋友家的园林，谢家就是借东晋时的名门大族谢家来比拟友人之家，和五代张泌《寄人》诗中的"别梦依稀到谢家"的谢家不同。

其二，晚唐诗中的谢娘或谢家，往往指妓女与妓院。晚唐诗如罗虬《比红儿诗》："谢娘休漫逞风姿，未必娉婷胜柳枝。"杜红儿、柳枝皆为妓女，谢娘显然也是妓女。唐彦谦《离鸾》："庭前佳树名栀子，试结同心寄谢娘。"

因为诗中有"尘埃一别杨朱路,风月三年宋玉墙",可知谢娘是一位风尘女子。又如刘沧《代友人悼姬》:"萧郎独宿落花夜,谢女不归明月春。"温庭筠《赠知音》:"窗间谢女青娥敛,门外萧郎白马嘶。"萧郎、谢女已成固定搭配,也隐约透露了谢女的平康女子身份。

值得注意的是,诗词中的谢娘、谢女隐指妓女,未必如当下诗词选本所称,是因李德裕所宠爱的名妓谢秋娘而起。李贺《牡丹种曲》:"檀郎谢女眠何处,楼台月明燕夜语。"宋代吴正子注曰:"唐诗中有称妓女为谢女者,大抵因谢安石畜妓而起,始称谢妓,继则改称谢女,以为新异耳。"[1] 这就是说,唐宋诗词中的谢女,其出处既不是才女谢道韫,也不是中唐名妓谢秋娘,而是从《晋书·谢安传》所载谢安携妓游东山轶事而来。李白《忆东山》:"我今携谢妓,长啸绝人群。"白居易《奉和裴令公新成午桥庄绿野堂即事》:"花妒谢家妓,兰偷荀令香。"李贺《昌谷诗》:"泉尊陶宰酒,月眉谢郎妓。"皮日休《奉献致政裴秘监》:"黄菊陶潜酒,青山谢公妓。"从这些诗例来看,晚唐以来诗词中的谢女、谢娘或隐指妓女,很可能不是因为李德裕与谢秋娘,而是从谢安的谢公妓演化而来的。

其三,唐宋词中的谢娘,已与才女谢道韫和谢公妓渐行渐远,而主要是作为恋人或意中人的符号化类名出现的。试选若干首,以便下文展开讨论。温庭筠《更漏子》:

> 柳丝长,春雨细。花外漏声迢递。惊塞雁,起城乌。画屏金鹧鸪。　香雾薄。透帘幕。惆怅谢家池阁。红烛背,绣帘垂。梦长君不知。

---

[1] 吴正子笺注、刘辰翁评点:《李长吉歌诗四卷》,此处转引自李贺著,王琦等注:《李贺诗歌集注》,上海人民出版社1977年版,第212页。

韦庄《浣溪沙》：

惆怅梦余山月斜。孤灯照壁背窗纱。小楼高阁谢娘家。　暗想玉容何所似，一枝春雪冻梅花。满身香雾簇朝霞。

顾夐《浣溪沙》：

惆怅经年别谢娘。月窗花院好风光。此时相望最情伤。　青鸟不来传锦字，瑶姬何处锁兰房。忍教魂梦两茫茫。

孙光宪《浣溪沙》：

桃杏风香帘幕闲。谢家门户约花关。画梁幽语燕初还。　绣阁数行题了壁，晓屏一枕酒醒山。却疑身是梦魂间。

晏殊《望汉月》：

千缕万条堪结。占断好风良月。谢娘春晚先多愁，更撩乱、絮飞如雪。　短亭相送处，长忆得、醉中攀折。年年岁岁好时节。怎奈尚、有人离别。

晏几道《鹧鸪天》：

小令尊前见玉箫。银灯一曲太妖娆。歌中醉倒谁能恨，唱罢归来酒未消。　春悄悄，夜迢迢。碧云天共楚宫遥。梦魂惯得无拘检，又踏杨花过谢桥。

贺铸《摊破浣溪沙》：

> 双凤箫声隔彩霞。朱门深闭七香车。何处探春寻旧约，谢娘家。　　旖旎细风飘水麝，玲珑残雪浸山茶。饮罢西厢帘影外，玉蟾斜。

高观国《玉楼春》：

> 多时不踏章台路。依旧东风芳草渡。莺声唤起水边情，日影炙开花上雾。　　谢娘不信佳期误。认得马嘶迎绣户。今宵翠被不春寒，只恐香秾春又去。

以上选相关词八阕，唐五代四阕，宋词四阕。这其中，高观国的《玉楼春》因为首句点出了"章台路"，可以说是明确写出了谢娘的妓女身份。晏几道词中"碧云天共楚宫遥"用楚襄王与巫山神女为云为雨典故，或亦可作为把谢桥理解成妓家的依据。其余各篇中的谢娘、谢娥、谢家等等，皆可理解为女性情人及其寓所。然而因为此前已有谢家妓或谢秋娘的说法，一般论述仍然习惯上把谢娘说成是妓女。比如吴世昌先生就说：

> 端己《浣溪沙》有"小楼高阁谢娘家"句。按"谢娘"，顾敻《浣溪沙》有"惆怅经年别谢娘"句，孙光宪《浣溪沙》有"谢娘（一作'家'）门户约花关（一作'开'）"句，可知"谢娘家"非指一般"女子所居"，乃当时倡家之通称也。[1]

---

[1] 吴世昌：《罗音室词札》，收于吴世昌著，吴令华编：《吴世昌全集》第五卷，河北教育出版社2003年版，第154页。

这里"可知"二字下得有点费解。从哪里看出谢娘家非指一般女子所居呢？是因为"谢家门户约花关"，想见一面不容易吗？"约花关"，张相《诗词曲语辞汇释》卷五释"约"为"拦"，其说曰："孙光宪《浣溪沙》词：'桃杏风香帘幕闲，谢家门户约花关。'言拦着花而关也。汪莘《好事近》词，《春晓》：'诗人门户约花开，蜂蝶误飞了。'约花义同上；按均犹云门户沿着花边。"[1]这样说"谢家门户约花关"和顾夐"月窗花院好风光"相似，不过是美化之词而已。总之除了先入为主的影响之外，我们看不出有什么理由把谢娘看成妓女。

事实上就词论词，这些词中着力突出的一是谢娘之美，二是她的惆怅心绪。写谢娘之美，最突出的是韦庄《浣溪沙》，"一枝春雪冻梅花"既写出其如花美貌，又见出超凡脱俗气质；"满身香雾簇朝霞"用渲染烘托之法，使谢娘的形象明艳而温馨。另外如史达祖《绮罗香·咏春雨》："隐约遥峰，和泪谢娘眉妩。"《玉蝴蝶》："一笛当楼，谢娘悬泪立风前。"也都是词句与形象双美之例。写谢娘之惆怅，除了上引诸词之外，还有温庭筠《河渎神》"谢娘惆怅倚兰桡"，韦庄《荷叶杯》"惆怅晓莺残月"，孙光宪《河传》"谢家池阁，寂寞春深"等。这实际是对面着笔，两面兼写，既写出谢娘的惆怅与寂寞，自然也写出了才子词人的多情与相思。

我们也注意到，和早期的美女类名孟姜或罗敷相比，谢娘作为美女情人的类名，其专名意味更淡，类名意味更强。这就意味着谢娘作为一个名字，其个体的符号意义已被最大程度地淡化了。这种个体符号意味的消解，可以通过一项实验看出来。比如说，我们把唐宋词中凡是出现"谢娘"之处，一律换成"美人"或"玉人"，几乎丝毫不影响词意的解读。反之亦然。如温庭筠《杨柳枝》："正是玉人肠绝处，一渠春水赤栏桥。"《河渎神》："蝉鬓美人愁绝，百花芳草佳节。"韦庄《菩萨蛮》："残月出门时，美人和泪辞。"《酒

---

[1] 张相：《诗词曲语辞汇释》，中华书局1953年版，第651页。

泉子》："月落星沉，楼上美人春睡。"假如把这些词中的"美人""玉人"字样一律改成"谢娘"，解读时也同样的妥帖顺畅，丝毫不影响原词的内容与情趣。同样，如温庭筠《归国遥》"谢娘无限心曲，晓屏山断续"，《河渎神》"谢娘惆怅倚兰桡，泪流玉箸千条"，把这里的"谢娘"改成"美人""玉人"，也同样的熨帖自然。由此可见，谢娘作为一个美女恋人的类名，已经抛开了一般专名所有的个性化内涵。她是一个女人，一个年轻、美丽、惆怅的女人，一个男性心目中梦魂萦绕渴盼见到的恋人。刘熙载《艺概》说："温飞卿词精妙绝人，然类不出乎绮怨。"[1] 绮怨是晚唐北宋词的基本调性，同时也可以作为谢娘形象的审美特征。

和谢娘形象内涵相近的还有萧娘，在唐宋词中也是作为美女情人之类名出现的。如孙光宪《更漏子》：

> 听寒更，闻远雁。半夜萧娘深院。扃绣户，下珠帘。满庭喷玉蟾。　人语静。香闺冷。红幕半垂清影。云雨态，蕙兰心。此情江海深。

晏殊《采桑子》：

> 樱桃谢了梨花发，红白相催。燕子归来。几处风帘绣户开。　人生乐事知多少，且酌金杯。管咽弦哀。慢引萧娘舞袖回。

周邦彦《浣溪沙》：

> 不为萧娘旧约寒。何因容易别长安。预愁衣上粉痕干。　幽

---

[1] 刘熙载：《词概》，收于唐圭璋辑：《词话丛编》，第3689页。

阁深沉灯焰喜,小炉邻近酒杯宽。为君门外脱归鞍。

康与之《应天长》:

> 管弦绣陌,灯火画桥,尘香旧时归路。肠断萧娘,旧日风帘映朱户。莺能舞,花解语。念后约、顿成轻负。缓雕辔、独自归来,凭栏情绪。　　楚岫在何处。香梦悠悠,花月更谁主。惆怅后期,空有鳞鸿寄纨素。枕前泪,窗外雨。翠幕冷、夜凉虚度。未应信、此度相思,寸肠千缕。

这些词中的"萧娘"基本都是女性恋人之类名。关于萧娘的来历,相关工具书或引《南史·萧宏传》所载"不畏萧娘与吕姥"[1]之说,或称南朝齐梁时萧为著姓,后因称年轻女子为萧娘。其实前后全无因果关系。近人李冰若之《栩庄漫记》云:

> 唐人诗词尝用萧郎萧娘字以代少年及少女。如《全唐诗话》云,崔郊有婢鬻于连帅。郊有诗曰:"侯门一入深如海,从此萧郎是路人。"杨巨源《崔娘》诗云:"风流才子多春思,肠断萧娘一纸书。"又如词中之"贪与萧郎眉语,不知舞错伊州"。又"半夜萧娘深院",皆是。但不知惯以萧氏为代,其意何在,岂以萧为望族故耶。[2]

李冰若不知为不知,态度审慎,比那些望风捕影之说更靠谱。值得注

---

[1] 李延寿:《南史》,中华书局1975年版,第1275页。
[2] 李冰若:《花间集评注》,浙江古籍出版社2018年版,第200页。

意的是这里所引唐代杨巨源《崔娘诗》。明明写的是萧娘，为何题名《崔娘诗》呢？又所谓"肠断萧娘一纸书"，这一纸书又何所从来呢？试查验其文本所出，原来这首诗出于元稹的《莺莺传》，故事结尾在引录"崔氏缄报之词"（即崔莺莺给张生的回信）之后，写道："张生发其书于所知，由是时人多闻之。所善杨巨源好属词，因为赋《崔娘诗》一绝云：'清润潘郎玉不如，中庭蕙草雪销初。风流才子多春思，肠断萧娘一纸书。'"由此可知，题中的崔娘即指崔莺莺，"清润潘郎"与"风流才子"则明指张生，潜指元稹，"萧娘一纸书"即指崔莺莺所写之情书。因为《莺莺传》影响广泛，所以宋词中写到萧娘者，常常见到"肠断萧娘一纸书"的影子，如周邦彦《四园竹》："肠断萧娘，旧日书辞犹在纸。"康与之《应天长》："肠断萧娘，旧日风帘映朱户。"赵闻礼《鱼游春水》："过尽征鸿知几许，不寄萧娘书一纸。"如此之类，曰"肠断萧娘"，曰"一纸书"，均可见《莺莺传》中杨巨源《崔娘诗》的影响。假如离开了《莺莺传》的特定语境，"一纸书"就没有着落了。

可以尝试追问一下，唐宋词中美女恋人的类名，为什么是谢娘、萧娘而不是别的名姓？如果说谢娘有才女谢道韫的原型影响，那么历史上的才女还有很多。比如说，至少在唐代以前，就有既浪漫多情又有文采的卓文君，继承其兄班固之志续撰《汉书》的女学者班昭，长篇《悲愤诗》的作者蔡琰，卓有成就的女诗人左棻和鲍令晖，还有作回文《璇玑图诗》的苏蕙等等。可是在唐宋诗词中并没有形成班娘、蔡娘、左娘、鲍娘之类的类名。尤其是卓文君，既有司马相如"凤求凰"的风流韵事，又有《白头吟》诗的附会传说；还有苏蕙，既有织锦回文的《璇玑图诗》，又有与丈夫窦滔因缘离合的爱情故事，这都是非常适合拿来打造美女恋人形象的原型，可是也没有形成卓娘、苏娘的类名。所以回头想来，这可能不是历史才女的原型问题，而是姓氏音韵的声情问题。唐宋词是歌词，是音乐文学，尤其注重声韵效果。盖谢字、萧字，为小口形、细声韵，其音轻柔圆润，听其声即有要眇宜修之美感，即可感知其窈窕淑女的温婉形象。这不是哪一位诗人的发现与规定，而是在长期的创作实践中约定俗成的结果。

三、檀郎、阮郎、萧郎

作为女性之恋人的类名，唐宋词中出现较多的有檀郎、潘郎、阮郎、刘郎等。本来檀郎就是著名的美男子潘岳，因其小字檀奴而称檀郎，但关于潘岳还有另外一个典故，即因其《秋兴赋》而来的"潘鬓"，又称潘郎鬓，所以唐宋诗词中提到潘郎，可能是指作为美男子的女性恋人，也可能是借潘郎鬓以叹老。如史达祖《夜合花》："柳锁莺魂，花翻蝶梦，自知愁染潘郎。"周密《声声慢》："休缀潘郎鬓影，怕绿窗、年少人惊。"这里均是词人自伤老大，不是女性眼中的情郎。又刘郎和阮郎本来同一出典，即刘义庆《幽明录》所载刘晨、阮肇入天台山的故事。但唐代刘禹锡《元和十一年自朗州承召至京戏赠看花诸君子》诗有"玄都观里桃千树，尽是刘郎去后栽"之句，又有《再游玄都观》"种桃道士知何处，前度刘郎今又来"，其强项不屈的人生态度对后人尤其是宋人影响很大，所以宋代诗词中的刘郎或指传说中的刘晨，或指前代的刘禹锡。因为有这诸多的干扰因素，就为唐宋词中相关词语的检索分析带来了麻烦。比如说，"潘郎"，《全唐五代词》中有五例，《全宋词》中有四十三例，但其中相当数量的是写潘郎鬓；"刘郎"，《全唐五代词》中有九例，《全宋词》中更多达一百八十四例，但其中有相当数量是写观桃之刘郎，还有一些是意在写逍遥世外的桃花源。因为一一举例分说则不免繁杂，不加区分又容易缠夹不清，所以在这里，我们主要分析意蕴比较单纯的檀郎、阮郎和萧郎。

在中晚唐诗中，檀郎不仅已经成为情郎之类名，而且往往与谢娘形成固定搭配。如司空曙《送史申之峡州》："檀郎好联句，共滞谢家门。"李贺《牡丹种曲》："檀郎谢女眠何处，楼台月明燕夜语。"罗隐《七夕》："应倾谢女珠玑箧，尽写檀郎锦绣篇。"在唐宋词中，檀郎和阮郎的相同处，在于他们都是词中女性相思相恋的意中人，在这一方面他们是相通相近的。然而逼近考察，这两个类名又同中有异。其主要区别是檀郎似乎总是在恋人身边朝夕相处、风流调笑的"暖男"角色，而阮郎则因袭了传说中的冶游元素，始终是一个漫游不归、春尽不还家的荡子形象。

先来看檀郎的形象。兹按年代先后选录数首。和凝《山花子》：

> 银字笙寒调正长。水纹簟冷画屏凉。玉腕重重金扼臂，淡梳妆。　几度试香纤手暖，一回尝酒绛唇光。伴弄红丝蝇拂子，打檀郎。

李煜《一斛珠》：

> 晚妆初过。沉檀轻注些儿个。向人微露丁香颗。一曲清歌，暂引樱桃破。　罗袖裛残殷色可。杯深旋被香醪涴。绣床斜凭娇无那。烂嚼红茸，笑向檀郎唾。

柳永《促拍满路花》：

> 香靥融春雪，翠鬟弹秋烟。楚腰纤细正笋年。凤帏夜短，偏爱日高眠。起来贪颠耍，只恁残却黛眉，不整花钿。　有时携手闲坐，偎倚绿窗前。温柔情态尽人怜。画堂春过，悄悄落花天。最是娇痴处，尤殢檀郎，未教折了秋千。

张先《菩萨蛮》：

> 牡丹含露真珠颗。美人折向帘前过。含笑问檀郎。花强妾貌强。　檀郎故相恼。刚道花枝好。花若胜如奴。花还解语无。

邓肃《临江仙》：

　　夜饮不知更漏永，余酣困染朝阳。庭前莺燕乱丝簧。醉眠犹未起，花影满晴窗。　　帘外报言天色好，水沉已染罗裳。檀郎欲起趁春狂。佳人嗔不语，劈面噀丁香。

康与之《采桑子》：

　　晚来一霎风兼雨，洗尽炎光。理罢笙簧。却对菱花淡淡妆。　　绛绡缕薄冰肌莹，雪腻酥香。笑语檀郎。今夜纱厨枕簟凉。

赵彦端《虞美人》：

　　断蝉高柳斜阳处。池阁丝丝雨。绿檀珍簟卷猩红。屈曲杏花蝴蝶、小屏风。　　春山叠叠秋波慢。收拾残针线。又成娇困倚檀郎。无事更抛莲子、打鸳鸯。

张孝祥《浣溪沙》：

　　日暖帘帏春昼长。纤纤玉指动枰床。低头佯不顾檀郎。　　豆蔻枝头双蛱蝶，芙蓉花下两鸳鸯。壁间闻得唾茸香。

以上选唐五代及两宋词七首，其中《菩萨蛮》（牡丹含露真珠颗）一首或作唐无名氏作，或作张先作。从这些词来看，檀郎的形象是相当统一的。这里已看不出檀郎与潘岳的任何联系，词中也无意强调他的美男子形象，他就是一个情郎，一个如意郎君，一个供女子打情骂俏、撒娇卖嗲的意中人。唐宋词中多伤春伤别之作，写男女两情相悦又终朝耳鬓厮磨的甚少，而檀郎就正是这一类词中的主角。除上引数词外，如张耒失调名残句："手把合欢彩索，殷勤微笑殢檀郎。低低告，不图系腕、图系人肠。"也是本色佳句。唐宋词中写檀郎流荡不归者，《花间词》中只有毛熙震《木兰花》，其上片："掩朱扉，钩翠箔。满院莺声春寂寞。匀粉泪，恨檀郎，一去不归花又落。"宋词中只见过杜安世的《山亭柳》，其下片写道："玉容淡妆添寂寞。檀郎孤愿太情薄。数归期，绝信约。暗添春宵恨，平康恣迷欢乐。"像这样一去不归、恣迷平康的薄幸檀郎，在唐宋词中是很少见的。另外从檀郎系列词来看，因为李煜之作在先，早成经典，后来的檀郎词往往受其影响。尤其是邓肃《临江仙》"佳人嗔不语，劈面噀丁香"，张孝祥《浣溪沙》"壁间闻得唾茸香"，更无异于主动交代其与李煜词的源流关系。

阮郎的形象既出于刘晨、阮肇入天台山的游仙故事，在唐宋词中仍保留着漫游忘归的原始基因。如温庭筠《思帝乡》：

> 花花，满枝红似霞。罗袖画帘肠断，卓香车。　回面共人闲语，战篦金凤斜。唯有阮郎春尽，不归家。

和凝《天仙子》：

> 洞口春红飞蔌蔌。仙子含愁眉黛绿。阮郎何事不归来，懒烧金，慵篆玉。流水桃花空断续。

李珣《定风波》：

> 又见辞巢燕子归。阮郎何事绝音徽。帘外西风黄叶落。池阁。隐莎蛩叫雨霏霏。　愁坐算程千万里。频跂。等闲经岁两相违。

听鹊凭龟无定处,不知,泪痕流在画罗衣。

晏几道《阮郎归》:

> 旧香残粉似当初。人情恨不如。一春犹有数行书。秋来书更疏。　衾凤冷,枕鸳孤。愁肠待酒舒。梦魂纵有也成虚。那堪和梦无。

在这些词中阮郎都是漫游不归的荡子形象。李珣词中的"音徽",犹言音讯。魏承班《谒金门》词:"雁去音徽断绝,有恨欲凭谁说。"晏几道的词中并无"阮郎"字样,但他这首词是咏本调,即以调为题。所谓"一春犹有数行书。秋来书更疏",即未归来,且绝音徽也。另如顾敻《酒泉子》曰"谢娘敛翠恨无涯",又曰"堪憎荡子不还家"。此处"荡子"可替换成"阮郎",因为一去不回家的总是阮郎,换成檀郎则不可。

萧郎成为美男子情郎的类名的原因,学界有不同看法。旅居马来西亚的作家兼学者萧遥天所著《中国人名研究》专有"萧郎与萧娘"一节,其中写道:"萧郎与萧娘,在旧文学上带有很浓厚的浪漫气氛。常见于诗人的吟咏。而吟咏中所指的男性与女性,也不必须姓萧,已成为情郎与欢女的代词了。"这是说得很对的。但他接下来说:"按这些诗都以萧郎萧娘比人与自况。都不必是姓萧的,则称萧郎萧娘当有来源。原来在魏晋六朝时代,萧氏阀阅很高,习俗以萧郎萧娘称男称女,相当高尚,犹如今天的称少爷小姐。"[1]这种看法我们不大赞成。尽管魏晋时萧姓为门阀世族,当时或有此风俗,但从唐宋诗词中的萧郎来看,更大的可能还是出于刘向《列仙传》所载萧史和弄玉的浪漫爱情故事。如唐代施肩吾《赠仙子》诗:"凤管鹤声

---

[1] 萧遥天:《中国人名研究》,新世界出版社2007年版,第206、207页。

来未足,懒眠秋月忆萧郎。"宋代袁绹《传言玉女》:"宴罢瑶池,御风跨皓鹤。凤凰台上,有萧郎共约。"刘仙伦《鹧鸪天》:"凤箫声彻瑞烟浮,萧郎玉女来相会。"这些诗词中每提及萧郎,总与凤凰台或箫声为伴,足证萧郎形象出于萧史之传说。

在唐宋词中,萧郎颇与阮郎相近,也是女性伤别与怀思的情郎形象。如李珣《中兴乐》:

> 后庭寂寂日初长。翩翩蝶舞红芳。绣帘垂地,金鸭无香。　谁知春思如狂。忆萧郎。等闲一去,程遥信断,五岭三湘。

朱敦儒《浣溪沙》:

> 碧玉阑干白玉人。倚花吹叶忍黄昏。萧郎一去又经春。　眉淡翠峰愁易聚,脸残红雨泪难匀。纤腰减半绿罗裙。

周密《清平乐》:

> 晓莺娇咽。庭户溶溶月。一树湘桃飞茜雪。红豆相思渐结。　看看芳草平沙。游鞯犹未归家。自是萧郎漂泊,错教人恨杨花。

这些都是思妇怀人之词,抒情主人公是思妇,萧郎只是其怀思的对象。周密的"自是萧郎漂泊,错教人恨杨花"是别出心裁的名句,其意是说应该恨的不是杨花惹动春愁,而是忘恩负义的萧郎。同样是远游不归的情郎形象,这些词中的萧郎和阮郎是可以互换的。

思考题

1. 关于词的审美特质，李清照说词"别是一家"，王世贞说词"香而弱"，郑骞先生说词的审美特质是"阴柔之美"，叶嘉莹先生则称为"弱德之美"，试结合各家说法，谈谈你的体会。

2. 中国古代诗文的风格大都是阳刚与阴柔对举，为何词特别强调阴柔之美？

3. 宋代沈义父《乐府指迷》说："作词与诗不同……不着些艳语，又不似词家体例。"他这里所说的"词家体例"当如何理解，试结合唐宋词的创作背景与题材特点加以说明。

4. 结合本章第四节"檀郎与谢娘"的内容，试谈古代诗词中其他的类名现象。

第三章 绮怨之美

唐宋词多感伤之作。惜流光、思华年、伤春伤别、美人迟暮、众芳芜秽、流连光景、惆怅自怜，这些都是词中常见的主题与情调。因此有人认为，词就是以悲为美，以感伤为言情特色。这种判断是符合实际的。唐宋词中的名篇佳作，百分之九十以上都是感伤之作。感伤才有深度，感伤才会蕴藉而耐品。一个欢天喜地、志得意满、知足常乐的词人是不可想象的。擅长画江南烟雨的苏天赐教授曾经说过：江南风景最美的时候是在薄云遮日、细雨蒙蒙之时，"只有这样才能特别显出它的比较微妙的颜色，显出它特有的情调"[1]。这是深谙江南气韵的经验之谈。同样，词的独特情调就在于它那忧郁的青灰色。像韦庄《菩萨蛮》："须愁春漏短。莫诉金杯满。遇酒且呵呵。人生能几何。"又《天仙子》："深夜归来长酩酊，扶入流苏犹未醒。醺醺酒气麝兰和，惊睡觉。笑呵呵。长笑人生能几何。"在及时行乐的背后隐含着感伤。韦庄本来是能写出"春水碧于天，画船听雨眠"那样天生好言语的，可就是这两个"呵呵"，几乎毁了他一世英名。当然，我们并不是唯感伤论者。我们之所以不用感伤美而用"绮怨美"，就是因为单纯的感伤或悲哀未必具有审美价值，只有加以审美的艺术表现才可能是美的。刘熙载《艺概·词概》曰："温飞卿词精妙绝人，然类不出乎绮怨。"[2]这是晚近使用"绮怨"谈词的直接出处。有人认为，所谓绮怨就是美丽的感伤。唐宋词中的绮怨是一种其他文体所不具备的独特美感，一种让人辗转低回、不能自已的感情体验，一种甜蜜的忧郁，天鹅绒般的悲哀，一种超越阶级、族群和历史时空的审美境界。所以这绮怨不仅是温庭筠词的特色或缺点，而是和王世贞的"香而弱"一样，正是唐宋词的基本的审美特质。

---

[1] 苏天赐著，刘伟冬主编：《苏天赐文集》第一卷《著述画论卷》，东南大学出版社2009年版，第107页。
[2] 刘熙载：《词概》，收于唐圭璋辑：《词话丛编》，第3689页。

第一节　何谓绮怨

"绮怨"作为一个专门概念，似乎出于刘熙载的创造。在此之前，还没看到某人某书把"绮"字和"怨"字组合到一起。绮怨之"怨"，也许很容易使人想到诗学传统的兴、观、群、怨之"怨"，但这两者显然不是一回事。兴、观、群、怨，语出《论语·阳货》："小子何莫学夫诗？诗，可以兴，可以观，可以群，可以怨。迩之事父，远之事君，多识于鸟兽草木之名。"这里的"怨"，指诗歌可以抒发愤懑，泄导人情。何晏《集解》引孔安国说是"怨刺上政"，这属于"美刺"传统，即要求诗歌具有批判现实、针砭时弊的作用。而绮怨之"怨"，其意味主要不是怨尤、怨刺、怨恨、怨愤之"怨"，而是闺怨、宫怨、情怨、哀怨之"怨"。这种怨不是基于外在的敌对心态，而是根于个人内心的忧伤。

一、美丽的感伤

有人说绮怨就是"美丽的感伤"。"美丽的感伤"在人们品赏楚辞、晚唐诗或是西方浪漫主义诗篇时往往用之。但是用"美丽的感伤"来解释"绮怨"，应该是由王水照先生门下蒋安全博士创始。1995 年，蒋安全在《东方丛刊》发表《词的题材演进轨迹及宋词题材的构成》，其中说："'绮怨'就是美丽的感伤，就是闺房花草、离别相思。"[1] 1997 年，王水照先生主编的《宋代文学通论》出版，蒋安全博士的这篇论文正是该书中的一章。我们可以说，把"绮"字和"怨"字组合为一词是刘熙载的创造，而把"绮怨"译作"美丽的感伤"是蒋安全博士的创造。

绮怨之"怨"译为"感伤"当然没问题，那么是不是还可以考虑别的语

---

[1] 蒋安全：《词的题材演进轨迹及宋词题材的构成》，原载梁潮主编：《东方丛刊》1995 年第二辑，广西师范大学出版社 1995 年版，第 102 页；后收于王水照主编：《宋代文学通论》，河南大学出版社 1997 年版，第 401 页。

汇呢？当代词学家们在这方面已经做了许多探索。也许考虑到"感伤"的程度意味仍然有点重了，杨海明先生琢磨出"心绪文学"的概念来。在《唐宋词史》第一章序论部分，他说：

> "词"比起"诗"来，似乎是一种抒情程度更"纯粹"、更"狭深"、更细腻的文体。它所抒写的感情，不妨称之为"情绪""心绪""心态"或"心曲"更来得适宜。……"词"所最乐于抒写、也是最擅长描摹的，就是这一种近似于涟漪状态的"心绪"和"心曲"。从这个意义上讲，它真不愧是一种"心绪"的文学。[1]

"心绪文学"也许很难形成一种文学范畴，但我们不能不承认杨海明先生这种发现是有意义的。一般人都知道词主乎情，但词之抒情与诗之抒情有明显不同，一方面是"狭深"，也就是王国维所谓"词之言长"[2]，"长"即意味深长之意；另一方面就是情感的幽眇轻约，就是杨海明先生所谓"心绪"。心绪与一般意义的"情感"的区别，就是情感包举一切情感反应，可大可小，可轻可重，而词所擅长表现的乃是那种细腻入微、幽眇轻约而又难以言传的情感的涟漪。我们并不认为"题材狭窄"是唐宋词的"重大缺陷"，而认为这是词的文体个性的表现。任何一种文体，其功能之所长与所短总是互为因果的。越是接近现实的题材主题越是容易体现时代印记，越是显性的表现越是容易被超越。陈廷焯说："后人之感，感于文不若感于诗，感于诗不若感于词。"[3]说明词似浅而深，似微而著。千百年之后，那些出于台阁重臣的高言谠论，那些所谓"大手笔""大制作"，可能早已被时光淘洗出局，而那些当年不受待见的吟风弄月的小词，至今仍有超越时代的恒久魅力。

---

[1] 杨海明：《唐宋词史》，江苏古籍出版社 1987 年版，第 4、5 页。
[2] 王国维：《人间词话删稿》，收于唐圭璋辑：《词话丛编》，第 4258 页。
[3] 陈廷焯：《白雨斋词话》，收于唐圭璋辑：《词话丛编》，第 3750 页。

杨海明先生关于词为"心绪文学"的提法，继承并整合了前代词学家的一些说法。如陈子龙《王介人诗余序》中论词："其为体也纤弱，所谓明珠翠羽，尚嫌其重，何况龙鸾。"[1]周济《介存斋论词杂著》论吴文英词："天光云影，摇荡绿波，抚玩无斁，追寻已远。"[2]王国维《人间词话》所谓"词之为体，要眇宜修"[3]。缪钺《论词》谓词与诗之别，乃在于词尤善于表达人生情思之中"更细美幽约者"[4]。凡此等等，皆为杨海明先生的思维材料与建构基础。而李泽厚先生那本当年轰动一时洛阳纸贵的《美的历程》中指出："所谓'词境'，也就是通过长短不齐的句型，更为具体、更为细致、更为集中地刻画抒写出某种心情意绪。"[5]应该对杨海明先生有所启发。因为"心绪文学"的提法颇有谈言微中之处，很快得到词学界广泛的共鸣与呼应。稍后刘扬忠先生在其《辛弃疾词心探微》中称词为"心绪文学"和"心灵文献"，邓乔彬《唐宋词美学》提出词是"内倾型的心绪文学"，都是对杨海明"心绪文学"提法的呼应与补充。

　　尽管所谓"心绪文学"确实在一定程度上揭示了词体文学轻灵幽渺的特点，但它和这里讨论的绮怨之"怨"并不对应。如果要把绮怨之"怨"转换成现代话语体系，可以不用"感伤"，更不用过于沉重的"忧患意识"，那么用"忧郁"如何呢？然而"忧郁"无论在文学、哲学还是心理学领域，都更具有西方文化意味。尤其是济慈、雪莱、拜伦、华兹华斯等浪漫主义诗人，他们的诗篇总是和忧郁联系在一起。所谓"紫罗兰般的忧郁"，应该是从浪漫主义的蓝色的小花演绎而来的吧。紫罗兰的花形并不浪漫，但它的灰青色却与忧郁有着通感效果。济慈写过著名诗篇《忧郁颂》，其中写：

---

[1] 陈子龙：《王介人诗余序》，收于施蛰存主编：《词籍序跋萃编》，第506页。
[2] 周济：《介存斋论词杂著》，收于唐圭璋辑：《词话丛编》，中华书局1986年版，第1633页。
[3] 王国维：《人间词话删稿》，收于唐圭璋辑：《词话丛编》，第4258页。
[4] 缪钺：《诗词散论》，第54页。
[5] 李泽厚：《美的历程》，文物出版社1989年版，第155页。

> 当忧郁的情绪骤然间降下,
> 仿佛来自天空的悲泣的云团。
> 滋润着垂头丧气的小花,
> 四月的白雾笼罩着青山。
> 将你的哀愁滋养于早晨的玫瑰,
> 波光粼粼的海面虹霓。
> 或者是花团锦簇的牡丹丛,
> 或者,倘若你的恋人对你怨怼。
> 切莫争辩,只须将她的柔手执起,
> 深深地,深深地啜饮她美眸的清纯。

尼采也写过《忧郁颂》:"忧郁啊,请你不要责怪我,我削尖我的鹅毛笔来歌颂你。我把头低垂到膝盖上面,像隐士般坐在树墩上歌颂你。"一直到现在,忧郁还是西方文论的关键词之一,甚至成为一个专门的研究领域。[1]

中国现代作家端木蕻良也写过《鹭鸶湖的忧郁》,骆宾基写过《诗人的忧郁》,不过那应该已经是西方文学影响下的产物了。在近年来的论文中也时常看到有些人研究郁达夫、沈从文、戴望舒等人作品中的忧郁,抑或是研究李商隐诗、纳兰词的忧郁。诗人总是忧郁的,或者说,没有一点忧郁气质,还能叫诗人吗?不知是忧郁使人瘦,还是瘦的诗人容易忧郁,反正诗人形象在我们脑海中往往是瘦的和忧郁的。杨万里《送张元直尉盐官二首》其一曰:"诗癯誉更香。"元张可久散曲《湘妃怨·德清长桥书事》云:"小阑干扶我诗癯。"把诗和瘦拉扯到一起。鲁迅《秋夜》中写极细小的粉红花:"梦见瘦的诗人将眼泪擦在她最末的花瓣上。"黄药眠《诗人之梦》云:"一位清

---

[1] 参见何磊:《西方文论关键词:忧郁》,载《外国文学》2017 年第 1 期;赵靓:《欧美忧郁研究新态势:从忧郁诗学到忧郁伦理学》,载《马克思主义美学研究》2018 年第 1 期;赵靓:《萨特的情绪现象学:论忧郁的维度》,载《现代哲学》2017 年第 2 期。

瘦的诗人穿着精致的花衣醉眠花坞，他醉后的迷离柔梦好似残春的烟雨模糊。"皆可谓忧郁诗家事。贾岛《送无可上人》云"独行潭底影"，有的注疏就说是"一位独行的清瘦诗人，潭水中映出他的身影"。其实诗中根本没说诗人的胖瘦，是注疏者在凭个人感觉增字解经。

如果感觉"忧郁"有着太浓的西方文化意味，那么改用中国化的"惆怅"又如何呢？

惆怅是一个非常具有中国诗学意味的语汇，而且和词的意境情调天然合拍。惆怅最初是从楚辞衍生而来的。清初词人宋徵璧在《倡和诗余序》中写道："词者，诗之余乎？予谓非诗之余，乃《歌》《辩》之变而殊其音节焉者也。盖楚大夫有云'惆怅兮私自怜'，又曰'私自怜兮何极'，即所谓'有美一人心不怿'也。词之旨本于私自怜，而私自怜近于闺房婉娈，斯先之以香草，申之以骞修，重之以蛾眉曼睩、瑶台婵娟。乃为骋其妍心，送其美睐，振其芳藻，激其哀音。"[1]这里所谓《歌》《辩》，是以屈原《九歌》与宋玉《九辩》代指楚辞，意思是说词是由楚辞发展而来的。所谓"惆怅兮私自怜""私自怜兮何极"，即所谓"有美一人心不怿"，皆出于宋玉《九辩》。另外如王国维《人间词话》评李璟《摊破浣溪沙》"菡萏香销翠叶残，西风愁起绿波间"二句，说是"大有众芳芜秽、美人迟暮之感"[2]。其摘词造语，源自屈原《离骚》："惟草木之零落兮，恐美人之迟暮。""虽萎绝其亦何伤兮，哀众芳之芜秽。"如此等等，皆可见词与楚辞确实有很深的渊源关系。

更值得关注的是，晚唐诗中常见之惆怅已经非常接近词的情调。如李商隐《无题》："直道相思了无益，未妨惆怅是清狂。"杜牧《寓言》："何事明朝独惆怅，杏花时节在江南。"司空图《华上》："五更惆怅回孤枕，犹自残灯照落花。"吴融《水调》："可道新声是亡国，且贪惆怅后庭花。"皆有感发

---

[1]宋徵璧：《倡和诗余序》，收于冯乾编校：《清词序跋汇编》，第11页。
[2]王国维：《人间词话》，收于唐圭璋辑：《词话丛编》，第4242页。

无端的闲愁意味。而唐宋词中的惆怅,更可作为"绮怨"之背景或注脚。如温庭筠《更漏子》:"香雾薄。透帘幕。惆怅谢家池阁。红烛背,绣帘垂。梦长君不知。"韦庄《浣溪沙》:"惆怅梦余山月斜。孤灯照壁背窗纱。小楼高阁谢娘家。"皇甫松《梦江南》:"楼上寝,残月下帘旌。梦见秣陵惆怅事,桃花柳絮满江城。双髻坐吹笙。"冯延巳《采桑子》:"惆怅墙东。一树樱桃带雨红。"晏殊《清平乐》:"鸿雁在云鱼在水。惆怅此情难寄。"这一份惆怅如梦如幻,似烟似雾,才更适合绮怨的效果。

当然,比惆怅更值得关注的还有唐宋词中时常出现的"闲愁"。如果说,忧郁、惆怅都能在一定程度上表现"绮怨"的优雅缠绵的情调,那么"闲愁"所独有的闲雅意趣,更能揭示"绮怨"有别于其他类似感情的个性特征。

二、无端的闲愁

关于词所特有的抒情功能,前代词学家有很多精彩的表述。如清初刘体仁《七颂堂词绎》中即云:"词中境界,有非诗之所能至者,体限之也。"[1]朱彝尊《陈纬云红盐词序》亦云:"词虽小技,昔之通儒钜公,往往为之。盖有诗所难言者,委曲倚之于声,其辞愈微,而其旨益远。"[2]查礼《铜鼓书堂词话》说:"情有文不能达,诗不能道者,而独于长短句中,可以委宛形容之。"[3]王国维《人间词话》曰:"词之为体,要眇宜修。能言诗之所不能言,而不能尽言诗之所能言。诗之境阔,词之言长。"[4]缪钺先生《论词》有言:"抑词之所以别于诗者,不仅在外形之句调韵律,而尤在内质之情味意境。……诗之所言,固人生情思之精者矣,然精之中复有更细美幽约者焉,诗体又不足以达,或勉强达之,而不能曲尽其妙,于是不得不别创新体,词

---

[1] 刘体仁:《七颂堂词绎》,收于唐圭璋辑:《词话丛编》,中华书局1986年版,第619页。
[2] 朱彝尊:《陈纬云红盐词序》,收于冯乾校:《清词序跋汇编》,凤凰出版社2013年版,第233页。
[3] 查礼:《铜鼓书堂词话》,收于唐圭璋辑:《词话丛编》,第1481页。
[4] 王国维:《人间词话删稿》,收于唐圭璋辑:《词话丛编》,第4258页。

遂肇兴。"[1]这些词学家都坚信，词作为一种独特的文学形式，有着诗文等文体所不具有的独特的抒情功能。在历代纷繁的词论中，这种观点是相当重要的。因为只有证明了这一点，才能从根本上解释词体产生的必然性和存在的必要性，也才能触及词体个性中最幽眇精微的部分。接下来我们想再追问一句，"词中境界，有非诗之所能至者"，那是些什么样的境界呢？那些"委曲倚之于声，其辞愈微，而其旨益远"的"诗所难言者"，又是些什么样的感情呢？那些"文不能达，诗不能道者，而独于长短句中，可以委宛形容之"的"情"，是指的哪一种情呢？王国维所谓"词之言长"，又长在何处呢？缪钺先生所谓人生情思之精者，那些诗体不足以达，或勉强达之而不能曲尽其妙的"更细美幽约"的情思，又是一些什么样的情思呢？

如今我们要来尝试回答这些问题，我以为，那些"委曲倚之于声，其辞愈微，而其旨益远"的"诗所难言者"，那些诗体不足以达，或勉强达之而不能曲尽其妙的"更细美幽约"的情思，正是唐宋词中屡屡见之的"闲愁"。

什么样的愁思算是闲愁？从宋人的闲愁词中能悟得其仿佛。

张耒《风流子》："向风前懊恼，芳心一点，寸眉两叶，禁甚闲愁。"沈端节《虞美人》："隔帘听燕呢喃语。似说相思苦。东君都不管闲愁。一任落花飞絮两悠悠。"李清照《一剪梅》："一种相思，两处闲愁。"这里闲愁是指相思之情。

僧惠洪《浣溪沙》："数朵幽香和月暗，十分归意为春留。风撩片片是闲愁。"王观《高阳台》："莫闲愁，一半悲秋，一半伤春。"毛滂《阮郎归》："年来陪尽惜春心。闲愁渐不禁。"石孝友《蝶恋花》："金缕歌中眉黛皱。多少闲愁，借与伤春瘦。"王之道《桃源忆故人》："逢人借问春归处。遥指芜城烟树。……游丝不解留伊住。漫惹闲愁无数。"由诸例可知，闲愁的常见表现是伤春悲秋。

---

[1] 缪钺:《诗词散论》，第54页。

僧仲殊《诉衷情》："建康宫殿，燕子来时，多少闲愁。"秦观《望海潮》："茂草台荒，苎萝村冷起闲愁。"辛弃疾《念奴娇》："我来吊古，上危楼，赢得闲愁千斛。"说明吊古伤今也是闲愁。

和诗文中常见的感伤、痛苦、悲愤、哀怨等情感相比，词中的闲愁具有以下三个显著的特点。

其一，无名哀乐，无根自生。"闲愁"与一般具体着实的愁苦不同，它无关乎生理的痛苦或物质生活的需要。人之愁苦与生俱来，李后主《子夜歌》(《菩萨蛮》) 所谓"人生愁恨何能免"，确是伤心悟道之言。一般人所谓愁苦，往往因境因事而生，而"闲愁"却是一种不可得而名的"无名哀乐"。譬如饥不得食，寒而无衣，宦海风波，家国兴衰，悼亡伤逝，恨别念远，这种种情况引起的愁苦都和自身利益密切相关，都称不得"闲愁"。平民的歌谣是"饥者歌其食，劳者歌其事"[1]，布衣寒士抒发的是感士不遇的不平之鸣，身家不幸的诗人咀嚼一己之悲欢，生逢乱世的诗人则着意于伤时悯乱，这样的诗词也是"感于哀乐，缘事而发"，当然也不是"闲愁"。只有那些既有优越的生活条件，又不乏伤生忧世之心的词人，才可能撇开现实的纷华喧嚣，把感情的触角伸到意识的深处，使人类心灵中常存永在的一份悲凉得以表现出来。因为这种愁绪是以人生的缺憾为基因，它与现实的联系更为渺茫潜隐，在人性心理结构中属于更深的层次。这既是"闲愁"的基本特征，也是闲愁能够超越时代而魅力长存的根本原因。

比如《汉乐府》中如《东门行》《孤儿行》《妇病行》《平陵东》等等，都是"饥者歌其食，劳者歌其事"的现实主义作品，我们承认它有重要的社会历史价值，但它和绮怨或闲愁显然具有不同种属的性质。前此诗歌如《诗经》中的《硕鼠》《伐檀》，后此如唐代杜甫的"三吏""三别"，白居易的《新乐府》《秦中吟》等，皆属此类。

---

[1]《十三经注疏》整理委员会整理，李学勤主编：《十三经注疏·春秋公羊传注疏》，第361页。

又如《诗经·王风·黍离》:"彼黍离离,彼稷之苗。行迈靡靡,中心摇摇。知我者,谓我心忧;不知我者,谓我何求。悠悠苍天,此何人哉?"这当然是中国诗史上的名篇,但诗中所表现的黍离麦秀之感、荆棘铜驼之伤,是亡国之痛、有根之伤。又如杜甫《春望》诗"感时花溅泪,恨别鸟惊心",虽然是对花溅泪,鸟鸣惊心,看上去和宋词中的伤春之作相似,但老杜的感情是因为安史之乱国家残破而"感时""恨别",这就不是闲愁,也不是词的抒情方式。又如南北宋之交的陈与义也有一首《伤春》诗,但诗中所写的"初怪上都闻战马,岂知穷海看飞龙",实际是写金兵南下、皇帝蒙尘的惨痛现实,所以这也是现实感慨,不是闲愁。

其二,无端而来,不期而至。所谓闲愁,不像那些现实的愁苦具有直接的背景原因,而是如游丝浮萍,无根自生;如海市蜃楼,弹指顿现。曹丕《善哉行》其二云"高山有崖,林木有枝;忧来无方,人莫之知",最足以形容此种况味。况周颐《蕙风词话》卷一关于词心、词境的描述,更充分地揭示了无名哀乐的产生特点:

> 吾听风雨,吾览江山,常觉风雨江山外有万不得已者在。此万不得已者,即词心也。而能以吾言写吾心,即吾词也。此万不得已者,由吾心酝酿而出,即吾词之真也,非可强为,亦无庸强求。视吾心之酝酿何如耳。
>
> 人静帘垂。灯昏香直。窗外芙蓉残叶,飒飒作秋声,与砌蛩相和答。据梧瞑坐,湛怀息机。每一念起,辄设理想排遣之。乃至万缘俱寂,吾心忽莹然开朗如满月,肌骨清凉,不知斯世何世也。斯时若有无端哀怨,怅触于万不得已,即而察之,一切境象全失,唯有小窗虚幌、笔床砚匣,一一在吾目前,此词境也。
>
> 吾苍茫独立于寂寞无人之区,忽有匪夷所思之一念,自沉冥杳霭中来,吾于是乎有词。泊吾词成,则于顷者之一念若相属若不相

属也。而此一念，方绵邈引演于吾词之外，而吾词不能殚陈，斯为不尽之妙。非有意为是不尽，如书家所云无垂不缩，无往不复也。[1]

况周颐这三段话结合创作感受来谈词心词境，颇有发覆表微之功。他强调的万不得已、无端哀怨、匪夷所思的特点，就是要排除生活中各种浅薄的外在的纷杂是非，突破内心世界的沉冥杳霭，而进入一种静穆澄明的境界，这就是词境。在这种境界中"触着"的一点无端哀怨，就是一首好词酝酿之初的一点精气灵光，这就是词心。它比一般的诗心、诗境更深，也更虚，王国维所谓"词之言长"，应该就是指这种既虚且深的抒情特点。

就一般的人性人情来说，"闲愁"的出现似乎是反常的。因为闲愁的寄生主体不是社会下层乃至底层的小人物，而是处于那个时代的上流社会的贵族人物。按照马斯洛的心理需求层次说，他们已经满足了生存、安全、归属、尊重以及自我实现等所有需求，但他们感到仍有缺憾，这就是岁月流逝，年命短促，韶华不再。这是人生的悲剧，是无可如何的事情，因为这种无解的欲望所生的就是闲愁。正是因为闲愁多见于和凝、冯延巳、晏殊、欧阳修这些"一时卿相"之词中，所以尤侗才会大加感慨："岂唯词不能穷人，殆达者而后工也。"[2]

在古代诗文中，"闲愁"或无名哀乐往往表现为乐极生悲。"闲愁"的触发契机往往在歌舞欢宴之后，梦回酒醒之时。这种情形在早期文学文献中已有表现。如《礼记·乐记》："乐极则忧。"[3] 又《礼记·孔子闲居》："乐之所至，哀亦至焉。"[4] 既然概括得如此简洁明晰，说明此种心理现象早已引起人

---

[1] 况周颐：《蕙风词话》，收于唐圭璋辑：《词话丛编》，第4411—4412页。
[2] 尤侗：《三十二芙蓉词序》，收于冯乾编校：《清词序跋汇编》，凤凰出版社2013年版，第140页。
[3]《十三经注疏》整理委员会整理，李学勤主编：《十三经注疏·礼记正义》，北京大学出版社1999年版，第1091页。
[4] 同上，第1393页。

们的注意。又如《庄子·知北游》云："山林与，皋壤与，使我欣欣然而乐与，乐未毕也，哀又继之。"宣颖和尚的《南华真经解》谓此数句为《兰亭集序》所从出，实在很有见地。《淮南子·原道训》以赋的铺陈描写的手法把这种心理现象加以渲染放大："建钟鼓，列管弦，席旃茵，傅旄象。耳听朝歌北鄙靡靡之乐，齐靡曼之色，陈酒行觞，夜以继日，强弩弋高鸟，走犬逐狡兔。此其为乐也，炎炎赫赫，怵然若有所诱慕。解车休马，置酒撤乐，而心忽然若有所丧，怅然若有所亡也。"这里由听乐饮酒到大规模的狩猎，穷奢极欲，淋漓尽致，然后即是乐极生悲，怅然若失。张衡《西京赋》似乎受其影响，在宴饮田猎一段铺张描写之后亦云："于是众变尽，心酲醉，盘乐极，怅怀萃。"而葛洪《抱朴子·内篇·畅玄》所谓"然乐极则哀集，至盈必有亏，故曲终则叹发，燕罢则心悲也。实理势之攸召，犹影响之相归也"，意在对前人感性的描述加以理性的总结。为什么会"乐极生忧"呢？王羲之《兰亭集序》中的"所之既倦，情随事迁"，颇能道出个中奥秘。如听乐观舞，饮宴田猎之类，都是一般人所追求的乐事，但此类物质享受与感官刺激是难得持久的。因此，"乐极生悲"乃是因为"乐极"之后仍有所企羡，但又想不出更好的享乐方式来，于是觉得人生之乐不过如此，仍有不满足不圆成的戚戚之憾。

在唐宋词中，词人对春景而伤怀，欢宴后而生悲，与上述种种描写所展示的心理轨迹是一样的。如冯延巳《鹊踏枝》："昨夜笙歌容易散。酒醒添得愁无限。"晏殊《踏莎行》："一场愁梦酒醒时，斜阳却照深深院。"张先《天仙子》："水调数声持酒听。午醉醒来愁未醒。"这是闲愁词的典型情境，而以常理常情观之，也悖于物质享受与感官刺激带来快乐的通常认知。

其三，轻淡幽渺，闲雅从容。《宋史》晏殊本传称其"闲雅有情思"，用语最为精准。"闲雅"也是人物品藻用语。《吕氏春秋·士容》称田骈"进退中度，趋翔闲雅"。《史记·司马相如列传》："相如之临邛，从车骑，雍容闲雅甚都。"《南史·谢览传》称其"意气闲雅，视瞻聪明"。《隋书·高祖纪》："此间人物，衣服鲜丽，容止闲雅。"这些语例中的"闲雅"都是指人物从容潇洒的风度。可以说，闲愁之"闲"，不是与"忙"相对，而是与"俗"相别。闲愁，即闲雅之愁。虽有忧伤，而不失闲雅风度。

与诗文中常见的悲愤愁苦相比，词中的闲愁不是国破家亡、生离死别那种撕心裂肺的痛苦，也不是感士不遇、志不获骋那种唾壶击缺的郁怒。它是一缕飘忽不定的怅惘的情绪，那么轻，那么淡，只有灵根慧性的词人才能感受得到，表现得出。要为这样的"闲愁"传神写照，自然要选择空灵淡雅的意象和轻倩婉约的艺术风格。

举例来说，像蔡琰《悲愤诗》："彼苍者何辜？乃遭此厄祸。""见此崩五内，恍惚生狂痴。"这样的撕心裂肺、呼天抢地的痛苦，当然也不属于绮怨。像鲍照《拟行路难》其六："对案不能食，拔剑击柱长叹息。丈夫生世会几时？安能蹀躞垂羽翼！"像李白《行路难》："金樽清酒斗十千，玉盘珍羞直万钱。停杯投箸不能食，拔剑四顾心茫然。"这种拔剑四顾、唾壶击缺的意气，当然也不属于闲愁。

即使是表现爱情和相思离别，也有情感表现的轻重缓急的问题。如汉乐府《上邪》："上邪！我欲与君相知，长命无绝衰。山无陵，江水为竭，冬雷震震，夏雨雪，天地合，乃敢与君绝。"又如《有所思》："有所思，乃在大海南。何用问遗君，双珠玳瑁簪。用玉绍缭之。闻君有他心，拉杂摧烧之。摧烧之，当风扬其灰！从今以往，勿复相思，相思与君绝！"像这样的呼天抢地、大声疾呼，也不是闲愁。

闲愁之理想表现要声情辞情相称，其拟象轻柔可人，其造语婉转曲达，其音声流丽轻圆。清人所谓词要"沉郁顿挫"，要"重拙大"，名为尊体，实际都是违背词体个性与创作规律的，万不可信。唐宋词中，如李煜《菩萨蛮》："宴罢又成空。梦迷春雨中。"冯延巳《鹊踏枝》："撩乱春愁如柳絮。悠悠梦里无寻处。"晏殊《木兰花》："长于春梦几多时，散似秋云无觅处。"秦观《浣溪沙》："自在飞花轻似梦，无边丝雨细如愁。"

正是对闲愁境界的最佳摹状。读这种小词，感受到的不是情感的冲击力，而是情调的熏染。仿佛一种氤氲空蒙的雾气弥漫在周身，浸润着灵魂，使人沉入一种恬淡的悲感之中。

第二节　绮怨主题

当刘熙载说温庭筠词"类不出乎绮怨"[1]的时候，他所说"绮怨"偏指闺怨。温庭筠今存词七十首左右。其中包括《菩萨蛮》十四首，《更漏子》六首，《南歌子》七首，以及《酒泉子》《梦江南》等等，表现的几乎是同样的题材，就是闺怨或思妇。词中的抒情主人公都是女性，是贵族或是中产以上家族的女性，都是孤独、慵倦的，都在伤别念远。陈廷焯说飞卿词"大半托词帷房"[2]，和刘熙载所说温词"类不出乎绮怨"差不多是一回事。而清代前期先著、程洪《词洁》所说"词之初起，事不出于闺帏、时序"[3]，更说明不仅温词如此，整个《花间集》以及晚唐五代词也大都如此。即使比伤别念远稍微延伸一点，也不过是伤春伤别而已。其后历五代而至两宋，历冯延巳而至晏殊、欧阳修，遂在伤春伤别的传统基础上进一步发展，在词境拓展的同时也伴随着词品的提升。诸如流连光景，惆怅自怜，忧生伤世，以及永恒之企慕等等，这些充满人生意蕴的主题，都是宋词中可宝贵的内涵。宋词的题材内容当然远不止这些，但宋词中最有生命力的好词大都属于这一类。

一、伤春之思

关于文学与时序物候的关系，唐代以前的文论已有充分的表述。先是

---

[1] 刘熙载：《词概》，收于唐圭璋辑：《词话丛编》，第3689页。
[2] 陈廷焯：《白雨斋词话》，收于唐圭璋辑：《词话丛编》，第1312页。
[3] 先著、程洪撰，胡念贻辑：《词洁辑评》，收于唐圭璋辑：《词话丛编》，第1347页。

在汉代文人那里，对人情与物理的感应关系有了一定的认知。董仲舒《春秋繁露》有云："天有寒有暑，夫喜怒哀乐之发，与清暖寒暑，其实一贯也。喜气为暖而当春，怒气为清而当秋，乐气为太阳而当夏，哀气为太阴而当冬。……阴始于秋，阳始于春。春之为言，犹偆偆也；秋之为言，犹湫湫也。偆偆者喜乐之貌也，湫湫者忧悲之状也。是故春喜夏乐，秋忧冬悲。"[1]张衡《西京赋》亦云："夫人在阳时则舒，在阴时则惨，此牵乎天者也。"这些都表明，早在两汉时期，人们已经对春秋节序及人的心理感情的对应关系有了充分的认识，稍后则进一步上升为文学创作的理论与规律。陆机《文赋》云："遵四时以叹逝，瞻万物而思纷。悲落叶于劲秋，喜柔条于芳春，心懔懔以怀霜，志眇眇而临云。"刘勰《文心雕龙·物色》云："春秋代序，阴阳惨舒，物色之动，心亦摇焉。盖阳气萌而玄驹步，阴律凝而丹鸟羞，微虫犹或入感，四时之动物深矣。若夫珪璋挺其惠心，英华秀其清气，物色相召，人谁获安？是以献岁发春，悦豫之情畅；滔滔孟夏，郁陶之心凝；天高气清，阴沉之志远；霰雪无垠，矜肃之虑深。岁有其物，物有其容；情以物迁，辞以情发。"[2]以上四人的说法不约而同地认为，无论是按照人情之常，还是按照文学创作的一般规律来说，春天是阳气舒展的季节，是草木萌发的季节，所以春天的人们"喜柔条于芳春"，"悦豫之情畅"，是正常的感情现象和文学现象。正如悲秋是正常的，悦春也是正常的。那么，文学史上的伤春主题又是如何成为事实的呢？

刘禹锡《秋词》诗云"自古逢秋悲寂寥"，说明悲秋早已形成了诗学传统，而伤春则是很晚之后才有的现象。虽然《楚辞·招魂》中已有"目极千里兮伤春心"的警句，陆机《悲哉行》有"游客芳春林，春芳伤客心"；初唐王勃有《春游》诗："客念纷无极，春泪倍成行。今朝花树下，不觉恋年

---

[1] 苏兴撰，钟哲点校：《春秋繁露义证》，中华书局1992年版，第330—332页。
[2] 刘勰著，陆侃如、牟世金译注：《文心雕龙译注》，齐鲁书社1995年版，第548页。

光。"但那只是偶尔一现的不谐和音，中国文学史上由悲秋到伤春主题的实质性嬗变发生在晚唐时期。在晚唐之前的一千余年，文坛上流行的是由宋玉《九辩》开创的悲秋主题。《九辩》开头一段写道：

> 悲哉，秋之为气也！萧瑟兮草木摇落而变衰。憭栗兮若在远行，登山临水兮送将归。泬寥兮天高而气清，寂寥兮收潦而水清。憯悽增欷兮，薄寒之中人，怆怳懭悢兮，去故而就新。坎廪兮贫士失职而志不平，廓落兮羁旅而无友生，惆怅兮而私自怜！

"悲哉，秋之为气也"处于开篇的显著位置，陆机《文赋》所谓"立片言而居要，乃一篇之警策"，对后来的文人产生了极大的影响。李白《赠易秀才》诗云："秋深宋玉悲。"杜甫《咏怀古迹》诗云："摇落深知宋玉悲，风流儒雅亦吾师。"李郢《早秋书怀》诗："高梧一叶坠凉天，宋玉悲秋泪洒然。"畅当《别卢纶》诗："我有新秋泪，非关宋玉悲。"许浑《闻两河用兵因贻友人》诗："秋悲怜宋玉，夜舞笑刘琨。"看来悲秋主题的开创者，至少在唐代诗人们看来，非宋玉莫属了。胡应麟《诗薮·内编》云："'袅袅兮秋风，洞庭波兮木叶下'。形容秋景入画；'悲哉秋之为气也！憭栗兮若远行，登山临水兮送将归'。摹写秋意入神。皆千古言秋之祖。六代唐人诗赋，靡不自此出者。"[1]按"袅袅兮秋风，洞庭波兮木叶下"，出自屈原《九歌·湘夫人》，那当然是对秋景的诗意表述，但是要论悲秋主题的开创者，仍当以宋玉《九辩》为最早出处。

然而到了晚唐时期，悲秋主题淡出，伤春主题则骎骎然日盛。李商隐《杜司勋》绝句云："高楼风雨感斯文，短翼差池不及群。刻意伤春复伤别，人间唯有杜司勋。"清代何焯《义门读书记》评曰："高楼风雨，短翼差池，

---

[1] 胡应麟：《诗薮》，第5页。

玉谿方自伤春伤别乃尔，有感于司勋之文也。"[1]这就是说，李商隐（号玉谿生）最擅于伤春伤别，诗中推重司勋员外郎杜牧，亦有夫子自道之意。我们看李商隐诗集中，处处弥漫着伤春情调。如《天涯》：

> 春日在天涯，天涯日又斜。
> 莺啼如有泪，为湿最高花。

《槿花》：

> 燕体伤风力，鸡香积露文。
> 殷鲜一相杂，啼笑两难分。

《日射》：

> 日射纱窗风撼扉，香罗拭手春事违。
> 回廊四合掩寂寞，碧鹦鹉对红蔷薇。

《流莺》：
> 流莺漂荡复参差，渡陌临流不自持。
> 巧啭岂能无本意，良辰未必有佳期。
> 风朝露夜阴晴里，万户千门开闭时。
> 曾苦伤春不忍听，凤城何处有花枝。

还有摘句如《重过圣女祠》："一春梦雨常飘瓦，尽日灵风不满旗。"《春雨》：

---

[1]何焯：《义门读书记》，中华书局1987年版，第1248页。

"红楼隔雨相望冷,珠箔飘灯独自归。"《曲江》:"天荒地变心虽折,若比伤春意未多。"总之读玉谿生诗,会让人感觉他是"一个不写词的词人",在他诗中有词心,有词境,更有词风词味,只是没用词调,没写成长短句而已。焦循《易余籥录》曾言:"一代有一代之所胜,舍其所胜,以就其所不胜,皆寄人篱下者耳。"[1]唐诗当然尚在鼎盛时期,李商隐当然也是诗中第一流,说不上寄人篱下,但他的秉性气质似乎更适合写绮怨的要眇宜修的小词。假如玉谿生当初就意识到这一点,把他的聪明才气、锦心绣口、幽怨心态等等一发之于词,那晚唐词坛就没有鹿死谁手的问题了,玉谿生会成为当之无愧的词坛教主,而没有温八叉什么事了。

法国艺术史家丹纳曾经指出:"自然界有它的气候,气候的变化决定这种那种植物的出现;精神方面也有它的气候,它的变化决定这种那种艺术的出现。"[2]除了"小李杜"之外,晚唐诗坛上整体表现出"词化"倾向,同时也整体上弥漫着伤春意绪。这不是一般意义的文学风会问题,而是时代心理的必然反映。清代诗学家叶燮曾说:"贞元、元和以后,时俗所称为中晚唐。""曰'中唐',又曰'晚唐',不知此'中'也者,乃古今百代之'中',而非有唐之所独得而称'中'者也。""后此千百年无不从是以为断。"[3]中晚唐时期所遇到的问题不仅是宦官作乱与藩镇割据的内忧外患,而且是整个社会处于封建社会从高峰下落的时期。所谓悲凉之雾、遍被华林,而呼吸领会者首先是这些敏感多情的诗人。李商隐《花下醉》诗云:"寻芳不觉醉流霞,倚树沉眠日已斜。客散酒醒深夜后,更持红烛赏残花。"独赏残花,是这个时代悲剧性的、不无病态的美学倾向。词这样一种在节奏声情、意境情调上极富魅力的韵文形式,不早不迟,恰恰在晚唐时期大放异彩,正

---

[1] 焦循:《易余籥录》,收于焦循著,刘建臻点校:《焦循诗文集》,广陵书社2009年版,第843页。
[2] 丹纳著,傅雷译:《艺术哲学》,生活·读书·新知三联书店2016年版,第16页。
[3] 叶燮:《百家唐诗序》,收于《清代诗文集汇编》编纂委员会编:《清代诗文集汇编》第104册《已畦集》,上海古籍出版社2010年版,第397—398页。

表明它是适逢其会应运而生的时代产物，单从文学自身的逻辑发展很难寻求到合适的答案。

一方面是因为伤春情绪已成为晚唐以来的"流行病"，另一方面是因为伤春主题特别适合词的绮丽幽怨的文体个性，所以宋词中的伤春之作既占有很大的比例，又有很多脍炙人口的名篇佳作。然而需要指出的是，所谓伤春主题，并不是单纯的或单一的主题指向，而是丛簇并生的集合体。同样是"应物斯感"[1]，不同的性别、不同的人群、不同的时代背景，可能感发出不同的主题取向。不管词题或词中有没有"伤春"或"惜春"之类的字面，这种伤春名义下的实际主题可能是另一回事。举要而言，宋词中的伤春之作，其次生主题可以分为三类。

其一，女性伤春，实为怀春。这可以说是狭义的伤春，传统的伤春。《诗经·豳风·七月》："春日迟迟，采蘩祁祁，女心伤悲，殆及公子同归。"毛氏《传》曰："春女悲，秋士悲。"郑玄《笺》曰："春女感阳气而思男；秋士感阳气而思女。是其物化，所以悲也。悲则始有与公子同归之志，欲嫁焉。"[2]钱锺书先生说："苟从毛、郑之解，则吾国咏'伤春'之词章者，莫古于斯。"[3]唐诗中如张仲素《春闺思》："提笼忘采叶，昨夜梦渔阳。"戴叔伦《闺怨》："看花无语泪如倾，多少春风怨别情。"皆属此类。

在宋词中，伤春之作既有女性词人所作，如李清照《如梦令》：

> 昨夜雨疏风骤。浓睡不消残酒。试问卷帘人，却道海棠依旧。知否。知否。应是绿肥红瘦。

---

[1] 刘勰著，陆侃如、牟世金译注：《文心雕龙译注》，第138页。
[2] 《十三经注疏》整理委员会整理，李学勤主编：《十三经注疏·毛诗正义》，北京大学出版社1999年版，第494页。
[3] 钱锺书：《管锥编》，第131页。

又如朱淑真《谒金门》：

> 春已半。触目此情无限。十二阑干闲倚遍。愁来天不管。　　好是风和日暖。输与莺莺燕燕。满院落花帘不卷。断肠芳草远。

这两首词的作者都是女性，而且是有身份的大家闺秀，故虽是伤春，却较为矜持含蓄。李清照词中所谓"绿肥红瘦"，便见惜春之意；朱淑真词末句"断肠芳草远"，可知是伤别念远。

更多的是男性词人的拟代之体，如欧阳修《蝶恋花》：

> 面旋落花风荡漾。柳重烟深，雪絮飞来往。雨后轻寒犹未放。春愁酒病成惆怅。　　枕畔屏山围碧浪。翠被华灯，夜夜空相向。寂寞起来褰绣幌。月明正在梨花上。

又如秦观《画堂春》：

> 落红铺径水平池。弄晴小雨霏霏。杏园憔悴杜鹃啼。无奈春归。　　柳外画楼独上，凭栏手撚花枝。放花无语对斜晖。此恨谁知。

欧词中提到"绣幌"，秦词中提到"手撚花枝"，可以想见词中主人公为女性。两首词都写得颇为闲雅。同样是写女性伤春，像曹植《美女篇》"盛年处房室，中夜起长叹"，或是王昌龄《闺怨》"忽见陌头杨柳色，悔教夫婿觅封侯"那样的直白表述，在词中是不可想象的。于此亦可见诗词异处。

其二，名为伤春，别有寄托。所寄托者或为个人身世之感，但更常见的是时代家国的兴衰存亡之感。如刘辰翁《兰陵王·丙子送春》：

送春去。春去人间无路。秋千外、芳草连天，谁遣风沙暗南浦。依依甚意绪。漫忆海门飞絮。乱鸦过，斗转城荒，不见来时试灯处。　　春去。最谁苦。但箭雁沉边，梁燕无主。杜鹃声里长门暮。想玉树凋土，泪盘如露。咸阳送客屡回顾。斜日未能度。　　春去。尚来否。正江令恨别，庾信愁赋。苏堤尽日风和雨。叹神游故国，花记前度。人生流落，顾孺子，共夜语。

因为词多"空中语"，系年不易，像这样意在言外的寄托之作，推断写作的年代背景尤为重要。好在词题中有干支纪年，使我们知道这首词作于宋末德祐二年（1276）。据《宋史纪事本末》记载，是年春正月，谢太后奉表降元；三月间元兵入临安。这首词既写了暮春风雨，芳草飞絮，也写了杜鹃啼归，梁燕无主，并且用了"咸阳送客"来提点金铜仙人辞汉的典故。所以厉鹗《论词绝句十二首》其九称"送春苦调刘须溪"；陈廷焯《云韶集辑评》说："题是送春，词是悲宋。曲折说来，有多少眼泪。"[1] 同类之词，还有张炎《高阳台》："莫开帘，怕见飞花，怕听啼鹃。"汪元量《洞仙歌》："念旧巢燕子，飞傍谁家，斜阳外、长笛一声今古。"这一类词，看似伤春，实际则是黍离麦秀之感，荆棘铜驼之悲。除了这些宋亡前后的词作，另如辛弃疾《摸鱼儿》（更能消几番风雨）、张元幹《兰陵王·春恨》（卷珠箔）、陈亮《水龙吟·春恨》（闹花深处层楼）等等，当南宋偏安江左、国是日非之时，也都是借伤春而别寓寄托的抒情言志之作。

其三，男性伤春，这是宋代伤春词中比较有特色亦有深致的一类。名为伤春，实际就是魏晋以来诗歌主题之一，即源于人生短促事实的忧生之嗟。刘熙载《艺概·词概》云："韦端己、冯正中诸家词，留连光景，惆怅自怜，

---

[1] 陈廷焯：《云韶集辑评》，收于葛渭君编：《词话丛编补编》，中华书局2013年版，第1615页。

盖亦易飘飏于风雨者。"[1]王国维《人间词话》评李璟词"菡萏香销翠叶残，西风愁起绿波间"，说是"大有众芳芜秽、美人迟暮之感"[2]。现代词学家叶嘉莹先生亦云，冯正中与大晏、欧阳诸家词，从表面看去不过是伤春离别，但其中却蕴含着"一种对时光年华流逝的深切的慨叹和惋惜"[3]。这些都可以说是对唐宋词"忧生"主题的感悟与把握。

忧生之嗟，可以大致分为二种。一种是起于社会现实的忧患，一种起于对人生缺憾的感知。如阮籍《咏怀》组诗其一："夜中不能寐，起坐弹鸣琴。薄帷鉴明月，清风吹我襟。孤鸿号外野，翔鸟鸣北林。徘徊将何见，忧思独伤心。"唐李善注《文选》评曰："嗣宗身仕乱朝，常恐罹谤遇祸，因兹发咏，故每有忧生之嗟。虽志在刺讥，而文多隐避，百代之下，难以情测。"[4]这是因为社会现实的威胁而生发的隐忧。而像《古诗十九首》中的"人生忽如寄，寿无金石固"，"生年不满百，常怀千岁忧"，"人生寄一世，奄忽若飙尘"，"人生非金石，岂能长寿考"，这些反复吟唱的人生悲歌，正是基于人生短促的忧生之嗟。其他如陆云《岁暮赋》"悲人生之有终兮，何天造而罔极"；张协《登北邙赋》"何天地之难穷，悼人生之危浅"；王勃《滕王阁序》"天高地迥，觉宇宙之无穷；兴尽悲来，识盈虚之有数"。向下直到苏轼《赤壁赋》，思路都是以宇宙之永恒无限与人生之短促渺小相对照。凡此种种，都属忧生之嗟。

我们来看一下晏殊的《鹊踏枝》：

> 槛菊愁烟兰泣露。罗幕轻寒，燕子双飞去。明月不谙离恨苦。斜光到晓穿朱户。　　昨夜西风凋碧树。独上高楼，望尽天涯路。欲寄彩笺兼尺素。山长水阔知何处。

---

[1] 刘熙载：《词概》，收于唐圭璋辑：《词话丛编》，第3689页。
[2] 王国维：《人间词话》，收于唐圭璋辑：《词话丛编》，第4242页。
[3] 《唐宋词鉴赏辞典　唐·五代·北宋卷》，第431页。
[4] 萧统编，李善注：《文选》，上海古籍出版社1986年版，第1067页。

这首词与冯延巳的《鹊踏枝》(几日行云何处去)一首,不仅同调同韵,主题情调也完全相同。陈廷焯《词则·大雅集》卷二评曰:"缠绵悱恻,雅近正中。"[1]实际岂止是"雅近",简直如出一手。王国维《人间词话》曰:"'我瞻四方,蹙蹙靡所骋',诗人之忧生也。'昨夜西风凋碧树,独上高楼,望尽天涯路'似之。'终日驰车走,不见所问津',诗人之忧世也。'百草千花寒食路,香车系在谁家树'似之。"[2]王国维别具会心地读出忧生忧世的意蕴来,而以冯延巳与晏殊的两首《鹊踏枝》拈连并提,这也正说明了二者之间的相似性。

人生短促的悲感,实是与人生相与俱来的一种情感基型,以其无关于衣食住行、国计民生,或可称为"闲愁",其实正是人生之大哀。故古来骚客哲人,无不于此感慨万端。值得品味的是,由晚唐至北宋特定的文化心理氛围以及词体的艺术个性所决定,这种忧生之嗟在唐宋词中表现得不是那么直接,那么浓重,那么理智,那么单纯,词人们仿佛没有意识到自己是在为生命的迅速无常而感伤,抑或是有意避免那些陈旧的语汇,他们只是描写岁时节物的推移变化,捕捉刹那间心灵的悸动,把那无端涌来的怅惘的情绪,用意象和节奏固定下来,从容地欣赏玩味。前代文人还在力求解脱,一感到人生无常的哀感袭来,马上用及时行乐之类的想法来排遣。晚唐以后词人则越过了这个阶段,知道这种由人性心理结构的深层潜露出来的悲剧意识,既逃不脱也压不下,因而转为镇定自持地凝眸深赏,从而为人生弹奏出一曲曲美艳凄婉的哀歌。

欣赏这样的词,要破除表象,以意逆志。例如冯延巳《鹊踏枝》"梅落繁枝千万片,犹自多情,学雪随风转",叶嘉莹先生说:"仅只三句,便写出了所有有情之生命面临无常之际的缱绻哀伤,这正是人世千古共同的悲

---

[1] 陈廷焯:《词则辑评》,收于葛渭君编:《词话丛编补编》,中华书局2013年版,第2147页。
[2] 王国维:《人间词话》,收于唐圭璋辑:《词话丛编》,第4244—4245页。

第三章｜绮怨之美

苏轼《卜算子》
（缺月挂疏桐）词意

哀。"[1]又说李璟《浣溪沙》开端七字（菡萏香销翠叶残），"已经足以造成一种感发的力量，使人引起对珍美之生命的零落凋伤的一种悼惜之情"[2]。又评晏殊《踏莎行》（细草愁烟）词云："可能会有人认为，晏殊这里无非是表现了一种伤春的情绪……在晏殊的伤春情绪中，实在是有一种对时光年华流逝的深切的慨叹和惋惜存在，而且更在极幽微的情思的叙写中，流露出了很深挚又很高远的一份追寻向往的心意。这种情意，虽然表面看来也许只不过是伤春怀人之情而已，但是隐然间却可以使读者的心灵感情感受到一种提升的作用，这种言外的引人感发联想的作用，正是词这种韵文所最值得注意的一种特质和成就。"[3]叶嘉莹先生说词，深得《人间词话》之遗意与其师顾随的真传，注重感发联想，善于通过词人一己之寂寞心，来诠释人性和人生，使古典词作焕发出一种生生不已的感人力量。我们读正中、二主、二晏诸家词，常觉眼底心中，有此况味，而苦于云烟渺茫，体认不切。如今有叶嘉莹先生的解说导引，然后再读"河畔青芜堤上柳"，"细雨湿流光"，"紫薇朱槿花残，斜阳却照阑干"一类词句，便恍如进入参悟人生的禅悦境界。前代诗人笔下那么沉重的忧生之嗟，在这里化为圆融的观照，虽然不免忧伤，却是人生之至味。这种"闲愁"犹如茶叶，不比酒饭可以醉，可以饱，但它特有的清涩之味，却可以滋养人的性灵。

宋词中的忧生之嗟，尤其表现在那些暮春时节、黄昏时分、梦回酒醒后的精神悸动的瞬间。为了便于把握，我们可以把这种典型的词境概括为四句韵语："一年光景在暮春，一日光景在黄昏；最是梦回酒醒后，落花芳草总伤神。"如张先《天仙子》：

---

[1]叶嘉莹：《从〈人间词话〉看温韦冯李四家词的风格——兼论晚唐五代时期词在意境方面的拓展》，收于叶嘉莹：《迦陵文集》第二卷《王国维及其文学批评》，河北教育出版社1997年版，第365页。
[2]叶嘉莹：《论李璟词》，收于叶嘉莹：《迦陵文集》第五卷《唐宋词名家论稿》，河北教育出版社1997年版，第44页。
[3]《唐宋词鉴赏辞典 唐·五代·北宋卷》，第431页。

水调数声持酒听。午醉醒来愁未醒。送春春去几时回，临晚镜。伤流景。往事后期空记省。　　沙上并禽池上暝。云破月来花弄影。重重帘幕密遮灯，风不定。人初静。明日落红应满径。

如晏殊《踏莎行》：

小径红稀，芳郊绿遍。高台树色阴阴见。春风不解禁杨花，蒙蒙乱扑行人面。　　翠叶藏莺，朱帘隔燕。炉香静逐游丝转。一场愁梦酒醒时，斜阳却照深深院。

欧阳修《定风波》：

过尽韶华不可添。小楼红日下层檐。春睡觉来情绪恶。寂寞。杨花缭乱拂珠帘。　　早是闲愁依旧在。无奈。那堪更被宿醒兼。把酒送春惆怅甚。长恁。年年三月病厌厌。

苏轼《蝶恋花》：

蝶懒莺慵春过半。花落狂风，小院残红满。午醉未醒红日晚。黄昏帘幕无人卷。　　云鬟鬅松眉黛浅。总是愁媒，欲诉谁消遣。未信此情难系绊。杨花犹有东风管。

贺铸《临江仙》：

午醉厌厌醒自晚，鸳鸯春梦初惊。闲花深院听啼莺。斜阳如有意，偏傍小窗明。　　莫倚雕阑怀往事，吴山楚水纵横。多情人奈物无情。闲愁朝复暮,相应两潮生。

这些词都是写午醉醒来后的精神感悟。当然也都是暮春季节,都是日暮之时。残春、残花、残阳,还有残醉之词人,各种因素并置于一起,难怪词人会有那样的绮怨闲愁。可以想象酒筵上不仅有美酒佳肴,还有美人歌舞,这些都是人生享受的内容。按照前述的"乐极生悲"的心理规律,梦回酒醒后的失落、空虚、幻灭、惆怅可以说是自然反应。再加上容易让人想到衰老与死亡的夕阳暮色,容易让人想到韶华流逝的暮春残红,乃知闲愁之有所自来,槿色的绮怨亦使人黯然神伤。

二、伤别意绪

一般来说,写离别之情并不是词的专利。因为别情乃是人类情感的一种基本类型,所以在前代诗文中早已有了充分的表现。《诗经·燕燕》:"瞻望弗及,伫立以泣。"是中国诗史早期的送别名句,宋代许颛《彦周诗话》称此二句"真可泣鬼神矣"[1]。《庄子·山木》"送君者皆自崖而反,君自此远矣",虽然是散文句法,然其深情远韵,可谓惊心动魄,一字千金。至于江淹《别赋》更是由抒情短章衍为长篇巨制,遂成为送别之作中的千古绝调。其发端"黯然销魂者,唯别而已矣"一句,就足以使人悄焉动容。以下复以"别虽一绪,事乃万族"领起,分别描述种种离别场面。其中如"帐饮东都,送客金谷","闺中风暖,陌上草薰"等等,皆成为后来离别诗文的祖述之辞。尤其是"春草碧色,春水渌波,送君南浦,伤如之何!"更是脍炙人口的名句,"南浦"亦因此成为伤别的语码之一。

总之,伤别既是中国文学的传统主题,从秦汉、魏晋、南北朝以至唐代,以离别为主题的诗文已经够多了,与离别相关的意象、语汇也差不多被

---

[1] 许颛:《彦周诗话》,收于何文焕辑:《历代诗话》,中华书局1981年版,第378页。

历代才人挖掘淘漉尽了，或者说没有多少天然好言语可供驱遣了。那么宋代词人又如何能在旧题目下推陈出新，并在伤别文学中独具魅力呢？

举要而言，宋词中的离别之歌，与前代的离别诗文相比，有两大差异。

其一，赠别怀思的对象不同。前代诗文中所写的离别，大都是同性友人之间的分别；而宋词中离别或怀思的对象，不再是同性友人，而是异性恋人。

譬如在唐代的离别诗中，我们耳熟能详的名篇名句，大都是写给同性朋友的。如王勃《送杜少府之任蜀州》："海内存知己，天涯若比邻。"王维《送沈子福之江东》："唯有相思似春色，江南江北送君归。"孟浩然《送杜十四之江南》："日暮征帆何处泊，天涯一望断人肠。"王昌龄《芙蓉楼送辛渐》："洛阳亲友如相问，一片冰心在玉壶。"李白《闻王昌龄左迁龙标遥有此寄》："我寄愁心与明月，随风直到夜郎西。"高适《别董大》："莫愁前路无知己，天下谁人不识君。"当然，到了晚唐时期，也有了杜牧写给恋人的《赠别》："娉娉袅袅十三余，豆蔻梢头二月初。春风十里扬州路，卷上珠帘总不如。"但这样的情诗只能产生在声色风流的晚唐时期，而且在整个唐诗中也是非常少见的。

而在宋代的离别词中，无论代言还是自言，是送行者还是离别者，是男性视角还是女性口吻，大都是异性情侣之间的离别。同性亲友之间的赠别之作，北宋时苏轼词中有少数几阕，如《南乡子·送述古》之类。南宋则如张元幹《贺新郎·送胡邦衡待制赴新州》，辛弃疾《木兰花慢·滁州送范倅》《贺新郎·别茂嘉十二弟》等，篇什渐富。但和唐诗相比，男女情人间的伤别念远，仍是宋词的一大特色。最典型的是柳永《乐章集》，其中咏叹离别者最多，但从来没有一曲是写给男性朋友的，甚至也没有写给家人的。陈振孙《直斋书录解题》说他"尤工于羁旅行役"，但他在到处漫游、南北飘荡的时候，所思恋的几乎都是在京或在家的情人。如《曲玉管》中的"杳杳神京，盈盈仙子"；《归朝欢》中的"玉楼深处，有个人相忆"；《卜算子慢》中的"念两处风情，万重烟水"；《夜半乐》"到此因念，绣阁轻抛，浪萍难驻"；《八声甘州》"想佳人、妆楼颙望，误几回、天际识归舟"；《倾杯乐》"为忆芳容别后,水遥山远,何计凭鳞翼"等等。不仅柳永是如此,其他人词中的伤别念远之作,也往往是情人之间的私密话题。如林逋《长相思》:"君泪盈,妾泪盈。罗带同心结未成,江头潮已平。"曰君曰妾,应该是女性视点。"江头潮已平"就是要解缆开船了,这和现代交通工具背景下的"汽笛一声肠已断"是一样的意思。

不仅如此,宋词中的男女别情,更有很多明显不是夫妻爱人之间的,而是与妓女之间的关系。如柳永《引驾行》中的"凤城仙子""莲脸""媚容"之类描写,显然是妓女做派。晏几道《鹧鸪天》"梦魂惯得无拘检,又踏杨花过谢桥",这里"谢桥"应该也是章台、平康之代语。秦观《满庭芳》,当其"香囊暗解,罗带轻分"时,他毫不忌讳地说是"谩赢得青楼,薄幸名存"。另一首《满庭芳》写道"豆蔻梢头旧恨,十年梦、屈指堪惊"。用杜牧《赠别》诗意,显然也是写与青楼女子的风流韵事。周邦彦《瑞龙吟》写故地重游、物是人非之感,曰"章台路",曰"坊陌人家",可知那个"侵晨浅约宫黄,障风映袖,盈盈笑语"的痴小女孩,显然也是青楼女子。而这些在宋代,是真正的风流韵事,不是品行上的污点。此类情事与描写,在前代别离诗文中当然是少见的。

其二,诗文中写离别,虽然不乏名篇佳句,也自能感动人心,但是那毕竟是同性友人之间的感情,无论多么真挚深厚,一般也都不如异性恋人之间的那种感情来得缠绵幽怨,别具姿媚。宋词中的别情,没有"海内存知己,天涯若比邻"那般的大气,没有"莫愁前路无知己,天下谁人不识君"那般的轩豁磊落,但它那种深情呵护,软语温存,是前代诗文所没有的。

谈到宋词中的别离之歌,当然首推柳永《雨霖铃》:

> 寒蝉凄切。对长亭晚,骤雨初歇。都门帐饮无绪,留恋处、兰舟催发。执手相看泪眼,竟无语凝噎。念去去、千里烟波,暮霭沉沉楚天阔。　　多情自古伤离别。更那堪、冷落清秋节。今宵酒醒

何处,杨柳岸、晓风残月。此去经年,应是良辰美景虚设。便纵有千种风情,更与何人说。

这首词写别情,从大的方面来说,不过是江淹《别赋》"帐饮东都"四字之演化而已,但我们看在柳永词中,竟把一个"别"字擘肌析理,切分成如此细致绵密的层次。起三句是别前,借节令风物,渲染凄切基调,并为过片"多情自古伤离别,更那堪、冷落清秋节"二句张本。"都门帐饮"至"无语凝噎"数句,是写临别情景,欲饮无绪,欲留不能。《西厢记·长亭送别》一折中崔莺莺唱词"将来的酒共食,尝着似土和泥。假若便是土和泥,也有些土气息,泥滋味",全从这"帐饮无绪"四字翻出。"竟无语凝噎"的"竟"字,有惊诧莫解意味。因为情人相别,几天前就在酝酿临别话语,无奈临别时方寸已乱,满腹话语竟一句说不出。可知在车站码头,那些在临别之际,谆谆嘱咐,条理清晰,辞态安详,细致周到之人,一定不是与离别者关系最亲密、最动感情的人。

"念去去"以下一直到歇拍处,悬想别后情境,虚步生姿,一层远似一层,一层深似一层。"念去去、千里烟波,暮霭沉沉楚天阔"是第一层;"今宵酒醒何处,杨柳岸、晓风残月"是第二层;"此去经年"以下是第三层。这样从执手未别时,想到别后的烟波孤舟,想到今宵梦回酒醒所见之晓风残月,想到此去经年的失意寥落,这就把一个"别"字,分解为多种层次与姿态。刘熙载《艺概·词概》评曰:"词有点有染。柳耆卿《雨淋铃》云:'多情自古伤离别,更那堪、冷落清秋节。今宵酒醒何处,杨柳岸、晓风残月。'上二句点出离别。'冷落''今宵'二句,乃就上二句意染之。"[1]点与染是绘画术语,是中国画的两种技法,点主要用于造型,染是在点的基础上追求笔墨趣味。这里借用来说词,就是说前面点明离别主题,后面加写离别的具体

---

[1] 刘熙载:《词概》,收于唐圭璋辑:《词话丛编》,第 3705 页。

情境。"更那堪"三字,以反诘表"折进"。向子諲《虞美人》:"晚云分外欲增愁。更那堪疏雨送归舟。"与此意趣相通。宋词表现别情之缠绵,柳永这首词堪为代表。

欧阳修的《踏莎行》又是另外一种写法:

> 候馆梅残,溪桥柳细。草薰风暖摇征辔。离愁渐远渐无穷,迢迢不断如春水。　　寸寸柔肠,盈盈粉泪。楼高莫近危阑倚。平芜尽处是春山,行人更在春山外。

江淹《别赋》有云:"闺中风暖,陌上草薰。"欧阳修此词则云"草薰风暖摇征辔",亦可想见江淹《别赋》在别情母题演化史上的地位与影响。但欧阳修绝不会拆东补西以敷衍成篇,他也有他的新创造。俞陛云《唐五代两宋词选释》评曰:"唐宋人诗词中,送别怀人者,或从居者着想,或从行者着想,能言情婉挚,便称佳构。此词则两面兼写。前半首言征人驻马回头,愈行愈远,如春水迢迢,却望长亭,已隔万重云树。后半首为送行者设想,倚阑凝睇,心倒肠回,望青山无际,遥想斜日鞭丝,当已出青山之外,如鸳鸯之烟岛分飞,互相回首也。以章法论,'候馆''溪桥'言行人所经历;'柔肠''粉泪'言思妇之伤怀,情同而境判,前后阕之章法井然。"[1]词的分段(片)是词的体制的重要特点。《生查子》不同于五言律诗,《玉楼春》不同于七言律诗,很大程度上赖于双调的段落感。欧阳修这首词充分利用上下片平列对照的章法,"两面兼写",故成佳作。诗中当然也可能采用"少妇城南欲断肠,征人蓟北空回首"(高适《燕歌行》)那种类似于平行蒙太奇的组接方式,但词既分上下片,亦仿佛男女声对唱,采用这种两面兼写的手法就更自然也更方便了。

在刻画别情方面,宋词比唐诗每有青出于蓝而胜于蓝的意味。这不仅是

---

[1] 俞陛云:《唐五代两宋词选释》,第164页。

后来居上或后出转精的缘故，更与词的细微处见姿媚的风格相关。如晏几道《鹧鸪天》：

> 彩袖殷勤捧玉钟。当年拼却醉颜红。舞低杨柳楼心月，歌尽桃花扇影风。　　从别后，忆相逢。几回魂梦与君同。今宵剩把银釭照，犹恐相逢是梦中。

这首词也是咏别情，但却是由久别重逢时切入。上片写当年两人在一个歌舞酒宴上相识相爱，下片写重逢后的惊喜感觉。这首词最出色的地方在后二句。有人说晏几道这两句出自杜甫《羌村三首》其一"夜阑更秉烛，相对如梦寐"；实际意味相似的还有司空曙《云阳馆与韩绅宿别》诗中的"故人江海别，几度隔山川；乍见翻疑梦，相悲各问年"。然而晏几道词与其不同处，在于老杜、司空曙只写了如梦之感，写出了久别重逢的惊喜，而晏几道又加上了"犹恐"二字，借此惊喜更反衬出离别相思之苦。所谓"剩把"，即只顾把，一次又一次地端起烛台，近距离地凝视对方的面容，以便看得更真切一些。之所以如此，乃是"犹恐"这番欢会和过去多次的相见一样只是一梦。陈匪石《宋词举》评析说："'今宵'一转，更非非想：前也梦且疑真，今也真转疑梦。'剩把''犹恐'四字，略作曲折，一若非灯可证，竟与前梦无异者。笔特夭矫，语特含蓄，其聪明处固非笨人所能梦见。"[1]这评价很精彩，但这不是作者聪明与否的问题。唐人不可谓不聪明，老杜尤为聪明；宋词中时常可见这种细微处的姿态趣味，所以聪明者不仅晏几道。刘体仁《七颂堂词绎》说由晏几道这两句与老杜诗句相比较，可见"诗与词之分疆"[2]，意思就是说晏词体现了词更深婉也更细腻的文体个性。

---

[1] 陈匪石：《宋词举辑论》，收于葛渭君编：《词话丛编补编》，第3671页。
[2] 刘体仁：《七颂堂词绎》，收于唐圭璋辑：《词话丛编》，中华书局1986年版，第619页。

宋词中男女别情的缠绵悱恻，在以豪放著称的辛弃疾词中表现更为突出。如《祝英台近》：

> 宝钗分，桃叶渡。烟柳暗南浦。怕上层楼，十日九风雨。断肠片片飞红，都无人管，更谁劝、流莺声住。　　鬓边觑。试把花卜归期，才簪又重数。罗帐灯昏，呜咽梦中语。是他春带愁来，春归何处。却不解、将愁归去。

这首词开头三句写男女离别，以下都是通过女性视角来表达别后的思念。分钗，是古代男女情人离别时的一种习俗。钗是女子发髻上的饰物，由两股合成，分别时各持一股，有相约异日重见的意思。白居易《长恨歌》："钗留一股合一扇，钗擘黄金合分钿。"杜牧《送人》诗："明镜半边钗一股，此生何处不相逢。"都是这种习俗的反映。"试把花卜归期"，是说根据花瓣的数目来占卜情人归家的日期。"才簪又重数"一句，生动再现了女子的痴望心理。顾随《稼轩词说》评曰："夫花本所以簪之也，词却曰'才簪又重数'，则其簪之前，固已曾数过矣，已曾卜过归期矣。若使数过卜过而后簪，如今又复摘下重数，则其于花意固不专在于簪也。意不在于簪，故数过方簪，簪过重数，则其重簪之后，谁能必其不三数三簪，四数四簪，且至于若干簪若干数，若干数若干簪耶？"[1]顾随这种不厌其烦、三重四复的表述方式，充分揭示了女子的痴情举动。末尾数句，由伤别到伤春，语句顿挫生姿。有人说，稼轩此数句实出于雍陶《送春》诗："今日已从愁里去，明年更莫共愁来。"然而稼轩词既为长短句错落，再加上句法流丽顿挫，其生动波峭，远非雍陶诗可比。这是《稼轩长短句》中最为温柔缠绵的作品。沈谦《填词杂说》评曰："稼轩词以激扬奋厉为工，至'宝钗分，桃叶渡'一曲，昵狎温柔，魂

---

[1]顾随：《稼轩词说》，收于顾随：《顾随全集》第二卷《著述卷》，河北教育出版社2000年版，第24页。

贺铸《浣溪沙》
（鸯外红绡一缕霞）词意

销意尽，才人伎俩，真不可测。"[1]稼轩虽被视为豪放词派的首领，其词中温柔婉约之作实不在少数。

三、流连光景

所谓流连光景，实与伤春词的次生主题忧生之嗟密不可分，但因为在宋词中，流连光景、惆怅自怜者甚众，故别为一题，略加分说。

刘熙载《艺概·词概》说："韦端己、冯正中诸家词，留连光景，惆怅自怜，盖亦易飘飏于风雨者。"[2]这里"留连光景"与"惆怅自怜"是连在一起的。不仅"留连光景"者往往自怜，而"惆怅自怜"者亦往往因为"留连光景"。所谓"留连光景"，即唐宋人所谓"惜流光"。徐铉《和张少监晚菊》诗："自知佳节终堪赏，为惜流光未忍开。"后句大有意味。花开堪赏，本是美事，然而一旦花开，将不久陨落；故为爱惜流光，竟不忍遽开。这是诗人惜花而代花设想。又王安石《岁晚》诗云："延缘久未已，岁晚惜流光。"延缘，缓慢移行貌。为什么要走这么慢呢？是因为爱惜这岁晚光景，不忍快步一览而尽啊。王士禛《香祖笔记》记载吴越王钱镠寄夫人家书云"陌上花开，可缓缓归矣"，称其"姿致无限"；[3]朱光潜记阿尔卑斯山谷路边标牌曰"慢慢走，欣赏啊"，都是流连光景的意思。

"留连光景"，往往出于诗人词人的寂寞心。韩偓《春尽》诗云"人间易得芳时恨"，俞陛云《诗境浅说》云："唯闲人坐惜流光，易生怅惘。"[4]诗人有闲有情，才会寂寞自伤，意不自得，才会由花开花谢、草木零落的自然物候，滋生出人生短促、华年易逝这样的人生感慨。宋玉《九辩》说"惆怅兮私自怜"，不仅是"自怜"，更加一"私"字。因为这是自己一个人的事

---

[1] 沈谦：《填词杂说》，收于唐圭璋辑：《词话丛编》，中华书局 1986 年版，第 630 页。
[2] 刘熙载：《词概》，收于唐圭璋辑：《词话丛编》，第 3689 页。
[3] 王士禛撰，湛之点校：《香祖笔记》，上海古籍出版社 1982 年版，第 25 页。
[4] 俞陛云：《诗境浅说》，天津人民出版社 2008 年版，第 72 页。

情,不足与他人道也。也因为这种惆怅,不为衣食住行、柴米油盐这些最起码的人生需求,也不为生老病死、儿女婚嫁这样最世俗的问题,也不为君臣遇合、感士不遇等人生价值问题,也不为神州陆沉、国破家亡这样的宏大叙事,所以一向被视为"闲愁"。然而这种惆怅的基因却是人生短促、华年易逝这样的人类共同面对的问题,于是这种个人性的"私自怜"具有了普遍意义,这种流连光景的抒情主题亦极易获得超越时代的读者的共鸣。

需要指出的是,在古代文献中,"留连光景"似乎并不是什么好话。如果说一个人流连光景,那和说他玩物丧志、不求进取的意思差不多。如宋陈仁子《文选补遗》卷三十六,评陶渊明《形影神诗三首并序》云:"观渊明此语,便是孔子朝闻道夕死、孟子修身俟命之意,与无见于道,留连光景以酒自遣者异矣。"[1]这是在肯定陶渊明有见于道的同时,对流连光景以消遣无聊的人与诗的否定。戴复古《论诗十绝》其五云:"陶写性情为我事,留连光景等儿嬉。锦囊言语虽奇绝,不是人间有用诗。"这是说诗应重在陶写性情,而流连光景等同儿嬉,全无用处。又宋濂《阅江楼记》末尾说:"他若留连光景之辞,皆略而不陈,惧亵也。"这是说,文中之所以没有采用那些流连光景的感慨之辞,是因为担心那样显得不严肃或不庄重。清郑珍《跋韩诗〈读皇甫湜公安园池诗书其后〉首》中说:"公盖勉之及时进业,无复流连光景,费无益之心思耳!"[2]这是说韩愈诗以及时进取与皇甫湜共勉,而流连光景则是无益之举。

与此相应的是,流连光景成为诗词主题且文人趋之若鹜,也是中唐以后才有的现象。此前的文人有更为广大的心胸与宏大的志向,他们要修齐治平,致君尧舜;次之则羽翼政教,轮扶大雅;下者也要及时进取,光耀门楣。只有到了萧飒的衰世,词人不复有用世之心、兼济之志,流连光景才成为一

---

[1]陈仁子编:《文选补遗》,上海古籍出版社1993年版,第573页。
[2]郑珍著,黄万机、黄江玲校点:《巢经巢诗文集》,上海古籍出版社2016年版,第461—462页。

种风气。流连光景本身就是一种闲情逸致,是士大夫心灵史的一段光景。当然,喜欢流连光景的文人不一定没有兼济之志,这两者未必矛盾。比如苏轼,身居高位时则努力为国分忧,为民纾困,处于逆境时则安时处顺,亦不妨流连光景。总之在兼济和独善的关系上,处理得最好的就是苏轼。

如果说曾经有人试图为流连光景翻案的话,那就是元好问《新轩乐府序》:"由今观之,东坡圣处,非有意于文字之为工,不得不然之为工也。坡以来,山谷、晁无咎、陈去非、辛幼安诸公,俱以歌词取称,吟咏性情,流连光景,清壮顿挫,能起人妙思。亦有语意拙直,不自缘饰,因病成妍者,皆自坡发之。"[1]事实上流连光景本身并没有错,宋词中大量的流连光景的作品,今天读来仍令人悄焉动容,让人沉浸在一种恬静的悲感之中,这是一种非常富于人情味的感觉。

从唐宋词的发展来看,"留连光景,惆怅自怜"的岂止是刘熙载所举的端己、正中二家,从晚唐五代到南北两宋,流连光景可以说是词中常见的主题。再向前推一点,大概中唐之后,尤其对于晚唐诗人,流连光景隐然已成为诗坛主题之一了。如杜牧《初冬夜饮》:

淮阳多病偶求欢,客袖侵霜与烛盘。
砌下梨花一堆雪,明年谁此凭阑干。

这种人生苦短、盛事不常、今年犹可、未知明年如何的思维方式,正是典型的流连光景。后来苏轼诗词尤钟情于这种思维与抒情模式。其《东栏梨花》:"梨花淡白柳深青,柳絮飞时花满城。惆怅东栏二株雪,人生看得几清明。"显然由杜牧诗化出。

又如李商隐《乐游原》:

---

[1] 元好问:《新轩乐府序》,收于张金吾编纂:《金文最》,中华书局1990年版,第625页。

> 向晚意不适，驱车登古原。
> 夕阳无限好，只是近黄昏。

这也是典型的流连光景，不过更深沉更含蓄而已。"夕阳无限好，只是近黄昏。"尽管已近黄昏，仍无限眷恋，这是执着于人生。因为已近黄昏，所以深情眷恋，更有悲剧意味。《李义山诗集辑评》引杨守智曰："迟暮之感，沉沦之痛，触绪纷来，悲凉无限。"又引纪昀评曰："百感茫茫，一时交集，谓之悲身世可，谓之忧时事亦可。"[1]实际流连光景是闲愁，是绮怨，若是悲身世或忧时事，其愁有根有因，也就称不得闲愁了。

晚唐五代词中，率先采用"留连光景"四字的，是李煜《阮郎归》：

> 东风吹水日衔山。春来长是闲。落花狼藉酒阑珊。笙歌醉梦间。　　佩声悄，晚妆残。凭谁整翠鬟。留连光景惜朱颜。黄昏独倚栏。

一般解"留连光景"的"光景"为时光，这不能说不对，但不够精准。这个"光景"，主要指当下情景。这首词中写到环佩、晚妆、翠鬟等等，可知是女性视点。词中说"留连光景惜朱颜"，则把流连光景和美人迟暮联系在一起了。本来有花有酒，有余闲，有笙歌，还有不言而喻的青春美貌，人生乐事萃集于一身，可是词中人似乎仍有淡淡的忧伤。那是因为人虽青春，却只能独倚朱栏，光景虽美，却无人共赏，而人之青春亦与花一样，很快就会凋谢了啊。

在宋词中，流连光景主题有两种表现形式。一种是女性视点的代言体，如大量的伤春之作，所谓美人迟暮、众芳芜秽之类。这也是流连光景，甚至可以

---

[1] 刘学锴、余恕诚：《李商隐诗歌集解》，中华书局2004年版，第2170—2171页。

说是借女性之口,道男性作者心声。这一类前面已经多有述及,这里不再重复。值得关注的是另一种,即男性词人自己的人生感慨。如宋祁《玉楼春》:

> 东城渐觉风光好。縠皱波纹迎客棹。绿杨烟外晓寒轻,红杏枝头春意闹。　浮生长恨欢娱少。肯爱千金轻一笑。为君持酒劝斜阳,且向花间留晚照。

这首词自宋代以来一直被赞美,也一直被误读。因为"红杏枝头春意闹"一句写得别样出色,宋祁被称为"红杏尚书",当时传为美谈;现在的选本也一直盯着这一句讲通感修辞、词类活用等等。精力既专注于此,其他都被忽略了。其实这一句虽好,下片四句才是词人的正意所在。"浮生",若是简单对译成人生,那种潜在的哲学意味就全部丢失了。"浮生"语出《庄子》,原有空虚不实之意,后人多用指人生短促无常的特点。李白《春夜宴从弟桃花园序》:"浮生若梦,为欢几何?"元稹《酬哥舒大少府寄同年科第》:"自言行乐朝朝是,岂料浮生渐渐忙。"苏轼《鹧鸪天》:"殷勤昨夜三更雨,又得浮生一日凉。"杜安世《凤栖梧》:"闲把浮生细思算,百岁光阴,梦里销除半。"都有人生苦短为欢几何的悲慨意味。人们常把这样的想法称为及时行乐,或又加上消极的定语而嗤之以鼻,其实从汉末的《古诗十九首》,到魏晋以至唐代的很多带有及时行乐意味的文学作品,都是非常有深度、有感染力的好作品,一旦把原作抛开,只抽绎出"及时行乐"四字来批评,作品的生动深刻的感性魅力也就被掩盖了。即以宋祁这首词来说,末二句看似达观,实际深含着浓重的悲剧意味。

像宋祁《玉楼春》这样的主题及表现,在宋代具有相当的普遍性。譬如晏殊《渔家傲》:

> 画鼓声中昏又晓。时光只解催人老。求得浅欢风日好。齐揭

调。神仙一曲渔家傲。　　绿水悠悠天杳杳。浮生岂得长年少。莫惜醉来开口笑。须信道。人间万事何时了。

晏殊是宋祁的师长辈，这首词所表现的人生苦短、及时行乐的意思，在二人之间亦似薪火相传。但晏殊这首词颇伤质直，不如宋祁"为君持酒劝斜阳，且向花间留晚照"二句来得婉曲而有情致。至于朱敦儒《浣溪沙》下片："好把深杯添绿酒，休拈明镜照苍颜。浮生难得是清欢。"更仿佛在为宋祁词意旁加注疏。

同样是流连光景，在欧阳修词中表现的是"汨余若将不及"的隐忧。如其《浪淘沙》：

把酒祝东风。且共从容。垂杨紫陌洛城东。总是当时携手处，游遍芳丛。　　聚散苦匆匆。此恨无穷。今年花胜去年红。可惜明年花更好，知与谁同。

这里开头二句"把酒祝东风。且共从容"，和宋祁词的末二句"为君持酒劝斜阳，且向花间留晚照"一样，都是想让时光止步的意思。再往前追溯，屈原《离骚》"吾令羲和弭节兮，望崦嵫而勿迫"，也是同样的思致。所以联系《离骚》的上下文背景，此所谓流连光景，和美人迟暮、众芳芜秽都是相连相通的。下片所谓"此恨无穷"，不是指这一次具体的离别，而是指人生苦短、盛时难再的悲剧现实。人生一直是匆匆忙忙，即使是面对美景欢情，也不能驻足深赏。末句的"可惜"，不是针对当句的"明年花更好"，而是不知明年花开时节，知己还能相聚否。这是在化用杜甫《九日蓝田崔氏庄》的"明年此会知谁健，醉把茱萸仔细看"。由流连当下光景，到预忧明年之欢会，这也是在发挥屈原"恐年岁之不吾与"的意思。

再来看苏轼《阳关曲·中秋月》：

> 暮云收尽溢清寒。银汉无声转玉盘。此生此夜不长好，明月明年何处看。

苏轼这篇作品，有人看作七言绝句，因为收入《东坡乐府》，故应视为词作。这首词作于熙宁十年（1077）。苏轼于是年春到徐州知州任，其弟苏辙由齐州掌书记调任南京（今河南商丘）留守签判，先陪兄长到徐州，相从百余日，中秋节后离徐去商丘赴任。去年苏轼在密州写下著名的《水调歌头》，犹以兄弟不得聚首为恨，今年兄弟同过中秋，月圆人团圆，所以兄弟二人极其珍惜。正因为"此生此夜"殊为难得，所以连苏轼自己也深知，明月明年，兄弟聚首几乎是不可能的了。苏轼本年在徐州另有《东栏梨花》诗，其中"惆怅东栏一株雪，人生看得几清明"二句，所表达的人生短促的感慨，与这首《阳关曲》是完全一致的。

第三节　绮怨意象

关于意象，我们的理解是：在长期的文学创作与欣赏过程中，当某种自然物象与特定的人文内涵形成稳定的对应关系的时候，这种艺术形象就被视为意象。这种界说一是强调意象应该具有形象性，二是强调意象应该具有人文内涵，从而避免对意象的泛化理解。有些论著把诗词中的各种动物、植物等等一概称为意象，其实是不妥当的。意象又不同于典故，典故是基于历史人物故事而形成的，其内涵比较稳定而单纯；而意象是经过长期创作实践与欣赏经验积淀形成的，其内涵更丰富也更灵动，比典故更能引发丰富的联想，也更富于诗意。叶嘉莹先生借鉴西方语言学理论，把那些能够揭示词人创作旨趣、引发丰富联想的语词称之为"语码"，而她所说的语码，大部分是由意象构成的。

辛弃疾《永遇乐》（千古江山）词意

宋词的意象系统十分丰富。其中包括日、月、风、云等自然意象，梅、柳、蘋、絮等植物意象，雁、燕、蝉、萤等动物意象，帘、屏、扇、镜等器物意象，以及檀郎、谢娘等人物意象。然而在林林总总的宋词意象中，最引人注目的是残阳和残花两种意象。残阳就是夕阳，是黄昏薄暮的标志，是一日之末与人生暮年的象征物；残花就是落花，是暮春的标志，是青春将逝、花事凋零的象征物。和残阳对应的是流连光景的生命意识，和残花对应的是美人迟暮的伤春意识。残阳和残花两种意象是绮怨主题的标配。另外一种值得关注的意象是春草。因为伤春伤别是唐宋词的基本主题，词中的春草意象出现频率也很高。所以在这一节中，我们主要分析残阳、残花和春草三种基本意象。

一、残阳与生命意识

残阳或黄昏使人感伤，是建立在类比思维上的自然反应。人们总是在不自觉间把人从少至老的一生比作太阳的东升西落，所以青少年就是早晨八九点钟的太阳，而老年就是暮年。李密《陈情表》说："日薄西山，气息奄奄，人命危浅，朝不虑夕。"明代邱濬《鹧鸪天》就说："老子明年六十齐，百年光景日头西。"在汉唐间的诗文中，以白日西沉比况人生之衰老，早已内化为一种思维模式。如曹植《箜篌引》："惊风飘白日，光景驰西流。盛时不可再，百年忽我遒。"刘琨《重赠卢谌》："功业未及建，夕阳忽西流。时哉不我与，去乎若云浮。"谢灵运《豫章行》："短生旅长世，恒觉白日欹。览镜睨颓容，华颜岂久期。苟无回戈术，坐观落崦嵫。"李白《古风》："黄河走东溟，白日落西海。逝川与流光，飘忽不相待。"姚合《哭贾岛》："白日西边没，沧波东去流。名虽千古在，身已一生休。"也正是在这样的背景下，孟浩然《秋登兰山寄张五》才会说"愁因薄暮起"，皇甫冉《归渡洛水》才能得出"暝色赴春愁"这样的大判断来。

所谓"残阳"，并不是一个孤立的意象，而是一个可以变化衍生的意象群。试以《全宋词》为检索文本，检索可得"黄昏"五百六十七例，"斜阳"四百五十二例，"夕阳"二百五十九例，"暮云"一百九十二例，"日暮"一百四十二例，"斜日"一百一十八例。其他还有斜晖、残阳、薄暮、夕照等等。因为汉字具有超强的单字组配能力，很可能还会有其他的变化呈现方式。限于篇幅，这里主要谈宋词中的黄昏和斜阳意象。

斜阳与黄昏属于同一个意象群，但不是同一个意象的别称。这两个意象之间的微妙区别是，斜阳虽然已是残阳，但它还没有落山，而黄昏则比之稍后，是太阳落山而天尚未黑的一段光景。也正是因为这种相邻相生的关系，赵令畤才会说："恼乱横波秋一寸，斜阳只与黄昏近。"（《蝶恋花》）李莱老亦云："斜阳苦与黄昏近。"（《杏花天》）。把两种易于生愁的意象叠加起来，就是古人所谓加一倍写法。秦观《踏莎行》"杜鹃声里斜阳暮"，既曰"斜阳"又曰"暮"，和刘长卿《重送裴郎中贬吉州》中的"青山万里一孤舟"一样，也有递进强化意味。有人说秦观"斜阳暮"伤于重复，此说不仅拘泥，亦属少见多怪。秦观之前有柳永《夜半乐》"空望极，回首斜阳暮"。秦观之后有赵彦端《点绛唇》"寒蝉鸣处，回首斜阳暮"。张震《蓦山溪》"情脉脉，酒厌厌，回首斜阳暮"。而秦观自己也另有《点绛唇》"烟水茫茫，千里斜阳暮"，"斜阳暮"三字在宋词中三重四复，说明在宋代词人们看来，这"斜阳暮"连用是没毛病的。

黄昏生愁，宋词比唐诗更有突出的表现。柳永《诉衷情》："思心欲碎，愁泪难收，又是黄昏。"苏轼《虞美人》："日长帘幕望黄昏。及至黄昏时候转销魂。"晏几道《两同心》"好意思曾同明月，恶滋味最是黄昏。"李之仪《踏莎行》："王孙一去杳无音，断肠最是黄昏后。"赵令畤《清平乐》："断送一生憔悴，只销几个黄昏。"赵长卿《水龙吟》："最消魂，苦是黄昏前后，冷清清地。"陈亮《眼儿媚》："愁人最是，黄昏前后、烟雨楼台。"石孝友《摊破浣溪沙》："正是悲伤愁绝处，更黄昏。"欧阳澈《虞美人》："雁来人远暗消魂。帘卷一钩新月怯黄昏。"刘菊房《蓦山溪》："恶味怕黄昏，更西风，梧桐深院。"张炎《梅子黄时雨》："最愁人是黄昏近。"吴礼之《雨中花》："酝造一生清瘦，能消几个黄昏。"几乎是同样的意思，两宋词人如此不厌其烦地津津乐道，可见人同此心，心同此理。

宋词中的斜阳，在画面布局和意境营造方面，显然居于主导地位。最常见的是与草相配。有些与春草、芳草相配，那是渊源于楚辞《招隐士》"王孙游兮不归，春草生兮萋萋"，用于烘托伤别念远的主题。如张元幹《踏莎行》："芳草平沙，斜阳远树，无情桃叶江头渡。"韩淲《风入松》："望中一片斜阳静，更萋萋、芳草还生。"吴文英《诉衷情》："忍教芳草，狼藉斜阳，人未归家。"有些与衰草相配，那是为了进一步强化悲凉的情调。如辛弃疾《踏莎行》："西风林外有啼鸦，斜阳山下多衰草。"周密《献仙音》："无语消魂，对斜阳、衰草泪满。"僧宝月《洞仙歌》："水亭山驿，衰草斜阳。"陈袭善《渔家傲》："衰草斜阳无限意。"基本手法是压低视线，使衰草与斜阳叠映，既有情调，又有很强的画面感。

还有与飞鸟相配。如赵师侠《清平乐》："苦恨无情杜宇，声声叫断斜阳。"吴文英《浪淘沙》："秋色雁声愁几许，都在斜阳。"这是以声为用，是为了有声有色。更多的是动静相配。如贺铸《雁后归》（按，即《临江仙》）："鸦背夕阳山映断，绿杨风扫津亭。"周邦彦《玉楼春》："烟中列岫青无数，雁背夕阳红欲暮。"吴文英《夜行船》："鸦带斜阳归远树。无人听、数声钟暮。"刘镇《阮郎归》："归鸦数点带斜阳，谁家砧杵忙。"姚勉《贺新郎》："鸦背斜阳初敛影，云淡新凉天宇。"仇远《蝶恋花》："秋又欲归天又暮，斜阳红影随鸦去。"这些词句均有意营造斜阳与鸿雁或乌鸦齐飞的动感效果。观此乃知臧克家的新诗《难民》中的警句"黄昏还没溶尽归鸦的翅膀"，虽然是中国新诗史上推敲修辞的著名范例，臧克家亦自言是殚精竭虑，数易其稿，[1]其实好言语早已被前人道过。

因为斜阳在组构景物、制造情调方面有比较强的整合晕化功能，宋词中常用于歇拍处。在这方面，李白《忆秦娥》已为宋人提供了典范。王国维《人间词话》评曰："太白纯以气象胜。'西风残照，汉家陵阙'，寥寥八字，遂关千古登临之口。"[2]李白词的沉郁气象，当然和洒在那荒陵断碑上的一抹斜阳有关。宋人深悟此法，往往把斜阳系于词末，既有返虚入浑之效，又平添一种悲凉况味。如晏殊《踏莎行》："一场愁梦酒醒时，斜阳却照深深院。"李邴《清平乐》："又是危阑独倚，一川烟草斜阳。"辛弃疾《摸鱼儿》："休去倚危栏，斜阳正在、烟柳断肠处。"李曾伯《八声甘州》："斜阳外、梦回芳草，人老萧关。"陈允平《扫花游》："正凭仁，听斜阳、断桥箫鼓。"周密《三姝媚》："立尽斜阳无语，空江岁晚。"这不仅是以景结情，尤贵在意境含浑，有苍茫沉郁气象。

因为斜阳本身自带悲凉情调，历来登临怀古之作，总喜欢以斜阳为点缀，助成兴亡之感。李白的"西风残照，汉家陵阙"当然是经典之作，后来杨慎《临江仙》写白发渔樵在江边笑谈今古，也是因为在夕阳返照下显

---

[1] 臧克家：《学诗过程中的点滴经验》，收于《创作经验漫谈》，人民文学出版社1979年版，第250—260页。
[2] 王国维：《人间词话》，收于唐圭璋辑：《词话丛编》，第4241页。

得更有沉郁气象。宋代登临怀古之词，总喜欢以夕阳余晖为点缀。如柳永《双声子》：

> 晚天萧索，断蓬踪迹，乘兴兰桡东游。三吴风景，姑苏台榭，牢落暮霭初收。夫差旧国，香径没、徒有荒丘。繁华处，悄无睹，唯闻麋鹿呦呦。　　想当年、空运筹决战，图王取霸无休。江山如画，云涛烟浪，翻输范蠡扁舟。验前经旧史，嗟漫载、当日风流。斜阳暮草茫茫，尽成万古遗愁。

在柳永《乐章集》中，这是为数不多的登临怀古之作，见得柳永在刻红剪翠之余，还有这样一种怀古情怀。词的构思一般，上片写景，下片抒情，为常见模式。但值得肯定的是结尾二句，"斜阳暮草茫茫，尽成万古遗愁"，把吴越争霸的历史遗迹，范蠡、西施的风流韵事，一笔抹去，眼前只见得斜阳下暮草茫茫，氤氲成一派愁情。柳永的词因为好写男欢女爱而不免俗气，但有一点值得肯定，其但凡写到斜阳处，总平添一份深沉。比如他的《玉蝴蝶》："黯相望，断鸿声里，立尽斜阳。"《木兰花慢》："纵凝望处，但斜阳暮霭满平芜。"《临江仙引》："凝情望断泪眼，尽日独立斜阳。"叶嘉莹先生曾发现，柳永那些萎靡俗气的词多写在暮春，而他那些清新近雅的词多写在清秋雨后。如今我们发现，柳永写到斜阳的词亦多为雅词，或因为斜阳的忧郁色彩会冲淡一些俗气，或平添一份深沉吧。

又如周邦彦《西河·金陵怀古》：

> 佳丽地。南朝盛事谁记。山围故国绕清江，髻鬟对起。怒涛寂寞打孤城，风樯遥度天际。　　断崖树，犹倒倚。莫愁艇子曾系。空余旧迹郁苍苍，雾沉半垒。夜深月过女墙来，伤心东望淮水。　　酒旗戏鼓甚处市。想依稀、王谢邻里。燕子不知何世。入

> 寻常、巷陌人家，相对如说兴亡，斜阳里。

这也是登临怀古词中的名篇。陈廷焯《云韶集》卷四评曰："金陵怀古词古今不可胜数，要当以美成此词为绝唱。"[1]而词的结尾处燕子、斜阳数语，以景结情，由实返虚，更显得立意高远，韵味悠长。

当然，宋词中写斜阳的名句，应数周邦彦《兰陵王》中的"斜阳冉冉春无极"，故前代词家，赞不绝口。谭献《复堂词话》说："'斜阳'七字，微吟千百遍，当入三昧，出三昧。"[2]入三昧、出三昧是佛教禅宗术语，这里借指出神入化的境界。梁启超评曰："'斜阳'七字，绮丽中带悲壮，全首精神提起。"[3]程千帆先生有专门文章《说'斜阳冉冉春无极'的旧评》[4]，于该句的好处和各家评语有精彩的分析，可以参看。

二、落花与美人迟暮

"落花"是另一组意象群。在宋词中也可以有多种多样的变化组合方式。试以《全宋词》为检索文本，检索可得"落花"三百例、"落红"九十六例、"残红"一百二十二例、"残花"六十四例、"花飞"二百三十五例、"花落"一百七十例、"花谢"六十七例、"花残"五十六例。这些词例虽然不宜简单相加，但去掉交叉重复，不考虑其他变化形式，至少也在千首以上。这就难怪我们在读宋词的时候，会经常看到花谢花飞、落红成阵的暮春光景了。

宋词多写春天，但往往不是歌唱春天的生机活泼，而是喜欢徘徊在暮春光景里独自伤感。像朱自清的散文《春》中所写："春天像刚落地的娃娃，从头到脚都是新的，它生长着。春天像小姑娘，花枝招展的，笑着，走着。

---

[1]陈廷焯：《云韶集辑评》，收于葛渭君编：《词话丛编补编》，第1476页。
[2]谭献：《复堂词话》，收于唐圭璋辑：《词话丛编》，中华书局1986年版，第3991页。
[3]梁启超：《饮冰室评词》，收于唐圭璋辑：《词话丛编》，中华书局1986年版，第4306页。
[4]程千帆：《程千帆诗论选集》，山西人民出版社1990年版，第184—188页。

春天像健壮的青年，有铁一般的胳膊和腰脚，他领着我们上前去。"这一看就是"五四"之后的青年文人，而绝不是近千年前的宋代的士大夫。宋词中的风景是，一个多愁善感的词人，在暮春时节，黄昏时分，独自看夕阳芳草，流水落花。暮春、黄昏、芳草、落花，每一个都是渊源有自的传统意象，每一个都是触动或催生绮怨的语码。四者有一于此，已足令人伤感，何况四者并集于一时乎？

接下来就让我们从落花意象的系列词中，选取一些典型的佳作来做分析鉴赏。先来看张先《青门引》：

> 乍暖还轻冷。风雨晚来方定。庭轩寂寞近清明，残花中酒，又是去年病。　　楼头画角风吹醒。入夜重门静。那堪更被明月，隔墙送过秋千影。

这首《青门引》，有的版本会加上一个词题"春思"，其实《张子野词》中的大部分作品都是这样的主题。词中说："残花中酒，又是去年病。"残花，是眼前光景，中酒，"中"字当读去声，是指饮酒过量而造成的身体不适。"又是去年病"，是说去年如此，今又如此，甚至放长远一点说，是年年如此。晚唐词人温庭筠《更漏子》说："虚阁上，倚阑望，还似去年惆怅。"五代词人冯延巳《鹊踏枝》："谁道闲情抛掷久，每到春来，惆怅还依旧。"也是这个意思。晏几道《玉楼春》上片："东风又作无情计，艳粉娇红吹满地。碧楼帘影不遮愁，还似去年今日意。"周端臣《春归怨》："流水落花，夕阳芳草，此恨年年相触。"施岳《兰陵王》："伤心事，还似去年，中酒怏怏度寒食。"都是岁岁如此、春来依旧的意思。

值得分说的是，宋词中的"中酒"，不是出现在个别词人身上的偶然现象。用宋人自己的话说，这是一种"风流病"。南宋词人李莱老《杏花天》就说"年时中酒风流病"。而且还是宋代词人中的常见病、高发病。中酒后的感觉，宋人描述甚为传神。秦观《促拍满路花》："春思如中酒，恨无力。"吕本中《浣溪沙》："中酒心情浑似梦，探花时候不曾闲。"陆游《隔浦莲近拍》："才醒又困，厌厌中酒滋味。"张孝祥《虞美人》："无聊情绪如中酒。"卢祖皋《浣溪沙》："中酒情怀滋味薄。"浑身无力，才醒又困，恍惚如梦，百无聊赖，写尽中酒情状。

但中酒实际不是身体的原因，而是因为心情。我们注意到，虽然有少数人中酒是在秋天或是别的季节，而绝大部分词人中酒是在春天，准确地讲，是在暮春，在寒食、清明前后，在落花时节。这样说来又是季节病。少数词人中酒是因为离别相思。如柳永《甘草子》："中酒残妆慵整顿。聚两眉离恨。"这是因为伤别念远。吴文英《风入松》："料峭春寒中酒，交加晓梦啼莺。"是因为伊人消逝，双鸳不到。赵闻礼《隔浦莲近》："微醒带困，离情中酒相半。"是说身体状态不佳，一半是因为离别之苦，一半是因为中酒。其实中酒恰是因为离别。

然而就绝大部分词人来说，中酒的直接原因是闲愁，因为伤春与惜花，而潜在的原因是流连光景，惆怅自怜。如贺铸《浣溪沙》："临水登山漂泊地，落花中酒寂寥天。"范成大《菩萨蛮》："愁病送春归。恰如中酒时。"赵长卿《临江仙》："怀家寒食夜，中酒落花天。"刘过《浣溪沙》："残春中酒落花前。"李壁《阮郎归》："多情莫惜为留连。落花中酒天。"李从周《抛球乐》："风冒蔫红雨易晴，病花中酒过清明。"詹玉《渡江云》："伤春滋味，中酒心情。"张炎《踏莎行》："可曾中酒似当时，如今却是看花病。"可知中酒原因，自家心里明白。贺铸的"落花中酒寂寥天"，赵长卿的"中酒落花天"以及李壁的"落花中酒天"，都明确显示了落花与中酒的连带关系。张元幹《兰陵王》："东风妒花恶。吹落。梢头嫩萼。屏山掩，沉水倦熏，中酒心情怕杯勺。"因为花落而怨东风，这是词人迁怒，无理而有情。

再来看晏殊《浣溪沙》：

一向年光有限身。等闲离别易销魂。酒筵歌席莫辞频。　　满目山河空念远，落花风雨更伤春。不如怜取眼前人。

在一般人看来，人们习惯于以花比女性，所以预想宋词中的落花意象，应该主要是借众芳芜秽来表达美人迟暮的意思；而实际情况是，在这上千首悼惜花落春残的词中，更多的是男性词人的流连光景，惆怅自怜。晏殊这首词，因为有"酒筵歌席莫辞频"这样出于男性口吻的句子，应该不是女性视角的代言体。"一向"，即一晌，言年光迅疾飘忽，转瞬即逝，人之一生，实为有限。所以接下来便自排自解，言不要伤春复伤别，既不因亲旧离别而痛苦，也不为落花风雨而感伤。所谓不辞酒筵歌席，亦即及时行乐之意。最后一句"不如怜取眼前人"，是化用唐人成句。元稹《莺莺传》结尾处写莺莺赠张生诗，其中一首是："弃置今何道，当时且自亲。还将旧时意，怜取眼前人。"这里的"眼前人"，当指张生后来的爱人或妻子。也许晏殊对此句比较满意，所以他的《木兰花》中也说："不如怜取眼前人，免更劳魂兼役梦。"但以"眼前人"指眼下的爱人，出于莺莺之口尚可，出于男性当事人之口，则不免有苟且世故的意味。董解元《西厢记诸宫调》中写莺莺赖简之后，张生对红娘说"不如咱两个权做妻夫"，退而求其次，全无爱情忠贞之怀，是张生形象塑造的一大败笔。而在晏殊词中，乃打叠起伤别念远之怀，以好好爱怜眼前的歌女为不负韶光之意，亦不免有逢场作戏的意味。这是很有损于《珠玉词》格调的。王国维《浣溪沙》："山寺微茫背夕曛。鸟飞不到半山昏。上方孤磬定行云。　　试上高峰窥皓月，偶开天眼觑红尘。可怜身是眼中人。"词人分身有术，一在高峰，借皓月天眼而觑红尘；一在人间，芸芸众生而已，所以这个"眼中人"即是词人自己。窃以为，晏殊词中的"眼前人"，或亦可解为当下现在之人，即词人自己，故"怜取眼前人"即自爱自重之意，也就是楚辞中"惆怅兮私自怜"的意思。

再来看周邦彦《浣溪沙》：

姜夔《江梅引》
（人间离别易多时）词意

楼上晴天碧四垂。楼前芳草接天涯。劝君莫上最高梯。　新笋已成堂下竹，落花都上燕巢泥。忍听林表杜鹃啼。

周邦彦这首词是写伤春伤别。上片是伤别念远，写得比较含蓄。因为晴空万里，登楼一望，唯见芳草接天。而"王孙游兮不归，春草生兮萋萋"，见芳草即不免思念远行人，所谓"劝君莫上最高梯"，即不忍登高临远也。下片写韶华流逝，匆匆春又归去。"新笋""落花"二句，是说春天不是将归未归，而是已经彻底消逝了，因为春笋已经长成了竹子，落花也已经和泥一起被燕子衔去筑巢了。按落花融入燕泥，是怜惜落花之意的延伸，比起陆游《卜算子》词的"零落成泥碾作尘"，也算是一种好的归宿了。秦观《画堂春》："杏花零落燕泥香。"曾觌《阮郎归》："为怜流去落红香，衔将归画梁。"也都是同一种思致。周邦彦此词末句"忍听林表杜鹃啼"，其实是不忍听的意思。宋词中写春归鸟鸣，有时说是杜宇。如张先《山亭宴慢》："落花荡漾愁空树。晓山静、数声杜宇。"有时用鹈鸩。如张先《千秋岁》："数声鹈鸩。又报芳菲歇。"苏轼《蝶恋花》："小院黄昏人忆别。落红处处闻啼鸩。"有的用杜鹃。除了周邦彦这首词之外，又如秦观《画堂春》："杏园憔悴杜鹃啼。无奈春归。"辛弃疾《婆罗门引》："落花时节，杜鹃声里送君归。"也有人认为这就是一种鸟，所谓鹈鸩、杜宇、杜鹃只是不同的名称而已。但应注意的是，这里"杜鹃啼"不是用作思归的典故，而是暮春时节花事凋零的标志。

三、春草与别离母题

春草意象的原生出处，是淮南小山《招隐士》："王孙游兮不归，春草生兮萋萋。""淮南小山"不是作者的真实名字，我们只知道他是淮南王刘安的门客。东汉王逸编集《楚辞》时收录了这篇汉代楚辞体作品。昭明太子萧统编《文选》时，题名刘安。后来诗词中亦有"淮南春草"之类的说法，如姜夔《江梅引》"歌罢淮南春草赋，又萋萋"。南朝谢灵运《登池上楼》诗："池塘生春草，园柳变鸣禽。"亦是咏草名句，但它在抒情方面没有特别的指向性，只是节取字面以为点缀，并不具有意象或语码功能。而《招隐士》既把王孙远游与春草萋萋的景象联系起来，又有"岁暮兮不自聊，蟪蛄鸣兮啾啾"这样富有情韵的句子，使春草从此成为写远游或送别几乎不可或缺的意象。江淹《别赋》："春草碧色，春水渌波，送君南浦，伤如之何。"一直到唐诗中如白居易《赋得古原草送别》："又送王孙去，萋萋满别情。"罗邺《芳草》："不似萋萋南浦见，晚来烟雨半相和。"一方面在沿袭《招隐士》的抒情传统，同时也巩固确立了春草之离别意象功能。

当然，还有另一种和草相关的意象，即黍离麦秀。《诗经·王风·黍离》首段写道："彼黍离离，彼稷之苗。行迈靡靡，中心摇摇。知我者，谓我心忧；不知我者，谓我何求。悠悠苍天，此何人哉？"此诗据说是东周大夫行役，过其故宫，见宗庙宫室旧地，尽为禾黍，乃作此诗。所谓"麦秀"，出于司马迁《史记·宋微子世家》，其中写道："其后箕子朝周，过故殷虚，感宫室毁坏，生禾黍，箕子伤之，欲哭则不可，欲泣为其近妇人，乃作《麦秀之诗》以歌咏之。其诗曰：'麦秀渐渐兮，禾黍油油。彼狡僮兮，不与我好兮！'……殷民闻之，皆为流涕。"这里"麦秀渐渐兮，禾黍油油"与《黍离》相似；"彼狡僮兮，不与我好兮"则沿用赋诗言志的传统，以近似《诗经》的词句，表达情事乖违、愿望破灭的痛惜心情。清代沈德潜将此题为《麦秀歌》，收入其《古诗源》卷一。后来人们将"黍离"与"麦秀"合并，用以表达故国之思。杜甫《春望》诗"国破山河在，城春草木深"，仍在暗用《黍离》意象。但这是另一支脉，与《招隐士》的春草离别之思没有关系。

诗词中和离别关系最为密切的物事有两种，一是柳，也称杨柳，其源出于汉代以来形成的折柳赠别的习俗；二是草，也称春草，起于《招隐士》中的名句。相比之下，唐诗中写离别，多用杨柳意象。名篇名句如王之涣《凉州词》：" 羌笛何须怨杨柳，春风不度玉门关。" 李白《劳劳亭》："春风知别苦，不遣柳条青。" 白居易《青门柳》："为近都门多送别，长条折尽减春风。" 刘禹锡《杨柳枝词》："长安陌上无穷树，唯有垂杨管别离。" 唐彦谦《柳》："晚来飞絮如霜鬓，恐为多情管别离。" 而在唐宋词中，春草取代了杨柳，成为表现离别主题的主要意象。唐五代词中的名句如冯延巳《南乡子》："细雨湿流光，芳草年年与恨长。" 王国维《人间词话》叹为 " 能摄春草之魂者"[1]。其实冯延巳字面说的是芳草，实际是表现 "薄幸不来" 滋生的离愁别恨。所谓 "芳草年年与恨长"，犹言那萋然苗茂的不是春草，而是无可排遣的别恨。李煜《清平乐》："离恨恰如春草，更行更远还生。" 以有形之春草摹状无形之离恨，离恨与春草由二事化为一物。不仅秦观《八六子》"恨如芳草，萋萋划尽还生" 从此化出，就连欧阳修《踏莎行》"离愁渐远渐无穷，迢迢不断如春水"，亦似从此夺胎。

"春草" 意象亦有多种衍生性表现，使用最多的是 "芳草"。检索《全宋词》，可得五百五十一例，远超 "春草" 的七十九例。但是因为《全宋词》中的 "芳草"，不尽与离别主题相关，所以没有选用它来作为意象之主名。旨趣相通之例，如范仲淹《苏幕遮》："山映斜阳天接水，芳草无情，更在斜阳外。" 张先《菩萨蛮》："忆郎还上层楼曲，楼前芳草年年绿。" 晏殊《玉楼春》："绿杨芳草长亭路，年少抛人容易去。" 晏几道《浣溪沙》："梦云归去不留痕。几年芳草忆王孙。" 这里的芳草都是伤别意象。

当然有的时候，这个意象就叫 "草"，或是 "春草"。徐俯《卜算子》："绿叶阴阴占得春，草满莺啼处。" 周紫芝《阮郎归》：" 烟漠漠，草萋萋。江南春尽时。可怜踪迹尚东西。故园何日归。" 吴文英《浪淘沙》："离亭春草又秋烟。" 韩玉《减字木兰花》："客路茫茫，几度东风春草长。"

或曰 "平芜"。如柳永《木兰花慢》："纵凝望处，但斜阳暮霭满平芜。"

---

[1] 王国维：《人间词话》，收于唐圭璋辑：《词话丛编》，第 4244 页。

欧阳修《踏莎行》:"平芜尽处是春山,行人更在春山外。"张舜民《卖花声》:"又看暝色满平芜。"周邦彦《点绛唇》:"极目平芜,应是春归处。"曹组《点绛唇》:"十里平芜,花远重重树。"陈允平《齐天乐》:"旧柳犹青,平芜自碧,几度朝昏烟雨。"

又作"萋萋"。如秦观《八六子》:"倚危亭,恨如芳草,萋萋刬尽还生。"李甲《帝台春》:"芳草碧色,萋萋遍南陌。"周邦彦《玉楼春》:"萋萋芳草迷千里,惆怅王孙行未已。"晁端礼《御街行》:"王孙何处草萋萋。"周密《高阳台》:"萋萋望极王孙草,认云中烟树,鸥外春沙。"

总之无论是春草、芳草、平芜、萋萋等等,都是春草意象之别名。它们总是如影随形地出现在那些伤别念远的词中,构成解读离别词的语码,一看到这些,我们眼前浮现的是一望无际的离离春草,而心中涌起的则是离愁别绪。

下面让我们来看一下王国维《人间词话》所提到的三阕"咏春草绝调"[1]。第一首为林逋《点绛唇》:

金谷年年,乱生春色谁为主。余花落处。满地和烟雨。   又是离歌,一阕长亭暮。王孙去。萋萋无数。南北东西路。

林逋(967—1028),字君复,钱塘(今浙江杭州)人。宋仁宗时赐谥和靖先生。他是"梅妻鹤子"的孤山隐士,存词仅三首。这首词有的版本加上词题《草》或《春草》,其实无论加不加词题,事实上都是以草为中心来生发建构的。明卓人月编选《古今词统》评曰:"终篇不出'草'字。古今咏草,唯此压卷。"[2]"压卷"之说或不免夸张,说名篇佳作则毫无问题。因为有《招隐士》"王孙游兮不归,春草生兮萋萋"做背景,词中出现了

---

[1]王国维:《人间词话》,收于唐圭璋辑:《词话丛编》,第4244页。
[2]卓人月汇选,徐士俊参评,谷辉之校点:《古今词统》,第110页。

"萋萋",也就等于点出了"草"字。下片曰"离歌",曰"长亭",而且还出现了"王孙",都表明词中写的是草,实际是咏叹离别。

第二首是著名诗人梅尧臣的《苏幕遮》:

> 露堤平,烟墅杳。乱碧萋萋,雨后江天晓。独有庾郎年最少。窣地春袍,嫩色宜相照。　　接长亭,迷远道。堪怨王孙,不记归期早。落尽梨花春又了。满地残阳,翠色和烟老。

梅尧臣是北宋著名诗人,其诗以高老生硬为特色,就词而言则与林逋一样,算不得专业词人,但这首咏春草的词也写得很出色。"庾郎"一句是借用李商隐诗句,庾郎指南朝庾杲之。据《南齐书·庾杲之传》载,杲之美容仪,风范和润,为尚书驾部郎,人称庾郎。李商隐《春游》诗云:"庾郎年最少,青草妒春袍。"因为词中下句是"窣地春袍",可断定这里"庾郎"是指庾杲之,有的注本说是指庾信,不确。末句"满地残阳,翠色和烟老",是写景,也是抒情,或者说是一种写景式抒情法,最具有表现力。刘熙载《艺概·词概》说"此一种,似为少游开先"[1]。就是说后来秦观最擅长此法。梅尧臣论诗名句云"状难写之景如在目前,含不尽之意见于言外",或可移用于评其词。其好友欧阳修一向以词见长,读到这首词也大加叹赏,并且自己动手写了一首咏草词,这就是与林逋、梅尧臣二词并列为"咏春草绝调"的《少年游》:

> 阑干十二独凭春。晴碧远连云。千里万里,二月三月,行色苦愁人。　　谢家池上,江淹浦畔,吟魄与离魂。那堪疏雨滴黄昏。更特地、忆王孙。

---

[1] 刘熙载:《词概》,收于唐圭璋辑:《词话丛编》,第3691页。

欧阳修这首词，足以媲美林、梅二家咏草词而无愧色。其特色是语词多有出处，写来却自然清新，如从己出。王国维《人间词话》讲"隔与不隔"，就认为欧阳修此词"语语都在目前"[1]。其中"阑干十二"出自南朝乐府《西洲曲》，写女子登楼眺望，伤别念远，有"栏干十二曲，垂手明如玉"之语。"千里万里"用《花间集》中张泌《河传》词："夕阳芳草，千里万里，雁声无限起。""谢家池上，江淹浦畔"分别指谢灵运《登池上楼》诗和江淹《别赋》。至于楚辞《招隐士》中的咏草名句"春草生兮萋萋"，因为林、梅二词都用了"萋萋"，所以这里就回避了。但篇末"更特地、忆王孙"，还是又找补了一下。

思考题

1. 何谓绮怨？你认为感伤、忧郁、惆怅等，哪一种概念最能揭示词的情调？
2. 清代查礼《铜鼓书堂词话》曾说："情有文不能达、诗不能道者，而独于长短句中可以委宛形容之。"那么这种"文不能达、诗不能道者"，主要是指什么样的思想感情呢？试结合宋词名篇加以说明。
3. 本章说晚唐时期完成了悲秋与伤春主题的嬗变，试谈谈你的看法。
4. 同样是伤春伤别，宋词中的表现与唐诗有所不同，试结合你熟悉的作品来比较欣赏。
5. 什么叫意象？意象与物象或意境有什么不同？除了残阳、残花、春草等基本意象之外，宋词中还有哪些常用意象？试通过数据库检索，尝试做归纳分析。

---

[1] 王国维：《人间词话》，收于唐圭璋辑：《词话丛编》，第 4248 页。

第四章 婉约之美

婉约作为文学作品的一种风格，本来并不是词所特有的；诗文乃至戏曲、小说都有婉约风格。对诗文作品而言，婉约只是众多风格中的一种，且没有主次之分；但对词而言，随着《花间集》的编定与传播，婉约就成为众所认可的词的基本风格，并进而成为词的传统本色。尽管苏轼、辛弃疾都是第一流词人，还有其他许多的非婉约词人词作也都各有佳处，但这些都不足以改变词的婉约的传统本色。当李之仪说词"自有一种风格"，李清照说词"别是一家"时，就是指以《花间集》为代表的婉约风格。王世贞所谓"香而弱"，王国维所谓"要眇宜修"，郑骞先生所谓"阴柔之美"，叶嘉莹先生所创设的"弱德之美"，也都是与词的婉约本色相一致的。

第一节　婉约与豪放

一般的宋词爱好者，都知道宋词有两大流派，一派婉约，一派豪放。也许还知道"十七八女孩儿，执红牙拍板，唱'杨柳岸晓风残月'"，以及"关西大汉，执铁板，唱'大江东去'"的故事。这也许算不得故事，只是个说法而已。但是它太生动了，太形象了，既有趣味，又有品位；可以在课堂上讲，也可以说给朋友听，而效果总是很好的。也许就因为这么朴素的原因，它很容易被人记住和流传，所以这也许是和宋词有关的最普及的常识。一个小学生或是初中生，可能对宋词了解不多，但对于豪放派和婉约派早已耳熟能详了。正因为有这样的背景，当我们把婉约看作词的审美特质时，很容易受到来自读者的质疑：婉约自美，豪放就不美吗？把婉约看作词的审美特征，那豪放词怎么说？为了回答这样的问题，本章将对婉约与豪放的相关说法做一些梳理与评述。

一、风格与流派

风格,在中国古代文论中往往称为"体"。刘勰《文心雕龙》中的《体性》篇,就是古代文学风格论的奠基之作。刘勰认为,尽管每个作家个性不同,如"才有庸俊,气有刚柔,学有浅深,习有雅郑","若总其归途,则数穷八体",即可以概括为八种主要风格:"一曰典雅,二曰远奥,三曰精约,四曰显附,五曰繁缛,六曰壮丽,七曰新奇,八曰轻靡。"[1]又如萧子显所作《南齐书·文学传论》亦云"今之文章,作者虽众,总而为论,略有三体",而这三体则分别以谢灵运、傅咸、鲍照等人为代表,显然也是指三种风格。唐代皎然《诗式》中"辨体有一十九字",如"风韵切畅曰高","体格闲放曰逸",[2]也是论诗的风格。在这种文论背景下,词史上出现"花间体""易安体""稼轩体"种种名目,也就是十分自然的了。

在古代文学概念中,流派往往简称为"派"。"派"的本意是江河的支流。如唐张乔《宿江叟岛居》诗:"数派分潮去,千樯聚月来。"苏轼《玉津园》诗:"碧水东流还旧派,紫坛南峙表连冈。"用于文学批评,仍侧重其源流承传关系。如南宋滕仲因跋郭应祥《笑笑词》,谓:"词章之派,端有自来,溯源徂流,盖可考也。昔张于湖一传而得吴敬斋,再传而得郭遁斋,源深流长。"[3]这是说郭应祥(号遁斋)之词出于吴镒(号敬斋),吴镒之词出于张孝祥(号于湖)。这是最早以"派"论词的文字,其寻源溯流的表述方式,也表明"派"的概念正是从江河支流的比喻意义上生发出来的。后来如王士禛《花草蒙拾》所谓"张南湖论词派有二",或"名家当行,固有二派"等等,[4]都表明"派"作为一个文学批评术语,已经相当成熟而稳定了。当然也有径称"流派"的。如陈廷焯《白雨斋词话》卷八就说:"唐宋名家,流派不同,本

---

[1] 刘勰注,陆侃如、牟世金译注:《文心雕龙译注》,第368页。
[2] 释皎然:《诗式》,收于何文焕辑:《历代诗话》,中华书局1981年版,第35—36页。
[3] 滕仲因:《笑笑词跋》,收于施蛰存主编:《词籍序跋萃编》,中国社会科学出版社1994年版,第318页。
[4] 王士禛:《花草蒙拾》,收于唐圭璋辑:《词话丛编》,第685、681页。

原则一。"[1]这里强调的是多派而一源，显然也是用其"支流""支派"的意思。值得注意的是，关于文学流派的内涵，今人所用与古代有所不同。如《中国大百科全书》中国文学卷在解释"文学流派"时说："文学发展过程中，一定历史时期内出现的一批作家，由于审美观点一致和创作风格类似，自觉或不自觉地形成的文学集团和派别，通常是有一定数量和代表人物的作家群。"[2]这和古代的"流派"概念相比，区别在于，古人强调的是历时性的源流继承关系，而现代意义的文学流派强调的是共时性的具有相同或相似创作倾向的作家群体。也许正是因为这一点微妙的区别，造成了认定文学流派的不同看法。

在词学研究领域，因为风格与流派两个术语相近，前人在表述时往往"体""派"混用。现成的例子就是关于婉约与豪放的表述。明人张綖说："词体大略有二：一体婉约，一体豪放。"[3]他明明用的是"体"而不是"派"，可是到了清初，王士禛《花草蒙拾》却说："张南湖（引者按：即张綖，号南湖）论词派有二，一曰婉约，一曰豪放。"[4]明明是称引张綖的说法，却"若不经意"地把"体"换成了"派"。事实上我们看一下历代词话，就会发现"体""派"混用者自来多有。如郭麐《灵芬馆词话》卷一有一段话，始而说"词之为体，大略有四"，把四体缕述完了之后则说："溯其派别，不出四者。"[5]其体派混称，即体即派，都是显而易见的事。又如陈廷焯《白雨斋词话》卷八曰："唐宋名家，流派不同，本原则一。论其派别，大约温飞卿为一体"，以下罗列韦端己、冯正中等共十余体。[6]这里的"体"当然也应理解为风格，而陈廷焯也显然是因体而别派的。

---

[1] 陈廷焯：《白雨斋词话》，收于唐圭璋辑：《词话丛编》，第3962页。
[2] 《中国大百科全书·中国文学》，中国大百科全书出版社1988年版，第952页。
[3] 转引自卓人月汇选，徐士俊参评，谷辉之校点：《古今词统》前言，第36页。
[4] 王士禛：《花草蒙拾》，收于唐圭璋辑：《词话丛编》，第685页。
[5] 郭麐：《灵芬馆词话》，收于唐圭璋辑：《词话丛编》，中华书局1986年版，第1503页。
[6] 陈廷焯：《白雨斋词话》，收于唐圭璋辑：《词话丛编》，第3962页。

宋代词坛上有没有流派，有哪些流派？在现代词学界仍有很大争议。一些词学家认为，宋代词坛上有群体和群体风格，却并无流派可言。如施蛰存先生说："婉约、豪放是风格，在宋词中未成'派'……北宋词只有'侧艳'与'雅词'二种风格……论南宋词，稼轩是突出人物，然未尝成'派'。"[1] 谢桃坊先生亦云："宋代词人和词论家们虽然具有风格类型的概念和群体风格的意识，他们也重视个体风格的批评；这些固然是构成文学流派的要素，然而在宋词发展过程中却始终没有使这些要素发展为一个流派。"[2] 态度更坚决的是吴世昌先生，他认为宋代词史上既没有婉约派，也从来就不曾存在过一个豪放词派，苏轼也不是豪放词派的创始人。他认为，苏轼存词三百余篇，其中称得上豪放词的不到十首，说苏轼属于豪放词派是"挂一漏三百"。后来又进一步把这种观点概括为"苏辛有词，豪放无派；豪放有词，苏辛无派"。此数语为互文，就是说，苏、辛是有一些豪放词，但却不存在所谓的豪放词派。[3] 这种宋词有风格而无流派的观点，本来是建立在词史研究基础上的有益探讨，可是因为婉约与豪放两大流派的说法风行天下，他们的声音很快就被淹没了。

与此同时，现代词学界也还在不断"发掘""勾勒"出一些新的词派名目来。比如民国时期出版的薛砺若《宋词通论》[4]，其中不少词派都是前人未曾提到的。他把宋词的发展分为六期，其中仅在第二期就勾勒出了五大词派，如"艳冶派的贺铸""潇洒派的毛滂"等等，都有创立名目自我作古的意味。又如刘扬忠先生《唐宋词流派史》[5]，其中宋词部分就开列了十二个词派，如"以二晏一欧为骨干的北宋江西词派""北宋晚期的俳谐

---

[1] 施蛰存、周楞伽：《词的"派"与"体"之争》，载《西北大学学报》1980年第3期，第12页。
[2] 谢桃坊：《宋词流派及风格问题商兑》，收于谢桃坊《宋词辨》，上海古籍出版社1999年版，第53页。
[3] 吴世昌：《宋词中的"豪放派"与"婉约派"》《有关苏词的若干问题》，收于吴世昌著，吴令华编：《吴世昌全集》第四卷《词学论丛》，河北教育出版社2003年版。
[4] 薛砺若：《宋词通论》，原为开明书店1937年初版，今有上海书店1985年版。
[5] 刘扬忠：《唐宋词流派史》，福建人民出版社1999年版。

词派"等等，也是前人未曾提到的。

我们认为，流派并不是越多越好。现代文学研究专家唐弢先生在几十年前就曾批评过学术界"硬凑流派"的现象。他说："我们谈流派，一定要注意从风格（包括内容和形式）上鉴别。不能一讲流派，就这也是流派，那也是流派。生拼硬凑是不行的。我感到近来把流派划得太多了。流派是自然形成的，不是人为滥划的。"[1]当然，人们在发掘或追封新的宋词流派时，大都会找到一点因由，但这不是自然发现、妙手偶得，而是壁痕成画、按图索骥的结果。之所以产生这种"流派越多越好"的意识以及"硬凑流派"的现象，可能还是因为过去流传已久的一种似是而非的说法，即众多文学流派的出现标志着文学的繁荣。事实上这是一个伪命题。检点一下中国文学史就可看出，唐代文学很繁荣，而唐代并没有几个真正意义的文学流派。明代诗坛文坛上"拉帮结派"形成的标准的文学流派很多，首领、群体、口号等等一应俱全，而明代诗文的成就却并不高。只能说文学流派的产生是文学史发展到一定阶段的产物，和文学的繁荣与否并没有必然的联系。

二、本色与别调

在宋代词坛上，"豪放"作为词的风格术语，是伴随着东坡词产生的。先是苏轼本人以豪放评词，《苏轼文集》卷五十三《答陈季常》云："又惠新词，句句警拔，诗人之雄，非小词也。但豪放太过，恐造物者不容人如此快活。"[2]陈季常即陈慥，字季常，自号方山子，是苏轼的好朋友。汪廷讷所撰传奇《狮吼记》中那个以惧内出名的陈季常，就是以他为原型的。苏轼这里以诗论词，实际是夫子自道。稍后宋人谈词而提及"豪放"二字，大都是由东坡词引发的。如赵令畤《侯鲭录》卷八引黄庭坚语：

---

[1] 唐弢：《艺术风格与文学流派》，原载《中国现代文学思潮流派讨论集》，人民文学出版社1984年版。后收于《唐弢文集》第九卷《文学评论卷》，社会科学文献出版社1995年版，第416页。
[2] 孔凡礼点校：《苏轼文集》，中华书局1986年版，第1569页。

> 东坡居士曲,世所见者数百首。或谓于音律小不谐。居士词横放杰出,自是曲子缚不住者。[1]

朱弁《曲洧旧闻》卷五:

> 章粢质夫作《水龙吟》咏杨花,其命意用事清丽可喜。东坡和之,若豪放不入律吕,徐而视之,声韵谐婉,便觉质夫词有织绣工夫。[2]

陆游《老学庵笔记》卷五:

> 世言东坡不能歌,故所作乐府词多不协。晁以道云:"绍圣初,与东坡别于汴上,东坡酒酣,自歌《古阳关》。"则公非不能歌,但豪放,不喜裁剪以就声律耳。[3]

沈义父《乐府指迷》:

> 近世作词者,不晓音律,乃故为豪放不羁之语,遂借东坡、稼轩诸贤自诿。诸贤之词,固豪放矣,不豪放处,未尝不叶律也。如东坡之《哨遍》、杨花《水龙吟》,稼轩之《摸鱼儿》之类,则知诸贤非不能也。[4]

以上引录宋人各家说法,传递了两个重要信息。其一,宋人以豪放论词,很

---

[1]赵令畤:《侯鲭录》,中华书局2002年版,第205页。
[2]朱弁:《朱弁词话》,收于邓子勉编:《宋金元词话全编》,凤凰出版社2008年版,第417页。
[3]陆游:《陆游词话》,收于邓子勉编:《宋金元词话全编》,凤凰出版社2008年版,第825页。
[4]沈义父:《乐府指迷》,收于唐圭璋辑:《词话丛编》,第282页。

明显是由苏轼词而引发的。苏轼之前当然也有豪放之作，如范仲淹《渔家傲》(塞下秋来风景异)、苏舜钦《水调歌头》(潇洒太湖岸)之类，但那只是偶尔一见，不足以构成对传统词风的冲击。苏轼的词当然也不尽豪放，如果仅以数量言，其豪放词的数量也是有限的，但他有一批卓有影响的豪放词，还有一批虽称不得豪放却与婉约词风格迥异的作品，无论说是超逸还是旷达，总之与传统的婉约词风大相径庭，所以时人及后人往往也都划归豪放词的范围了。其二，宋人提到东坡词的豪放特色的时候，不管是批评还是为他辩护，往往隐含着豪放词不合音律或非正宗的否定意味。豪放本来是用于人格品鉴的术语，指为人处世狂放不拘小节。如《北史·张彝传》称"彝少而豪放，出入殿庭，步盻高上，无所顾忌"。《新唐书·李邕传》称"邕资豪放，不能治细行"。又秦观《徐君主簿行状》称"参军磊落豪纵，不耐细务"，可见豪放与豪纵意义相近。结合这种语义背景来看，早期人们以豪放评东坡词，与豪放相对的主要不是婉约，而是音律或规矩，因此"豪放"二字多少带有一点否定意味。

事实上，现在一般人印象中的婉约与豪放两大流派双峰并峙、二水分流的景象，是明代以来才有的事情，在宋代并不存在两派并称的说法。《王直方诗话》记载："东坡尝以所作小词示无咎、文潜曰：'何如少游？'二人皆对云：'少游诗似小词，先生小词似诗。'"[1]以及俞文豹《吹剑录》所载"十七八女孩儿，执红牙拍板，唱'杨柳岸晓风残月'"，与"关西大汉，执铁板，唱'大江东去'"的说法，虽然都有以豪放与婉约比长量短的意味，但那主要是两种风格的比较，还没有形成婉约与豪放并称的流派概念。此后历南宋金元一直到明代中期的嘉靖年间，张綖在其所著《诗余图谱》凡例中才提出婉约与豪放两派的名目来。其说曰："词体大略有二：一体婉约，一体豪放。婉约者，欲其词情蕴藉；豪放者，欲其气象恢弘。盖亦存乎其人。如

---

[1] 王直方：《王直方诗话》，收于郭绍虞辑：《宋诗话辑佚》，中华书局1980年版，第93页。

秦少游之作，多是婉约；苏子瞻之作，多是豪放。大抵词体以婉约为正。"[1]这是词史上第一次明确以婉约与豪放相提并论，其后则渐成通行套语，俨然约定俗成了。

令人奇怪的是，宋人多是谈豪放词如何如何，却从没有提到过婉约派。这是为什么呢？这个问题现在看来是个问题，而从当时词坛背景来看一点也不奇怪。吴世昌先生曾经指出：

> 自唐五代到北宋，词的风格很相像，各人的作品相像到可以互"乱楮叶"，一个人的词掉在别人的集子里，简直不能分辨出来，所以也无法为他们分派别，实际上北宋人自己从来没有意识到他的作品是属于哪一派，如果有人把他们分成派别，贴上签条，他们肯定不会高兴的。笼统说来，北宋各家，凡是填得好词的都源于"花间"。你说他们全部是"花间派"，倒没有甚么不可，但也不必多此一举，因为这是当时知识分子人人皆知，视为当然之事，你要特别指出北宋某人作品近于"花间"，倒像说某处的海水是咸的一样。所以我们如果说，五代北宋没有词派，比硬指当时某人属于某派，更符合历史事实。[2]

吴世昌先生这一段话，看上去直白朴素，实际对当时词坛的"原生态"状况，描述得非常准确。从这里可以看出，在苏轼之前的词坛基本上都属于婉约派，因此很难形成婉约为"派"的概念来。婉约词风是传统，是背景，是基础，而豪放词风是这一传统、背景、基础之上的新变，因此这二者的关系当初并不是对等的。在后人看来，婉约与豪放二派仿佛相与俱来，而在南宋

---

[1] 转引自卓人月汇选，徐士俊参评，谷辉之校点：《古今词统》前言，第36页。
[2] 吴世昌：《宋词中的"豪放派"与"婉约派"》，收于吴世昌著，吴令华编：《吴世昌全集》第四卷《词学论丛》，河北教育出版社2003年版，第86页。

辛派词人登上词坛之前，苏轼尽管有诗文场上的威名，在词坛上还是很孤立的。他身后也有一些"跑龙套"的角色，但也仍然不足以构成与婉约词风对等的阵容。豪放之成为与婉约相提并论的类概念，有待两个条件，一是到了南宋，辛派词人的群体加入，壮大了豪放词派阵营的声威；二是到了宋代之后，以婉约为正宗、为本色的观念有所淡化。到了这时，豪放词派虽然仍不免被视为变格别调，但已挣得与婉约派对等的地位了。

三、正变说与优劣论

关于婉约词与豪放词的评价，有两种不同的立场和态度，一种是正变观，一种是优劣论。所谓正变观，就是在两者之中区分正体与变体。如陈师道《后山诗话》称东坡词"如教坊雷大使之舞，虽极天下之工，要非本色"[1]。张綖《诗余图谱·凡例》所谓"大抵词体以婉约为正"[2]。又如何良俊《草堂诗余序》中说："乐府以皦径扬厉为工，诗余以婉丽流畅为美；如周清真、张子野、秦少游、晁叔用诸人之作，柔情曼声，摹写殆尽，正辞家所谓当行、所谓本色者也。"[3] 清人蒋兆兰《词说》："词家正轨，自以婉约为宗。"[4] 以上种种说法，无论是讲本色当行，还是用正宗正轨，都属于正变说，就是以婉约为正宗，以豪放为变体。

正变说是基于词史发展的大判断，虽有肯定正宗本色的意味，却仍然属于事实判断而不是价值判断。而所谓优劣论，则是在两种风格或流派之间，有意强调其优劣高下。如南宋王炎《双溪诗余自序》云："夫古律诗且不以豪壮语为贵，长短句命名曰曲，取其曲尽人情，唯婉转妩媚为善，豪壮语何贵焉？"[5] 又如明代王世贞《艺苑卮言》说："词须宛转绵丽，浅至儇俏，挟

---

[1] 陈师道：《后山诗话》，收于何文焕辑：《历代诗话》，第309页。
[2] 转引自卓人月汇选，徐士俊参评，谷辉之校点：《古今词统》前言，第36页。
[3] 何良俊：《草堂诗余序》，收于施蛰存主编：《词籍序跋萃编》，中国社会科学出版社1994年版，第670页。
[4] 蒋兆兰：《词说》，收于唐圭璋辑：《词话丛编》，中华书局1986年版，第4632页。
[5] 王炎：《双溪诗余自序》，收于金启华等编：《唐宋词集序跋汇编》，第170页。

春月烟花,于闺幨内奏之,一语之艳,令人魂绝,一字之工,令人色飞,乃为贵耳。至于慷慨磊落,纵横豪爽,抑亦其次,不作可耳。作则宁为大雅罪人,勿儒冠而胡服也。"[1]这和正变说的态度就有了明显区别。比如陈师道说东坡词如教坊雷大使之舞,虽工而非本色,那不是论工拙优劣,仅仅因为他是男性之舞者,而本色之舞应当是女性的便娟曼妙;至于王炎论词贵婉转妩媚而不贵豪壮,王世贞以婉转绵丽为贵,以豪放词入次等,其崇婉约而抑豪放的意思就是非常明确的。

  回顾整个词学史,从宋代一直到清末民初,虽不免各因性情,见仁见智,但从总体上看还是婉约派略占上风。而崇豪放、抑婉约,则是现当代才有的事情。如中华书局1962年出版的胡云翼《宋词选》前言中说:"这个选本是以苏轼、辛弃疾为首的豪放派作为骨干,重点选录南宋爱国词人的优秀作品,同时也照顾到其他风格流派的代表作,借以窥见宋词丰富多采的全貌。"[2]实际上以豪放派为骨干,以爱国词为重点,本身就是政治意识形态主导的选词标准,离"宋词丰富多采的全貌"也就相去甚远了。这本《宋词选》共选宋代七十四位词人的词作二百九十六首,其中选词在十首以上的共八人,属于婉约派的有贺铸十首,周邦彦十首,李清照十一首,姜夔十首;属于豪放派的有苏轼二十三首,陆游十一首,辛弃疾四十首,刘克庄十二首。所选婉约派四大家作品都加起来才当得上辛稼轩一人。豪放派就不止是平分秋色,而是驾而上之了。我们总是批评古人说他们不能摆脱时代的局限,实际乃是鲍老笑郭郎。现代人以今例古,总觉得豪放词派兵强马壮,和当代流行选本的影响有很大关系。

  关于婉约与豪放词的评价,我们比较欣赏的是清代四库馆臣的态度。《四库全书总目》之《东坡词提要》说:"词自晚唐五代以来,以清切婉丽为宗,

---

[1] 王世贞:《艺苑卮言》,收于唐圭璋辑:《词话丛编》,中华书局1986年版,第385页。
[2] 胡云翼:《宋词选》前言,中华书局1962年版,第24页。

至柳永而一变，如诗家之有白居易；至苏轼而又一变，如诗家之有韩愈，遂开南宋辛弃疾等一派。寻源溯流，不能不谓之别格；然谓之不工则不可。"同样是正变说，四库馆臣的态度就和陈师道不同。尽管这两种说法颇有相反相成的意味，都是既充分肯定了苏轼词的价值，又指出其词非本色的事实。一个说是"极天下之工"，一个说"谓之不工则不可"，这是对东坡词的价值认同；然而一个说是"要非本色"，一个说是"不能不谓之别格"，表明从宋代到清代，无论个人还是官方，认为东坡词非本色，亦无异议。当然，像这样的表述方式，言说者的基本态度总是偏重后面的文句。如果要在这两种表述方式上选边站队，我们宁愿附议四库馆臣的意见。东坡词确实不属于由《花间集》奠定的本色一路，但他的词也确实写得好，无论是审美价值还是社会价值，东坡词都是第一流的。由东坡词推而广之，以整个的婉约与豪放两大词派来说，我们也欣赏并提倡这种通达的态度，可以分正变，而不可以此论优劣。

第二节　婉约技法举要

宋词的婉约之美是由多种因素形成的统览效果。题材方面的刻红剪翠、主题方面的相思离别、语汇意象的选择以及修辞手法等等，都是造成婉转曲达、幽渺轻约风格的重要因素。同时，婉约之美和前面所论述的阴柔之美、绮怨之美等等，也有着内在的交融互渗关系。考虑到各章节的避就与互补关系，同时仍立足于诗词之别，这里拟就情与景、时间与空间、比兴与寄托、至情与痴语等方面，谈一谈宋词在抒情方面的突出特点。

一、情与景

婉约词风的要义是含蓄蕴藉，含蓄蕴藉的秘诀之一在于情与景关系的处理。在这方面，词与诗、文的区别在于，在诗、文中可能景是景，情是情，而在词中则是"一切景语皆情语"[1]。在这方面，我们常用的说法如"即景抒情""以景寓情""情景交融"等等，这是我们从小学到中学听语文老师说过千百遍的套话，可这些放在诗、文中同样适用，而王国维《人间词话》所谓"一切景语皆情语"，庶几可以道出词的写景或抒情特点。这种表述没有出现在诗话、文话中，而是出现在词话中，就说明这是词的抒情特点。清人徐喈凤《荫绿轩词证》亦云："词中情景不可太分，深于言情者，正在善于写景。"[2]当然，诗文中的景语也可能是情语。如王绩《野望》："东皋薄暮望，徙倚欲何依。树树皆秋色，山山唯落晖。牧人驱犊返，猎马带禽归。相顾无相识，长歌怀采薇。"中间四句是写景，而那种宁静恬淡、得其所哉的适意情绪，已经弥漫在景物之中了。我们一点也不否认诗中"以景寓情""情景交融"的存在，我们只想说，在诗中，写景和抒情往往还是两回事。虽然诗人会把情感外化"投注"到景物描写中去，但在他的创作思维中，还是景是景，情是情。律诗以联分，绝句按句分，按部就班，各有所司。比如，有的律诗是前半写景，后半抒情。如杜甫《登高》：

> 风急天高猿啸哀，渚清沙白鸟飞回。
> 无边落木萧萧下，不尽长江滚滚来。
> 万里悲秋常作客，百年多病独登台。
> 艰难苦恨繁霜鬓，潦倒新停浊酒杯。

又如晏殊《无题》：

---

[1] 王国维：《人间词话删稿》，收于唐圭璋辑：《词话丛编》，第 4257 页。
[2] 徐喈凤：《荫绿轩词证》，收于屈兴国编：《词话丛编二编》，浙江古籍出版社 2013 年版，第 452 页。

油壁香车不再逢，峡云无迹任西东。
梨花院落溶溶月，柳絮池塘淡淡风。
几日寂寥伤酒后，一番萧瑟禁烟中。
鱼书欲寄何由达，水远山长处处同。

这两首七言律诗境界迥别，而章法结构相似，都是前四句写景，后四句抒情。这是诗中常见的结构。也有人认为作为律诗，不应说前半、后半这样的外行话，而应该分联来说，即除了一起、一结之外，中间二联往往有分工，即一联写景、一联抒情。不管怎么说，反正情与景二事还是分得很清爽的。而在词的创作思维中，好像就没有情与景之分，想到情也不是感伤、忧郁或惆怅，而就是斜阳烟柳、芳草落花。令人奇怪的是，尽管词人只是写景，没有直接的情感导向，读者还是会毫无窒碍地直奔词人预设的旨趣而去，他们看到的也只是斜阳烟柳、芳草落花，却能分明感受到那种看似闲淡却直击人心的情思意趣。当然，这一切都建立在中国诗词文化的抒情传统之上，有赖于长期的创作与欣赏过程中形成的审美积淀，有赖于斜阳、落花、流水、春草等原型意象。叶嘉莹先生把这类意象称为"语码"（Language Code）。她的经典说法是，读词时，牵动一个语码，"就敲响了一大片的联想"[1]。但是假如你让一个西方文化背景的读者来读这些词，尽管他已经通过了HSK(汉语水平考试)，这些字他都认识，但他可能读不出这些文字背后的深厚意蕴来。

在晚唐五代词中，除韦庄、李煜词多自抒怀抱外，其他人多重在景物描写与意境营造，直接的抒情语词极少。如温庭筠《更漏子》：

柳丝长，春雨细。花外漏声迢递。惊塞雁，起城乌。画屏金鹧

---

[1] 叶嘉莹：《唐宋词十七讲》，岳麓书社1989年版，第42页。

鸪。　　香雾薄。透帘幕。惆怅谢家池阁。红烛背，绣帘垂。梦长君不知。

这首《更漏子》和温庭筠的那一组《菩萨蛮》词一样，大都是不动声色的景物描写。《菩萨蛮》中还有"新帖绣罗襦，双双金鹧鸪"那样暗示性的特写镜头，这里却只有"惆怅"二字着了感情色彩，还有末句"梦长君不知"暗示性地指向相思离别。和后来的宋人词相比，温词显得相当节制而矜持。

又如皇甫松的两首《梦江南》：

兰烬落，屏上暗红蕉。闲梦江南梅熟日，夜船吹笛雨萧萧。人语驿边桥。

楼上寝，残月下帘旌。梦见秣陵惆怅事，桃花柳絮满江城。双髻坐吹笙。

这是两首单调的《梦江南》，和白居易的《忆江南》三首一样，都是以调为题，也叫咏本调，词中所写的就是江南之梦。因为后一首提到了秣陵，我们知道是现在的南京，词的意趣和金陵怀古相近。所谓"秣陵惆怅事"，应该就是指六朝兴废之事吧。这两首词也是通首写景，而且是静穆之境。厉鹗《论词绝句十二首》其一云："颇爱花间肠断句，夜船吹笛雨潇潇。"王国维《人间词话》附录也称此二首"情味深长，在乐天、梦得上也"[1]。所谓唐词高境，含蓄蕴藉，应该和词人即景见情、含而不露的手法有很大关系。

在宋代词人中，越是早期的词人，越善于寓情于景，越到后来，直接抒情的辞句越多。从这个方面来看，可能还是与词的歌词属性有关系。北宋词

---

[1] 王国维：《人间词话附录》，收于唐圭璋辑：《词话丛编》，中华书局1986年版，第4269页。

人中,最值得关注的还是晏殊。我们来看他的几首词。《清平乐》:

> 金风细细。叶叶梧桐坠。绿酒初尝人易醉。一枕小窗浓睡。　紫薇朱槿花残。斜阳却照阑干。双燕欲归时节,银屏昨夜微寒。

《踏莎行》:

> 小径红稀,芳郊绿遍。高台树色阴阴见。春风不解禁杨花,蒙蒙乱扑行人面。　翠叶藏莺,朱帘隔燕。炉香静逐游丝转。一场愁梦酒醒时,斜阳却照深深院。

《诉衷情》:

> 芙蓉金菊斗馨香。天气欲重阳。远村秋色如画,红树间疏黄。　流水淡,碧天长。路茫茫。凭高目断,鸿雁来时,无限思量。

这几首词有一个共同的特点,就是几乎通篇写景。《清平乐》写的是秋景。连"闲愁"字样也没有。当然词中写到花残,写到斜阳,读者自然会从中感到岁月迢递或韶华易逝的惆怅,但词人可是什么都没有说。《踏莎行》一首虽然写到了"愁梦"二字,但也是点到即止,至于何种愁思、何种梦境,词人也没有说。然而既然是暮春时节,花事凋零,"红稀""绿遍",杨花如雪,词人又是梦回酒醒,看斜阳返照,"炉香静逐游丝转"。况周颐《蕙风词话》卷二所谓"词有穆之一境"[1],正是多情锐感的词人伤心悟道的光景。应该说

---

[1] 况周颐:《蕙风词话》,收于唐圭璋辑:《词话丛编》,第4423页。

有了这些，词人的内心衷曲已经昭然若揭了。要是再把浮生若梦、人生易老、我心伤悲、此情何堪等等读者皆能悟出的话讲出来，那就是明词、清词而不是宋初晏殊的词了。第三首《诉衷情》的情感取向更淡、更模糊。虽然写的是秋天，可并没有悲秋的意思。既是"秋色如画"，又是"红树间疏黄"的暖调子，显然不是《九辩》"悲哉秋之为气也"的抒情氛围。当然下片中提到了鸿雁，在古代诗词传统中，鸿雁的主要功能不是提示节候，而是传书，所以可能有伤别念远的意思。总之这是把闲愁的悲情意味减到了最淡。如杜甫《曲江二首》其二"穿花蛱蝶深深见，点水蜻蜓款款飞"，程伊川还道"如此闲言语，道出做甚"[1]，若读到晏殊这样情思淡然的词，想来更会嗤之以鼻吧。

也有人注意到了这类词的特点。如俞陛云《唐五代两宋词选释》评晏殊《清平乐》说："纯写秋来景色，唯结句略含清寂之思，情味于言外求之，宋初之高格也。"[2]就是说这类景中见情，不言情而情自见的词，为宋初风格，此后就越来越少了。唐圭璋先生《唐宋词简释》评《踏莎行》曰："此首通体写景，但于景中见情。"[3]也注意到了这种写法的特点。叶嘉莹先生在《大晏词的欣赏》一文中，对《清平乐》有更细致的分析。她说："在这一首词中，我们既找不到我国诗人所一贯共有的伤离怨别、叹老悲穷的感伤，甚至也找不到前面第一点所谈到的大晏所特有的情中有思的思致。在这一首词中，它所表现的，只是在闲适的生活中的一种优美而纤细的诗人的感觉。对于这种词，我们不当以'情'求，也不当以'意'想，而只当单纯地去体会那一份美而纯的诗感。语有之云：'无用之为用大矣。'想在诗歌中寻找情感和意义的人，在大晏这种闲雅的作品中，自将无所收获。"[4]叶嘉莹先生认为，晏殊

---

[1] 程颢、程颐著，王孝鱼点校：《二程集》，中华书局2004年版，第239页。
[2] 俞陛云：《唐五代两宋词选释》，第161页。
[3] 唐圭璋：《唐宋词简释》，第58页。
[4] 叶嘉莹：《大晏词的欣赏》，收于叶嘉莹：《迦陵文集》第四卷《迦陵论词丛稿》，河北教育出版社1997年版，第45—46页。

词的闲雅雍容,正和这种情思的含蓄蕴藉相关。

二、时间与空间

刘永济先生《词论》说:"文艺之美有二要焉:一曰,条贯;二曰,错综。条贯者,全体一致融注之谓也;错综者,局势疏荡转变之谓也。错综之极而仍不失全体融注之精神,条贯之极而仍不失局势转变之德性,此彦和所谓体势相偶合也。条贯、错综,各有两面:一主于情意;一主于笔姿,而笔姿又随情意以设施者也。"[1]词的意脉功能在于条贯,而前提在于错综;盖无错综即无取乎意脉,错综中有意脉才能成其错综而条贯之美。

造成词的错综关系的因素有今与昔(时间)、此地与彼地(空间)、情与景、虚与实,还有笔法(即刘永济所谓笔姿)的顺与逆、开与合、抑与扬、连与断等等。这些相对的因素有时又是交叉的。如眼前景为实,对往昔的回忆为虚;眼前景即此地,往昔之事多在彼地等等。通过对宋词中一些名家名篇章法技巧的分析,我们认为,虽然章法技巧可以千变万化,各人手法又有种种个性化特色,但是最常见也最典型的错综变化,往往在于时空错综,说得更直白一点就是回忆与现实的错综。宋词中的时空错综之法,是追求含蓄蕴藉的又一重要手段。其他如空间的转换,景物的虚实,笔法的开合、顺逆等等,几乎都由此造成。而造成一些慢词意脉难寻的原因,往往也在于词人在时空转换上不留标记,不加勾勒。因此,我们就不拟一一列举各种错综变化的手法,而只想重点谈一下"时空错综"的种种表现形式。

令词中有时也有时空的转换,但大多比较单纯明晰,不会构成读解的困惑。如欧阳修《生查子》:

去年元夜时,花市灯如昼。月到柳梢头,人约黄昏后。　今

---

[1] 刘永济:《词论》,上海古籍出版社1981年版,第104页。

年元夜时，月与灯依旧。不见去年人，泪满春衫袖。

又如陈与义《临江仙》：

忆昔午桥桥上饮，坐中多是豪英。长沟流月去无声。杏花疏影里，吹笛到天明。　二十余年如一梦，此身虽在堪惊。闲登小阁看新晴。古今多少事，渔唱起三更。

辛弃疾《丑奴儿》：

少年不识愁滋味，爱上层楼。爱上层楼。为赋新词强说愁。　而今识尽愁滋味，欲说还休。欲说还休。却道天凉好个秋。

蒋捷《虞美人》：

少年听雨歌楼上。红烛昏罗帐。壮年听雨客舟中。江阔云低、断雁叫西风。　而今听雨僧庐下。鬓已星星也。悲欢离合总无情。一任阶前、点滴到天明。

以上四首令词，均以今昔情事构成对比。前三首均以上下片平列对照，蒋捷《虞美人》则把既往之人生分为少年、壮年和老年三段，分别描写其人生况味。但不论是两个时间段还是三个时间段，这些词结构既规整，给的"信号"也非常清楚："去年""今年"，"少年""而今""忆昔"等等，这些表示时间的字眼均给读者以明确提示。这是令词作法。

令词中时空错综比较有特色的，是周邦彦的《少年游》：

> 朝云漠漠散轻丝。楼阁淡春姿。柳泣花啼，九街泥重，门外燕飞迟。　而今丽日明金屋，春色在桃枝。不似当时，小楼冲雨，幽恨两人知。

这是一首叙事词。初读也觉平缓舒和，没有多少峰回路转的迹象，实际却包孕着一篇"微型小说"，吴世昌先生在分析词的叙事手法时曾对此阕大加推崇[1]。开头的叙写自然展开，我们会以为这就是"一般现在时"或"正在进行时"，然而过片处用一个"而今"拉回到眼前来，才使读者明白，上面描述的小楼冲雨，两人的栖栖惶惶，都是当年情事，如今春光明媚，这一对有情人早已结成连理了。"而今"二字是结构转折处的勾勒语，对还原故事的自然结构有重要的提示作用，之后又用"不似当时"领起，对"小楼冲雨"的记忆画面做了补叙。相比之下，这比欧阳修《生查子》"去年元夜时""今年元夜时"的平行对比写法，结构更精巧，也更耐人寻味了。

长调词之例，让我们来看秦观《望海潮》：

> 梅英疏淡，冰澌溶泄，东风暗换年华。金谷俊游，铜驼巷陌，新晴细履平沙。长记误随车。正絮翻蝶舞，芳思交加。柳下桃蹊，乱分春色到人家。　西园夜饮鸣笳。有华灯碍月，飞盖妨花。兰苑未空，行人渐老，重来是事堪嗟。烟暝酒旗斜。但倚楼极目，时见栖鸦。无奈归心，暗随流水到天涯。

秦观元祐年间在馆阁任职时，曾参加过一次高品位、高规格的文人雅集。《淮海集》载《西城宴集》诗序云："元祐七年三月上巳，诏赐馆阁官花酒，以中浣日游金明池、琼林苑，又会于国夫人园。会者二十有六人。"这是当

---

[1] 吴世昌著，吴令华编：《吴世昌全集》第四卷《词学论丛》，第36—38页；又见吴世昌：《词林新话》，北京出版社1991年版，第174—175页。

时罕有的盛举，何况又是在秦观一生中最为得意的元祐时光，所以他后来贬谪处州时所作《千秋岁》词，也提及"忆昔西池会，鹓鹭同飞盖"，而致慨于"日边清梦断，镜里朱颜改"。据程千帆、沈祖棻先生考证，这首《望海潮》作于绍圣元年（1094）春，即朝局大变，旧党下台，新党再起，秦观被贬官即将离京之时。[1] 在这种背景下重游故地，自然是感慨良多。这首词即以对那一次西园盛会的回忆为主，极写当时的繁华与豪情，反衬出现在的失意与凄凉。同样也是"今—昔—今"的三段式，秦观与柳永不同之处，或者说是秦观的创新之处，在于他有意淡化回忆往昔的边缘轮廓，从而达到有如今日电影艺术之化入化出的效果。具体来看，上片写当下情景的只有"梅英疏淡，冰澌溶泄，东风暗换年华"三句，自"金谷俊游"到"飞盖妨花"，跨着上下片，都是对西园盛会的回忆。可是在这一段回忆的起始与收束之处，都没有明显的词语标记。标记也不是没有，前有"长记"，后有"重来"，可是故意不放在该放的地方，而是有意造成"声音""画面"不同步的"错位效果"：本来"长记"应在"金谷俊游"之前，"重来"应在"兰苑未空"之前，这样就把昔日情事从前到后界定清楚了，可是秦观并不这样做。有的学者揣测，"长记"二字的后置，可能是由于格律的关系，即谓"望海潮"词调的四、五句"金谷俊游，铜驼巷陌"要实对，为了不影响两个四字句的对偶，不得已才把"长记"二字移后了。假如这样理解，就未免太低估秦观驱遣文字的功力了。因为后边的"兰苑未空，行人渐老"已是眼下情景，而"重来"二字也是推后放置的，所以我们有理由相信，秦观不是迁就格律不得不然，而是为了追求扑朔迷离的艺术效果故意如此。即如"兰苑未空，行人渐老"二句，兰苑仍是当年之兰苑，行人也正是当年二十六人之一，如今却是兰苑非复当年之盛况，行人更有颓唐之意态了。这种叠印化入的效果，在现在的影视剧中常见，而秦

---

[1] 参见《唐宋词鉴赏辞典》中秦观《望海潮》赏析一文。《唐宋词鉴赏辞典 唐·五代·北宋卷》，第820页。

观把"重来"二字置后也正有利于形成这样的晕化效果。

再来看周邦彦的名篇《瑞龙吟》:

> 章台路。还见褪粉梅梢,试花桃树。愔愔坊陌人家,定巢燕子,归来旧处。　黯凝伫。因念个人痴小,乍窥门户。侵晨浅约宫黄,障风映袖,盈盈笑语。　前度刘郎重到,访邻寻里,同时歌舞。唯有旧家秋娘,声价如故。吟笺赋笔,犹记燕台句。知谁伴、名园露饮,东城闲步。事与孤鸿去。探春尽是,伤离意绪。官柳低金缕。归骑晚、纤纤池塘飞雨。断肠院落,一帘风絮。

这是一首三叠词。因为前面两叠比较短,格式又相同,故称之为"双拽头",是词中比较特殊的体式。周济《宋四家词选》评曰:"不过桃花人面旧曲翻新耳。看其由无情入,结归无情,层层脱换、笔笔往复处。"[1]这就是说,这首词的基本内容,也不过是像唐代崔护《题都城南庄》诗中所写的"人面桃花"之类,但周邦彦却能在这样一个老套的框架之下,写来别具风采。此词和电影《魂断蓝桥》一样,旧地重游,物是人非,时间点的切换,"闪回"手法的运用,都是非常自然的。词中主人公的回忆不是像中学生的作文一样,一回忆一大篇,直到回忆完了,才是"汽笛一声响,打断了我的思路";而是触景生情,因情回忆,随时可能切换到过去,再拉回到眼前。开头"还见"二字即"又见",又回到当年熟悉的环境了,这不仅是叙述,也是感慨。"黯凝伫"是回忆的铺垫语,如果是电影,在画面切换之前,音乐先起。"因念"数语,是回忆初见画面,难忘的是第一面的印象:她还是个未谙世情的单纯女孩,在门首举袖障风,笑语盈盈。然后是画面切回到眼前的冷落场面,但女孩的清脆笑声还在门前回荡着,这是声音的

---

[1] 周济:《宋四家词选目录序论》,收于唐圭璋辑:《词话丛编》,中华书局1986年版,第1646页。

闪回。然后是主人公对故地一景一物的挨次寻访，同时伴随着回忆画面的叠印。"同时歌舞""吟笺赋笔"以及"名园露饮，东城闲步"等等，看似直述，实际皆可看作往昔情景的闪回再现。然后到"事与孤鸿去"，是这番故地重游和回忆的结束语。最后以景结情，画面定格在迷离的春雨和"一帘风絮"。前人论清真词所谓善于铺叙、浑成典丽等等，在这首《瑞龙吟》中都有完美的体现。

三、比兴与寄托

诗讲比兴，词重寄托。比兴是各种韵文形式里都有的，而寄托则是词所特有的。现代词学家中，詹安泰先生《论寄托》一文最为扎实深入。其说曰："自常州诸词老论词专重意格，邑言比兴，力崇词体，上媲风骚，以深美闳约为主，以醇厚沉着为归，阐发'意内言外'之旨，于是，'寄托'之说，霞蔚云蒸，倚声之士，咸极重视。其评论古人之词也，虽一草一木之微，亦莫不求其有无寄托与其寄托之所在；其自为词也，虽身世家国之感，悲愤激烈之怀，亦类思隐约其辞，假诸美人香草贞虫巧鸟等物类以出之；大有非寄托不足以言词之概。"[1]这一段话讲"寄托说"的形成与内涵，非常具有概括性。可以说，词之深美闳约，含蓄蕴藉，与讲求寄托有很大关系。宋词追求婉约之美，可以有多种多样的手法技巧，但寄托则是其中最具文体个性的手段。

寄托之法是唐宋词人在创作中实践的，但寄托说的理论总结却是由清代词家来完成的。南宋刘克庄《跋刘叔安〈感秋〉八词》所谓"借花卉以发骚人墨客之豪，托闺怨以寓放臣逐子之感"[2]，已经接近寄托之说了。清代常州词派的创始人张惠言，以及稍后的著名词论家周济，都是大力提倡寄托说的

---

[1] 詹安泰著，汤擎民整理：《詹安泰词学论稿》，第117页。
[2] 曾枣庄主编：《宋代序跋全编》，第5143页。

词学家。但对于一般读者来说,他们的说法稍嫌费解。近代词学家吴梅《词学通论》中的说法较为平实,他说:"所谓寄托者,盖借物言志,以抒其忠爱绸缪之旨。《三百篇》之比兴,《离骚》之香草美人,皆此意也。"[1]这就比较好理解了。相较而言,词之寄托可以说是在《诗经》比兴传统基础上发展起来的,但和屈原《离骚》香草美人的抒情传统更为接近。另外,寄托与象征亦有不同。象征是用某些具体事物来表现抽象的思想内容,如屈原《橘颂》以橘树象征独立不迁的人格精神,龚自珍《病梅馆记》以病梅讽喻被封建戒律戕害的不健全人格。相比来看,象征往往建立在比喻的基础上,更强调具象与抽象之间的相似性,故象征物往往具有某种特定的符号功能。而寄托不斤斤于求似,物象与托意之间的关系在若即若离之间,生发联想的空间更大,意境也更为空灵蕴藉。

在宋词中,如苏轼咏孤鸿的《卜算子》(缺月挂疏桐),陆游咏梅的《卜算子》(驿外断桥边),辛弃疾《青玉案》(东风夜放花千树)和《摸鱼儿》(更能消几番风雨),王沂孙《齐天乐·蝉》,以及宋元之际遗民们所编定的《乐府补题》等,都是人们公认的有寄托之作。至于像冯延巳《鹊踏枝》(梅落繁枝千万片),晏殊《清平乐》(金风细细)、《踏莎行》(细草愁烟)等词,虽然叶嘉莹先生认为这些词都不是一般意义的伤春伤别,而是寄托了一种很深挚又很高远的人生感慨,但这是见仁见智、很难分说的。或者可以说,但凡意在笔先、有意为之、刻意经营的寄托之词,往往失之浅近;而那些不犯本位、不落言诠、郁伊惝恍、若隐若现的作品,才是深于寄托之词,是张惠言、周济等理论家标榜的理想境界。比较而言,还是冯延巳、晏殊的作品更接近理想的寄托之作。

判断一首词有无寄托,既要以意逆志,又要避免穿凿附会。譬如以下两首词,张惠言等人刻意附会,就招致人们的普遍不满。其一为温庭筠的名作

---

[1] 吴梅:《词学通论》,第3页。

《菩萨蛮》：

> 小山重叠金明灭。鬓云欲度香腮雪。懒起画蛾眉。弄妆梳洗迟。　照花前后镜。花面交相映。新帖绣罗襦。双双金鹧鸪。

这首词写女子的思春情怀，从字面来看并不难解。可是在习惯于言外见意的张惠言看来，就读出了完全不同的内涵。其《词选》卷一评曰："此感士不遇也。篇法仿佛《长门赋》，而用节节逆叙。此章从梦晓后，领起'懒起'二字，含后文情事。'照花'四句，《离骚》'初服'之意。"[1]"感士不遇"是中国古典诗歌的传统主题。也许是因为有才能而不得志的士人太多了，所以从魏晋以至唐代，表达这种感慨的诗确实很多。但是从温庭筠这首写春情的《菩萨蛮》读出"感士不遇"来，恐怕就不是从作品出发了。张惠言的意思是说，词中女子虽美而被遗弃，正是有才而不得志的士人的象征。于是想到《长门赋》和陈皇后的故事。其实这里根本就没写到长夜孤独难眠的情景，说"篇法仿佛《长门赋》"亦可谓"撮摩虚空"。屈原《离骚》里说"退将复修吾初服"，是说政治上不得志，退而加强自身的德性修养。张惠言抛开"双双金鹧鸪"的明显寓意不加理会，硬把后四句所写的梳妆打扮去挂靠《离骚》贞洁自持的"初服之意"，也实在太牵强了。

第二首是欧阳修的《蝶恋花》：

> 庭院深深深几许。杨柳堆烟，帘幕无重数。玉勒雕鞍游冶处。楼高不见章台路。　雨横风狂三月暮。门掩黄昏，无计留春住。泪眼问花花不语。乱红飞过秋千去。

---

[1] 张惠言：《词选（附续词选）》，中华书局 1957 年版，第 12 页。

这首词本来也是写思妇的伤别念远与伤春情绪，进一步挖掘或升华也不过是"美人迟暮"而已，可是张惠言联系当时的政治背景与欧阳修的政治态度，遂使这首情词充满了浓郁的政治内涵。《词选》评曰：

> "庭院深深"，"闺中既以邃远"也；"楼高不见"，"哲王又不寤"也；章台游冶，小人之径；"雨横风狂"，政令暴急也；乱红飞去，斥逐者非一人而已。殆为韩、范作乎？[1]

"闺中既以邃远兮，哲王又不寤"是屈原《离骚》里的句子。张惠言意思是说，"庭院深深"数句的描写，正如屈原忠而被谤，感叹见不到楚怀王。《离骚》后半写男女情事，确实有以男女比君臣的意思，但把这样一首思妇伤春之词，与《离骚》或与当时的政治联系起来，没有多少依据。下片写"乱红飞去"，本来是唐宋词中最常见的落花，张惠言则沿着他的"政治象征"思路"一条路走到底"，把这理解为贤者遭斥逐，并进一步推想欧阳修这首词是为韩琦、范仲淹遭贬逐而作。张惠言说来头头是道，别人看来却是匪夷所思，这也是宋词接受史上的有趣现象。古人谓败墙之上，屋漏成痕，谛视既久，则见高下曲折，皆成山水之象，是即所谓壁痕成画效应。[2]张惠言之解词，殆即此类。

如何才能既不轻忽词人的寄托，又不落于穿凿，周振甫先生《诗词例话·忌穿凿》教给我们一些具体方法：

> 古代有不少传诵的诗词，它的写作年月和写作时的背景都无从查考，因此不能不从诗词本身来考虑。有寄托的，即使着重在描

---

[1] 张惠言：《词选（附续词选）》，第33页。
[2] 钱锺书：《管锥编》，第1002页。

写景物，一般总会从描写中透露出一点消息来的，透露的手法似有下列各种：一，着重写景物，中间插进几句寄托的话，暗示写景是有寓意的。如辛弃疾的《摸鱼儿》"更能消几番风雨"写春末景象，中间插进"蛾眉曾有人妒"，"玉环飞燕皆尘土"，不是写景，透露出全词是有寄托的。二，着重写景物，但从所用的典故里透露出寓意来。如王沂孙《齐天乐·蝉》，全首都是写蝉，其中说："铜仙铅泪似洗，叹移盘去远，难贮零露。"汉武帝在长安造铜人捧露盘来承受露水，蝉是吸风饮露的，所以这个典故也是咏蝉。铜仙即铜人，相传汉亡后，魏明帝把铜人搬到洛阳去，铜人眼中流泪，历来用它作亡国之痛的典故。这是从用典里透露出这词有寄托。三，从语气和感慨里透露。如陆游《卜算子·梅》："无意苦争春，一任群芳妒。零落成泥碾作尘，只有香如故。"这里在咏梅，可是说的话很有感慨，从中看出他是用梅花来自比，是有寄托的。总之，真有寄托的诗，总有一点消息透露出来的。要是全篇都写景物，没有一点寄托的意思透露出来，那就不要去追求寄托，避免牵强附会。[1]

周振甫先生这里讲的是诗词的寄托，实际所举的都是词的例子，这对于我们准确把握词的寄托，是非常有好处的。

宋词中成功的寄托之作，可以大致分为两类。一类是托物言志。如陆游《卜算子》咏梅，王沂孙《齐天乐》咏蝉等皆属此类。这里且来看苏轼《卜算子·黄州定慧院寓居作》：

缺月挂疏桐，漏断人初静。时见幽人独往来，缥缈孤鸿影。　　惊起却回头，有恨无人省。拣尽寒枝不肯栖，寂寞沙洲冷。

---

[1] 周振甫：《诗词例话》，中国青年出版社1962年版，第43—44页。

元丰二年（1079）年底，苏轼经"乌台诗案"后贬为黄州团练副使，元丰三年正月初一离京师赴黄州，二月初至，曾寓居于黄冈东南安国寺内僧舍，曰定惠院。这首词中的"幽人"，当然是苏轼自指。大约同时期所作《定惠院寓居月夜偶出》诗云："幽人无事不出门，偶逐东风转良夜。"可与此互证。而那个缥缈来去、自甘寂寞的孤鸿形象，显然也是苏轼的自我比况。苏轼诗中多次写到孤鸿。如《次韵程正辅游碧落洞》："孤鸿方避弋，老骥犹在坰。"又《次韵仲殊雪中游西湖》："共为竹林会，身与孤鸿轻。"想来孤鸿应是他比较喜欢的意象。张惠言《词选》选了这首词，以之与《诗经·卫风·考槃》相比；力主寄托的谭献说："此亦鄙人所谓'作者未必然，读者何必不然'。"[1] 这表明张惠言和谭献都把这首词看作有寄托的成功之作。也正因为词中写孤鸿，曰"有恨"，曰"寂寞"，显然别有寄托，遂引得宋代以来论者争相索解。宋代鲖阳居士《复雅歌词》曰："'缺月'，刺明微也。'漏断'，暗时也。'幽人'，不得志也。'独往来'，无助也。'惊鸿'，贤人不安也……"[2] 如此字字坐实，节节比附，就把一首好词肢解得碎落一地。所以王士禛讥其"村夫子强作解事，令人欲呕"[3]。黄苏《蓼园词选》说："此词乃东坡自写在黄州之寂寞耳。初从人说起，言如孤鸿之冷落。第二阕，专就鸿说，语语双关。格奇而语隽，斯为超诣神品。"[4] 此所谓"格奇"，应该是指这首词的寄托手法，其词之超诣虚玄，耐人品味，当然也是与其寄托手法分不开的。

宋词中另一类寄托之作，是在传统艳词基础上寄托词人的理想与追求。这类词从文字表面看是相思怀人，实际和屈原《离骚》中的求女情节相似，是借着对一位虚无缥缈的美女的追求，来表达内心无涯的企羡。此种托意与构思，一是因为前此诗史上早已形成借秋水伊人表现企慕心态的传统，二是

---

[1] 谭献：《复堂词话》，收于唐圭璋辑：《词话丛编》，第3993页。
[2] 鲖阳居士：《复雅歌词》，收于唐圭璋辑：《词话丛编》，中华书局1986年版，第60页。
[3] 王士禛：《花草蒙拾》，收于唐圭璋辑：《词话丛编》，第678页。
[4] 黄苏：《蓼园词评》，收于唐圭璋辑：《词话丛编》，中华书局1986年版，第3032页。

因为词体本身长于表现男女之情的艺术个性。当然，这也和男性词人的深层意识有关；假如词人多是女性，她们也许会把自己的企羡寄托在一个白马王子或江湖侠士身上。

借思美人以表达企慕主题的代表作，当推贺铸的名篇《青玉案》：

> 凌波不过横塘路。但目送、芳尘去。锦瑟华年谁与度。月桥花院，琐窗朱户。只有春知处。　　飞云冉冉蘅皋暮。彩笔新题断肠句。试问闲情都几许。一川烟草，满城风絮。梅子黄时雨。

贺铸这首词写得郁伊惝恍，寄兴深微。词中唯一可供索解的是"横塘"，这是苏州南边的一个小地名。据说贺铸晚年曾居吴中，所以有人说这是他晚年在苏州时所作。词中更值得关注的是，其中的"凌波""芳尘""飞云""蘅皋"等等意象或语汇，均出自于曹植的《洛神赋》，因为不是偶然一见，而是连续出现，这应该理解为贺铸不仅不讳其所自来，而且有意点醒读者，该词与《洛神赋》有着相通相似的创作旨趣。而曹植作《洛神赋》，正与屈原《离骚》中的求女情节一样，是在身心疲惫濒临崩溃之时，借男女遇合，表达渴望理解慰藉的内心衷曲。贺铸作为孝惠皇后族孙，虽然号称皇亲国戚，仕途并不得意。黄苏《蓼园词选》评曰："方回以孝惠皇后族孙，元祐中，通判泗州，又倅太平州，退居吴下，是此词作于退休之后也。自有一番不得意，难以显言处。言斯所居横塘，断无宓妃到。然波光清幽，亦常目送芳尘，第孤寂自守，无与为欢，唯有春风相慰藉而已。次阕言幽居肠断，不尽穷愁。唯见烟草风絮，梅雨如雾，共此旦晚耳。"[1]可知词中表现的并不是一般意义的伤别求偶之思，词中倏忽来去的凌波女神和《诗经·蒹葭》或《洛神赋》中那望之匪遥、即之愈远的美女形象一样，意在寄托内心无涯的企羡与怅惘之情。

---

[1] 黄苏：《蓼园词评》，收于唐圭璋辑：《词话丛编》，第3057页。

辛弃疾的《青玉案》，也是别有寄托之作：

> 东风夜放花千树。更吹落、星如雨。宝马雕车香满路。凤箫声动，玉壶光转，一夜鱼龙舞。　蛾儿雪柳黄金缕。笑语盈盈暗香去。众里寻他千百度。蓦然回首，那人却在，灯火阑珊处。

一般来说，提到辛稼轩，我们首先会想到他的《水龙吟》(楚天千里清秋)、《贺新郎》(把酒长亭说)、《破阵子》(醉里挑灯看剑) 那样一些大声鞺鞳的雄豪旷放之作，忽然在氤氲暗香中听得"笑语盈盈"，看到炫人眼目的"蛾儿雪柳黄金缕"，会多少有点不适应。当然，也正因为这是《稼轩长短句》而不是柳永《乐章集》中的作品，我们知道它不是追欢买笑的艳词，而应是别有寄托；这里千百度追寻的美人，不是贪图虚荣的浮花浪蕊、冶叶倡条，而是避喧就寂的空谷佳人。所以我们认为，稼轩抱英雄之志，厄于时运，势不得展，乃不得已摧刚为柔，变温婉成悲凉，以此孤芳自赏的美人作为与己同气类者，这与其说是在追求美人，不如说是内心的自慰自怜。

四、至情与痴语

清初词家张纲孙（字祖望）有《掞天词序》，其中云："词虽小道，第一要辨雅俗，结构天成。而中有艳语、隽语、奇语、豪语、苦语、痴语、没要紧语，如巧匠运斤，毫无痕迹，方为妙手。"[1]这里艳语、隽语之类皆好理解，而痴语、没要紧语尤为词中特色所在。如今我们且来说说词中痴语。

大抵人到至情之处，会因情生痴，会说傻话。傻话有可爱有不可爱，宋词中的痴语就是因至情生出来的可爱的傻话。过去有人管这种言语叫"无理而妙"。贺裳《载酒园诗话》卷一云："诗又有以无理而妙者，如李益'早知

---

[1] 转引自王又华：《古今词论》，收于唐圭璋辑：《词话丛编》，第605页。

潮有信，嫁与弄潮儿'，此可以理求乎？然自是妙语。"[1]同样的意思，又见于贺裳的词话《皱水轩词筌》，其中云："唐李益词曰：'嫁得瞿塘贾，朝朝误妾期。早知潮有信，嫁与弄潮儿。'子野《一丛花》末句云：'沉恨细思，不如桃杏，犹解嫁春风。'此皆无理而妙。"[2]这两处所说的"无理而妙"，大有意趣。沈祖棻先生说："所谓'无理'，乃是指违反一般的生活情况以及思维逻辑而言；所谓'妙'，则是指其通过这种似乎无理的描写，反而更深刻地表现了人的感情。"[3]这就是说，因为无理，所以为痴语；因为妙，所以比有理而妙者更别致也更耐品味。贺裳的朋友吴乔《围炉诗话》卷一云："余友贺黄公曰：'严沧浪谓"诗有别趣，非关理也"，而理实未尝碍诗之妙。如元次山《舂陵行》、孟东野《游子吟》等，直是《六经》鼓吹，理岂可废乎？其无理而妙者，如'早知潮有信，嫁与弄潮儿'，但是于理多一曲折耳。'"[4]吴乔这里引述贺裳（黄公）语，把诗词中"无理而妙"解为"于理多一曲折"，大是解人。因为词长于表现深渺幽微之情，此等"无理而妙"之"痴语"，词中远比诗多。

唐宋词中的痴语，大都发生在人与物之间，而不是人与人之间。人在怨极恨极之时，既无可排遣，又无人共语，百无聊赖，因情生痴；于是因情体物，视物如人，不加拣择，即便倾诉。如欧阳修《蝶恋花》，因所思之人久出不归，痴情怀想，下片"双燕来时，陌上相逢否？"意谓伊人不可见，却问那无知的燕子曾见到否，是百无聊赖时的痴语。俞陛云《唐五代两宋词选释》云，此词下片"言己之情思，孤客凭阑，无由通讯，陌上归来燕子，或曾见芳踪。永叔《洛阳春》词'看花拭泪向归鸿，问来处逢郎否'，

---

[1] 贺裳：《载酒园诗话》，收于郭绍虞编选，富寿荪校点：《清诗话续编》，上海古籍出版社1983年版，第209页。
[2] 贺裳：《皱水轩词筌》，收于唐圭璋辑：《词话丛编》，中华书局1986年版，第695页。
[3] 沈祖棻：《宋词赏析》，上海古籍出版社1980年版，第12页。
[4] 吴乔：《围炉诗话》，收于郭绍虞编选，富寿荪校点：《清诗话续编》，上海古籍出版社1983年版，第477—478页。

与此词皆无聊之托思"[1]。所谓"无聊之托思"，正可解释痴语之所由生。欧阳修这样写，并非偶同，而是受正中词影响的结果。欧阳修另一首《蝶恋花》"泪眼问花花不语，乱红飞过秋千去"，承上片"玉勒雕鞍游冶处，楼高不见章台路"，不知薄情郎飘荡何处，乃问飞花，亦是同样的手法。而袁去华《安公子》："问燕子来时，绿水桥边路，曾画楼、见个人人否？"以及元好问《清平乐》："飞去飞来双语燕，消息知郎近远。"更是对欧阳修词的模拟变化。

另一种情形是想象物理与人情相通。有的词人以物为有情，引为知己。如李清照《凤凰台上忆吹箫》写离怀别苦，孤独感伤："唯有楼前流水，应念我，终日凝眸。"张纲孙《掞天词序》讲词中痴语时，曾举此为例。盖门前流水终日自流，与女主人公的愁苦两无瓜葛，此则以情体物，加"应念我"三字，仿佛流水有情，故朝朝与我相伴，慰我岑寂。是多情词人以我观物，以人情揣度物理，故有此奇情妙语。以违背常情而言是为痴语，以反常合道而言则为妙语。其他如晏几道《蝶恋花》："红烛自怜无好计，夜寒空替人垂泪。"李清照《声声慢》："雁过也，正伤心，却是旧时相识。"黄孝迈《湘春夜月》："欲共柳花低诉，怕柳花轻薄，不解伤春。"皆有异曲同工之妙。

另一种痴语与上述相反，是当人怨望之极，百无聊赖而迁怒于物。如晏殊《蝶恋花》："明月不谙离恨苦。斜光到晓穿朱户。"明月本无情，却责其"不谙离恨苦"，是亦痴语。南朝乐府之《子夜歌》："夜长不得眠，明月何灼灼。想闻欢唤声，虚应空中诺。"已有此意，但浑融未露耳。辛弃疾《祝英台近》："是他春带愁来，春归何处，却不解、带将愁去。"黄公度《青玉案》："邻鸡不管离怀苦，又还是、催人去。"与此理致相通。

为了便于具体感受，这里选数首词来做具体分析。先来看张先《一丛

---

[1] 俞陛云：《唐五代两宋词选释》，第165页。

花令》：

> 伤高怀远几时穷。无物似情浓。离愁正引千丝乱，更东陌、飞絮蒙蒙。嘶骑渐遥，征尘不断，何处认郎踪。　　双鸳池沼水溶溶。南北小桡通。梯横画阁黄昏后，又还是、斜月帘栊。沉恨细思，不如桃杏，犹解嫁东风。

在这首词的背后，据说隐含着一段艳情故事。宋杨湜《古今词话》记曰："张先字子野，尝与一尼私约。其老尼性严，每卧于池岛中一小阁上，俟夜深人静，其尼潜下梯，俾子野登阁相遇。临别，子野不胜拳拳，作《一丛花》词以道其怀。"[1]杨湜所撰《古今词话》原本久佚，只散见于各书称引。这一段见于宋皇都风月主人所作小说集《绿窗新话》卷上，更似小说家言，不足凭信。试想一个偷期幽会而侥幸成功的人，一面惴惴不安地提防老尼的监视窥探，一面却还能在逃跑之前从容地写这样一首艳词送给他的情人，显然是不可信的。更何况词为代言之体，如"何处认郎踪""犹解嫁东风"之类，纯为女性口吻，即便附会亦难以自圆其说。当然，杨湜之所以不去附会其他词人词作，而偏偏选择了这首词，应与词中的戏剧性描写有关。一般看来，这首词的风格意象，与同时的晏殊、欧阳修的词没有什么不同。然而过片数句，"双鸳池沼水溶溶。南北小桡通。梯横画阁黄昏后，又还是、斜月帘栊"，写得那么真切，那么具体，完全是一种戏剧化或故事化的描写。它使我们想到南朝乐府民歌《莫愁乐》中的"艇子打两桨，催送莫愁来"；想到白居易《井底引银瓶》中的"妾弄青梅凭短墙，君骑白马傍垂杨；墙头马上遥相顾，一见知君即断肠"；想到《西厢记》中的"待月西厢下，迎风户半开。隔墙花影动，疑是玉人来"……总之，这几句描写虽然着墨无多，却具有某种可

---

[1]杨湜：《古今词话》，收于唐圭璋辑：《词话丛编》，中华书局1986年版，第24页。

生发、可延伸的暗示性,让人感到"此中有戏",觉得这背后应该有一个呼之欲出的艳遇故事。也许张先年轻时确有这样的幽会阅历,这种阅历和杨湜所编的比丘尼故事也许全不相干,但小艇划水、梯横画阁的情境,并不是随便哪个词人都能想得出来的。

实际这首词不是写男性词人之艳遇故事,而是以女性视角抒写伤高怀远的闺怨。在这里我们关注的也不是这首词的"本事",而是词中最负盛名的末尾三句。欧阳修称张先为"桃杏嫁东风郎中",贺裳《皱水轩词筌》称之为"无理而妙",都和这三句相关。这种写法也许受到唐人诗的影响。如李益《江南曲》:"早知潮有信,嫁与弄潮儿。"李贺《南园》:"可怜日暮嫣香落,嫁与春风不用媒。"都是此种奇思妙想的先声。然而因为词的艳情本色,以及长短句错落的声情韵味,这三句尤其显得风致嫣然,楚楚可人。沈祖棻先生《宋词赏析》说这三句是"写愁恨之余所产生的一种奇特的想法"[1]。奇就奇在超乎正常的人情与物理。女主人公凝神细想,觉得自己还不如桃花杏花,在明媚鲜妍的时候随东风飘去,也算是一种好的归宿;而自己却是空负韶华,悄然老去。事实上桃杏随风飘落,只是一种自然现象,东风并非无情,桃杏亦是不由自主。但这里加上"犹解"二字,就好像不仅桃杏如人有情有意,连花落随风也成为一种出于个人意志的主动选择了。和李贺的"可怜日暮嫣香落,嫁与春风不用媒"相比,李贺只是一层痴想,把花落拟为出嫁;张先词的女主人公则羡桃杏之早嫁,怨自身之无托。吴乔所谓"于理多一曲折",这岂止是多一曲折,乃是更作非非之想,痴上加痴,错上加错,奇中生奇。女主人公的怨极恨极之情,也就被淋漓尽致地表现出来了。

再来看秦观《踏莎行》:

雾失楼台,月迷津渡。桃源望断无寻处。可堪孤馆闭春寒,杜

---

[1] 沈祖棻:《宋词赏析》,第10页。

鹃声里斜阳暮。　　驿寄梅花，鱼传尺素。砌成此恨无重数。郴江幸自绕郴山，为谁流下潇湘去。

据杨仲良《皇宋资治通鉴纪事本末》卷一〇二"逐元祐党人"条，绍圣四年（1097）二月庚辰，"郴州编管秦观，移送横州编管"。可知此词作于宋哲宗绍圣四年，秦观被贬到更远的广西横州去，这首词当写在将离郴州时。开头三句，下字造语别具深意。曰"失"曰"迷"，曰"无寻处"，总见得前途渺茫，不堪闻问。接下来二句用秦观一向擅长的"缘情布景"之法，把催人感伤的事物并置于一处。唐圭璋先生《唐宋词简释》评曰："所处者'孤馆'，所感者'春寒'，所闻者'鹃声'，所见者'斜阳'，有一于此，已令人生愁，况并集一时乎，不言愁而愁自难堪矣。"[1]过片三句，驿寄梅花，本见友情，鱼传尺素，亦为慰问，无奈满怀郁愤，无从说起，故嫌其多事。最精彩的当然还是最后二句。惠洪《冷斋夜话》记载："少游到郴州，作长短句云……东坡绝爱其尾两句，自书于扇曰：'少游已矣，虽万人何赎！'"[2]王士禛《花草蒙拾》亦称此二句为"千古绝唱"[3]。那么这二句究竟好在什么地方呢？

我们认为，这二句好就好在它是超乎常情常理的痴语，好在贺裳所谓"无理而妙"，好在吴乔所谓"于理多一曲折"。陈匪石《宋词举》说："夫'郴江'之入'潇湘'，以水言之是为就下，以迁客言之仍是归途。而曰'为谁'，似不解其何以流，又似以为可以不流者。"[4]数语深契词心。按常理来说，郴江绕郴山，乃天造地设，亘古如此，无所谓"幸自"；郴江离郴山而下潇湘，亦是由高就下，自然而然，无所谓"为谁"。本是造化自然，无理可讲，而

---

[1]唐圭璋：《唐宋词简释》，第106页。
[2]惠洪、朱牟、吴沆撰，陈新点校：《冷斋夜话·风月堂诗话·环溪诗话》，中华书局1988年版，第91页。
[3]王士禛：《花草蒙拾》，收于唐圭璋辑：《词话丛编》，第679页。
[4]陈匪石：《宋词举辑论》，收于葛渭君编：《词话丛编补编》，第3651页。

秦观当极端郁闷之时，无可告语，无可援盼，乃就眼前所见，稍堪比况，即以己度物，以己之苦痛"代入"彼物，于是这无理之痴语乃冲口而出：郴江环绕郴山，青山绿水两相依傍，岂不安好？奈何独自东流，落得两下孤独神伤？若是在和平安恬光景，思致周全，从容推敲，纵是秦观高才，断断说不出此等痴语。所以这样的"千古绝唱"，乃是情与景天然凑泊的结果，实在是可遇而不可求的。

再来看吴文英《风入松》：

> 听风听雨过清明。愁草瘗花铭。楼前绿暗分携路，一丝柳、一寸柔情。料峭春寒中酒，交加晓梦啼莺。　　西园日日扫林亭。依旧赏新晴。黄蜂频扑秋千索，有当时、纤手香凝。惆怅双鸳不到，幽阶一夜苔生。

这首词也是《梦窗词》中的名篇，但它和《宴清都》（绣幄鸳鸯柱）、《过秦楼》（藻国凄迷）、《声声慢》（檀栾金碧）等沉博绝丽、雕缋满眼的词风不同。其深情远韵、清空自然，更接近北宋词风。上片看上去是伤春惜花，实际主旨是怀人。陈洵《海绡说词》说这首词的主题是"思去妾"[1]，应为不远。过片提到的"西园"在《梦窗词》中曾多次出现，如《风入松》咏桂："暮烟疏雨西园路，误秋娘、浅约宫黄。"《莺啼序》咏荷："残蝉度曲，唱彻西园，也感红怨翠。"《点绛唇》："时霎清明，载花不过西园路。"又另一首《风入松》："暮烟疏雨西园路，误秋娘、浅约宫黄。"《浪淘沙》："往事一潸然。莫过西园。"这是词人和他的恋人共同生活过的地方，不同于其他词中西楼、西池等泛设地名。过片"西园日日扫林亭。依旧赏新晴"，"依旧"二字是点醒之笔。正如晏殊《浣溪沙》："一曲新词酒一杯，去年天气旧亭台。"其

---

[1] 陈洵：《海绡说词》，收于唐圭璋辑：《词话丛编》，中华书局1986年版，第4845页。

"新""旧"二字也是在暗示不变中有变，风景不殊，而伊人已不可复见。

正是在这种痴情怀想的氛围中，最精彩的痴语出现了。"黄蜂频扑秋千索，有当时、纤手香凝。"这两句是那么的别出心裁，尽管整首词都写得很好，这里还是让人眼前一亮，所以历来词选词评，总是赞不容口。谭献《谭评词辨》卷一评曰："此是梦窗极经意词，有五季遗响；'黄蜂频扑秋千索，有当时、纤手香凝'二句，西子衮裾拂过来，是痴语，是深语。"[1]按，唐无名氏《姑苏台》诗云："无端春色上苏台，郁郁芊芊草不开。无风自偃君知否，西子裙裾拂过来。"后二句是说，你看那郁郁芊芊的春草无风自偃，那是因为西子的裙裾曾经拂过啊。其实眼前并无西子，是见春草俯仰而想象西子裙裾飘摇的幻觉。这当然也是一种痴语。梦窗是否从此处夺胎固未可知，而神理意味确有相通处。秋千是词中写贵族女子常见的道具，吴文英《浪淘沙》下片："往事一潸然。莫过西园。凌波香断绿苔钱。燕子不知春事改，时立秋千。"与此《风入松》情境相似，也许西园中确有秋千。陈洵《海绡说词》评曰："见秋千而思纤手，因蜂扑而念香凝，纯是痴望神理。"[2]盖从常理而言，美人已逝，秋千上纵有余香，亦早被雨打风吹去，故梦窗因黄蜂而思余香，乃极度夸张，亦有悖常理。俞陛云《唐五代两宋词选释》称："'黄蜂'二句于无情处见多情，幽想妙辞，与'霜饱花腴''秋与云平'皆稿中有数名句。"[3]幽想即所谓非非想也。陈匪石《宋词举》曰："此时痴心痴想，见'秋千'而思'纤手'，见'黄蜂频扑'而疑余香尚凝，无理之理，意倍深厚。"[4]吴文英另一首《声声慢》词中写道："腻粉阑干，犹闻凭袖香留。"和这里"黄蜂"二句构思相通，但"犹闻"是人闻，虽然是多情追惜，总不如此处黄蜂寻香更见风致。

---

[1] 谭献撰，谭新红辑录：《重辑复堂词话》，收于葛渭君编：《词话丛编补编》，中华书局2013年版，第1199页。
[2] 陈洵：《海绡说词》，收于唐圭璋编：《词话丛编》，第4845页。
[3] 俞陛云：《唐五代两宋词选释》，第480页。
[4] 陈匪石：《宋词举辑论》，收于葛渭君编：《词话丛编补编》，第3600页。

第三节　婉约修辞

关于词之修辞的专题研究，以詹安泰先生用力最多。《詹安泰词学论稿》中《论修辞》一章，把词的修辞现象分为配置辞位、表现声态、增扩意境、变化本质四大部类，然后再细分为种种辞格，各举例句以实之。这一章长约五万字，其搜罗宏富，体大思精，实同专著，一般人看起来可能略显艰深。在这里，我们只想略谈词与诗、文不同的修辞特点。

王世贞《艺苑卮言》云：" 《花间》以小语致巧，《世说》靡也；《草堂》以丽字取妍，六朝隃也。"[1]这两句为互文，就是说，《花间集》以小语致巧，是受《世说新语》的影响；《草堂诗余》以丽字取妍，是受六朝文学的影响。我们认为，这不仅是《花间集》《草堂诗余》选词用字的特色，也是词的修辞特点。另外还有词之语体风格的"软化"现象，也值得关注。合起来说，小语致巧，丽语取妍，软语增媚，可以说是词的基本修辞策略。

一、小语致巧

词的婉约风格的形成，是由词的题材意境所决定的。先著《词洁》云："词之初起，事不出于闺帷、时序。"[2]早期词之主人公多为女性，而且多为年轻女性。或为情窦初开的少女，或为伤别念远的少妇。所以早期词集名"花间"，名"香奁"，名"金荃"，名"兰畹"，花花草草，剪红刻翠，皆与女子性情相关。而词中境界，亦多为闺阁庭院、红楼碧瓦、小阁回廊、香奁妆台，小巧精致，且弥漫着脂粉气息。进一步则描写情思意绪，亦以纤细轻柔、婉约优美为本色当行。在这种女性化风格的导引启示之下，词的语汇意象就明显呈现出女性化的特点。但丁《论俗语》有云："有些字是孩子气的，

---

[1]王世贞：《艺苑卮言》，收于唐圭璋辑：《词话丛编》，第385页。
[2]先著、程洪撰，胡念贻辑：《词洁辑评》，收于唐圭璋辑：《词话丛编》，第1347页。

有些字是女子气的，有些字是男子气的。"[1]这里所谓小语，就体现了女性化的修辞取向。

"小"是构成优美感的要素之一。巨大与崇高相关，而粗大则往往为粗鲁蠢拙之象。以《花间集》为例，日本汉学家青山宏《唐宋词研究》曾做过详细统计，在《花间集》所使用的高频字中，"小"字凡九十次，"轻"字八十四次，"微"字三十九次，"细"字三十八次。这些统计当然会有一些毛病。比如，在九十个"小"字中，也包括"苏小小""小娘""小姑"等在内，而这些并不是与其他"小"字同类的形容词。然而即使去掉这些因素，在五百首词中出现这么多的"轻""微""细""小"的字眼，仍然显示了词体风格追求小巧轻约的女性化倾向。以《全宋词》为范围检索，可以发现两宋词依然沿袭了这一特点。

如"小楼"。欧阳修《定风波》："过尽韶华不可添，小楼红日下层檐。"杜安世《少年游》："小楼归燕又黄昏。寂寞锁高门。"苏轼《减字木兰花》："莫惹闲愁。且折江梅上小楼。"秦观《蝶恋花》："最是人间佳景致，小楼可惜人孤倚。"周紫芝《定风波令》："暝鸦啼处，人在小楼边。"张元幹《满江红》："想小楼、终日望归舟，人如削。"

"小窗"。贺铸《临江仙》："斜阳如有意，偏傍小窗明。"谢邁《虞美人》："九秋风露又方阑。何日小窗相对、话悲欢。"蔡伸《浣溪沙》："玉露初零秋夜永，幽香直入小窗纱。"张元幹《虞美人》："数竿修竹自横斜，犹有小窗朱户似侬家。"王嵎《夜行船》："午梦醒来，小窗人静，春在卖花声里。"赵长卿《夏云峰》："朱户小窗，坐来低按秦筝。"石孝友《西江月》："斜阳还傍小窗明，门掩黄昏人静。"刘翰《清平乐》："惊起半屏幽梦，小窗淡月啼鸦。"

"小院"。欧阳修《蝶恋花》："小院深深门掩亚，寂寞珠帘，画阁重重

---

[1] 转引自朱光潜：《西方美学史》，商务印书馆2017年版，第154页。

下。"魏夫人《武陵春》："小院无人帘半卷，独自倚阑时。"黄庭坚《两同心》："最难忘，小院回廊，月影花阴。"晁端礼《点绛唇》："凤箫声远。小院杨花满。"李清照《浣溪沙》："小院闲窗春色深，重帘未卷影沉沉。倚楼无语理瑶琴。"向子諲《减字木兰花》："小院回廊。梦去相寻未觉长。"

"小桥"。贺铸《清平乐》："新市小桥西畔，有人长倚妆楼。"谢逸《踏莎行》："碧溪影里小桥横，青帘市上孤烟起。"晁冲之《玉蝴蝶》："寂寞经春，小桥依旧燕飞忙。"蔡伸《一剪梅》："柳下朱门傍小桥。几度红窗，误认鸣镳。"李从周《清平乐》："叮咛记取儿家。碧云隐映红霞。直下小桥流水，门前一树桃花。"陈允平《点绛唇》："空凝伫。小桥樊素。金屋春深处。"

"小园"。孔平仲《千秋岁》："新睡起，小园戏蝶飞成对。"僧祖可《小重山》："桃李小园空。阿谁犹笑语，拾残红。"贺铸《菩萨蛮》："曲门南与鸣珂接。小园绿径飞胡蝶。"蔡伸《苏武慢》："忆旧游，邃馆朱扉，小园香径，尚想桃花人面。"赵彦端《好事近》："寻得一枝春，惊动小园花月。"王灼《虞美人》："小园桃李却依依。犹自留花不发、待郎归。"程垓《雨中花令》："小园闭门春悄悄。禁不得、瘦腰如袅。"吴潜《满庭芳》："小园人静，独自倚秋千。"

"小阁"。晏殊《浣溪沙》："小阁重帘有燕过，晚花红片落庭莎。"舒亶《虞美人》："重帘小阁香云暖，黛拂梳妆浅。"田为《念奴娇》："小阁深沉围坐促，初拥红炉宜窄。"晁补之《少年游》："如今间阻，银蟾又满，小阁下珠帘。"李清照《满庭芳》："小阁藏春，闲窗锁昼，画堂无限深幽。"李弥逊《浪淘沙》："小阁画堂东，绮绣相重。"杨无咎《柳梢青》："小阁深沉，酒醺香暖，容易眠熟。"

以上所列，只能算是举例，而不是全部。据《全宋词》数据库检索，可得"小楼"一百六十七例，"小窗"一百五十三例，"小院"一百一十例，"小桥"一百零四例，"小园"八十二例，"小阁"五十九例。其他还有"小舟""小阑""小轩""小槛"以及"小桃""小荷"等等，林林总总，无不竞小竞巧，各呈姿媚。其他还有更具女性意味的"小眉""小眉弯"。韩玉《一剪梅》："镜里新妆镜外情。小眉幽恨,浅绿低横。"陈克《南歌子》："蠢蠢吴蚕卧,娉娉楚女闲。红阴角子共尝酸。肠断个侬憨态小眉弯。"以及更有性感意味的"小腰"或"小腰身"。欧阳修(一作张泌)《江城子》："窄罗衫子薄罗裙,小腰身,晚妆新。"晁补之《满江红》："鸾钗重,青丝滑。罗带缓,小腰怯。"周邦彦《扫地花》："听鸣禽按曲,小腰欲舞。"向子諲《好事近》："折旋多态小腰身,分明是回雪。"史浩《临江仙》："背屏斜映小腰身。"赵长卿《昭君怨》："杨柳小腰肢,画楼西。"史达祖《燕归梁》："黄花心事一帘尘。但频忆、小腰身。"以上各例中,虽然不排除其中"小楼""小阁""小窗""小桥"等等或有一定程度上的写实意义,但从总体感觉来讲,词人更主要的还是在追求小巧、优美、可人的审美效果。至于"小眉弯""小腰肢"之类,则不只是审美追求,更带有一定的情色意味了。

二、丽语取妍

所谓"丽语",是在王世贞"丽字取妍"基础上的引申,具体包含两层意思,一层是人们通常说的好言语,尤其是那些风华靡丽之句。另一层是王世贞所谓"丽字",指词在景物描写方面力求美化的修辞特点。

明清人所说的丽语,往往和六朝文学的风华情致相关。如杨慎《词品》卷一云:"大率六朝人诗,风华情致,若作长短句,即是词也。"[1]王世贞《艺苑卮言》亦云:"盖六朝诸君臣,颂酒赓色,务裁艳语,默启词端,实为滥觞之始。"[2]沈雄《古今词话》所谓:"六朝风华靡丽之语,后来词家之所本也。"[3]向下一直到晚近俞陛云《唐五代两宋词选释》,评皇甫松《梦江南》二首,曰:"江头暮雨,画船闻桃叶清歌;楼上清寒,笙管撚刘妃玉指。语

---

[1] 杨慎:《词品》,收于唐圭璋辑:《词话丛编》,中华书局1986年版,第425页。
[2] 王世贞:《艺苑卮言》,收于唐圭璋辑:《词话丛编》,第385页。
[3] 沈雄:《古今词话》,收于唐圭璋辑:《词话丛编》,第744页。

语带六朝烟水气也。"[1]其融情造语，都显示了追步六朝风华的论词祈向。

"丽语"可以精工，但不是矫揉造作，更不是王世贞所说的尖巧费力之"险丽"，而应该自然天成，也就是前人常说的"天生好言语"。如秦观《满庭芳》词末尾"斜阳外，寒鸦万点，流水绕孤村"。晁补之就赞为"虽不识字人，亦知是天生好言语"[2]。又如晏几道《临江仙》："落花人独立，微雨燕双飞。"陈廷焯《词则·大雅集》亦称"'落花'十字，自是天生好言语"[3]。舒亶《虞美人》："背飞双燕贴云寒，独向小楼东畔倚阑看。"丁绍仪《听秋声馆词话》评曰："纵不识字人，亦知是天生好语。"[4]这里所说的"天生好言语"，是强调其自然而然、极炼如不炼的特点；而所谓"不识字人"，则是强调词的歌词性质，是让人听的而不是读的。像吴梦窗《声声慢》："檀栾金碧，婀娜蓬莱。"识字人读且不懂，不识字人就更不知所云了。

王世贞所谓"丽字取妍"，更多的是指词在描写风景、器物时的美化与雅化追求。欧阳炯《花间集叙》所谓"文抽丽锦""镂玉雕琼"[5]，王士禛《花草蒙拾》称《花间》词"蹙金结绣"[6]，况周颐《历代词人考略》称韦庄词"熏香掬艳，眩目醉心"[7]，都是指这种修辞特点。宋词的唯美倾向，最集中地体现在器物描写中。词中言及器物，往往力求精美，应该说也是女性化特征的延伸。注重修辞的缪钺先生在其《论词》一文中写道，词中所用语汇、字面："一句一字，均极幽细精美之能事。""是以言天象，则'微雨''断云'，'疏星''淡月'；言地理，则'远峰''曲岸'，'烟渚''渔汀'；言鸟兽，则'海燕''流莺'，'凉蝉''新雁'；言草木，则'残红''飞絮'，'芳草''垂杨'；

---

[1] 俞陛云：《唐五代两宋词选释》，第22页。
[2] 吴曾：《能改斋词话》，收于唐圭璋辑：《词话丛编》，第125页。
[3] 陈廷焯：《词则辑评》，收于葛渭君编：《词话丛编补编》，第2148页。
[4] 丁绍仪：《听秋声馆词话》，收于唐圭璋辑：《词话丛编》，中华书局1986年版，第2597页。
[5] 欧阳炯：《花间集叙》，收于施蛰存主编：《词籍序跋萃编》，第631页。
[6] 王士禛：《花草蒙拾》，收于唐圭璋辑：《词话丛编》，第675页。
[7] 况周颐：《历代词人考略》，收于葛渭君编：《词话丛编补编》，中华书局2013年版，第3935页。

言居室，则'藻井''画堂'，'绮疏''雕槛'；言器物，则'银缸''金鸭'，'凤屏''玉钟'；言衣饰，则'彩袖''罗衣'，'瑶簪''翠钿'；言情绪，则'闲愁''芳思'，'俊赏''幽怀'。即形况之辞，亦取精美细巧者。"缪钺先生认为："此种铸辞炼句之法，非但在文中不宜，即在诗中多用之，犹嫌纤巧，而在词中则为出色当行，体各有所宜也。"[1]这方面固然不可能穷尽罗列，然即此已可见出词在选字铸词方面的鲜明特色了。在这里，我们试以生活中常见的船只、灯烛、屏风等物事为例，看看它们在宋词中有怎样的华丽转身。

先来说船。在宋词中，船从来不叫船，比较多的是叫"兰舟"，《全宋词》中出现一百零一例。如柳永《采莲令》："一叶兰舟，便恁急桨凌波去。"晏几道《清平乐》："留人不住，醉解兰舟去。"贺铸《绿头鸭》："任兰舟、载将离恨，转南浦、背西曛。"周紫芝《踏莎行》："一溪烟柳万丝垂，无因系得兰舟住。"李清照《一剪梅》："轻解罗裳，独上兰舟。"朱敦儒《念奴娇》："旋整兰舟，多携芳酝，笑里轻帆举。"吴文英《风入松》："兰舟高荡涨波凉，愁被矮桥妨。"严仁《诉衷情》："一声水调解兰舟。人间无此愁。"

当然有时候不叫"兰舟"，叫"兰桡"。"桡"的本意是船桨，"兰桡"即用木兰做的桨，但在诗词中往往是指船。如柳永《少年游》："一曲阳关，断肠声尽，独自凭兰桡。"秦观《临江仙》："千里潇湘挼蓝浦，兰桡昔日曾经。"贺铸《晚云高》："二十四桥明月夜，弭兰桡。"晁端礼《河满子》："唯有无情东去水，来时曾傍兰桡。"韩淲《浣溪沙》："忆把兰桡系柳堤，斜风细雨一蓑衣。"姜夔《杏花天影》："又将愁眼与春风，待去。倚兰桡，更少驻。"吴文英《惜黄花慢》："沈郎旧日，曾系兰桡。"

还有的时候叫"画舸"或"画船"。叫"画舸"，如晁补之《忆少年》："无穷官柳，无情画舸，无根行客。"周邦彦《尉迟杯》："无情画舸、都不管，烟波隔南浦。"叫"画船"，如吴文英《莺啼序》："画船载、清明过却，晴烟

---

[1] 缪钺：《诗词散论》，第56—57页。

冉冉吴宫树。"周密《曲游春》："看画船、尽入西泠，闲却半湖春色。"

再来看灯烛。最常见的表述是"银烛"，《全宋词》中出现一百三十七例。如柳永《两同心》："锦帐里、低语偏浓，银烛下、细看俱好。"欧阳修《玉楼春》："也知自为伤春瘦。归骑休交银烛候。"杜安世《惜春令》："春梦无凭犹懒起，银烛尽，画帘低垂。"周邦彦《丑奴儿》："寻花不用持银烛，暗里闻香。"李玉《贺新郎》："嘶骑不来银烛暗，枉教人、立尽梧桐影。"陆游《朝中措》："杏馆花阴恨浅，画堂银烛嫌明。"

有时用"银釭"。如欧阳修《玉楼春》："银釭照客酒方酣，玉漏催人街已禁。"阮逸女《花心动》："夜长更漏传声远，纱窗映、银釭明灭。"舒亶《虞美人》："银釭明灭月横斜。还是画楼角送、小梅花。"陆游《蝶恋花》："不怕银釭深绣户。只愁风断青衣渡。"赵长卿《潇湘夜雨》："斜点银釭，高擎莲炬，夜寒不耐微风。"张枢《木兰花慢》："银釭。焰冷小兰房，夜悄怯更长。"

有时叫"华灯"。但这已非寻常灯烛，一般是出现在大场面上。如徐俯《踏莎行》："高歌屡舞莫催人，华筵直待华灯照。"秦观《望海潮》："西园夜饮鸣笳。有华灯碍月，飞盖妨花。"毛滂《蝶恋花》："十二峰云遮醉倒。华灯翠帐花相照。"这是大型集会。王诜《人月圆》："年年此夜，华灯盛照，人月圆时。"刘辰翁《永遇乐》："香尘暗陌，华灯明昼，长是懒携手去。"这是元宵灯会，是户外场景。辛弃疾《西江月》："画栋新垂帘幕，华灯未放笙歌。一杯潋滟泛金波，先向太夫人贺。"这是庆寿场面。

再来看屏风。屏风在先秦时称"扆"，这是一个会意字，其主要功能就是挡风。后来屏风有多种多样的发展，如室内用于分割空间的围屏或吊屏，生活优渥者还有床屏和枕屏。《格致镜原》卷五十三引《器物丛谈》："屏风所以障风，亦所以隔形者也。古者扆之遗象。又床屏施之于床，枕屏施之于枕。"南宋初赵彦卫《云麓漫钞》卷三："绍兴末，宿直中官以小竹编联，笼以衣，画风云鹭鸶作枕屏。"枕屏又叫枕障。张泌《浣溪沙》："枕障熏炉隔绣帏。"周邦彦《大酺》："润逼琴丝，寒侵枕障，虫网吹黏帘竹。"其中的枕障就是枕屏。

宋词出于刻红剪翠的艳科属性，喜欢窥视一些私密场景，所以宋词中写得比较多的是枕屏和床屏。从装饰与美化的修辞角度来看，出现最多的是"银屏"，八十七例；然后是"画屏"，六十七例；"翠屏"，五十八例；"锦屏"，四十九例；其他还有"小屏""绣屏"等。当这数百架华美的屏风迤逦打开时，展现在我们面前的是宋代男女生活中最隐秘的角落。如柳永《洞仙歌》："金丝帐暖银屏亚。并粲枕、轻偎轻倚，绿娇红姹。"欧阳修《蝶恋花》："梁燕语多惊晓睡，银屏一半堆香被。"晏几道《浣溪沙》："床上银屏几点山。鸭炉香过琐窗寒。小云双枕恨春闲。"晏几道《愁倚阑令》："浑似阿莲双枕畔，画屏中。"晁端礼《踏莎行》："银床斜倚小屏风，吴波澄淡春山远。"谢薖《减字木兰花》："风篁度曲。倦倚银屏初睡足。"张孝祥《清平乐》："碧云青翼无凭。困来小倚银屏。"刘镇《阮郎归》："小屏低枕怯更长。和云入醉乡。"蔡伸《小重山》："鸾衾鸳枕小屏山。人如玉，忍负一春闲。"吴则礼《减字木兰花》："白露沾衣。始是银屏梦觉时。"楼采《法曲献仙音》："梦到银屏，恨裁兰烛，香篝夜阑鸳被。"赵师侠《永遇乐》："酡颜鬓发，春愁无力，困倚画屏娇软。"卢祖皋《夜行船》："十二银屏山四倚。春醲困、共篝沉水。"在这些词中，哪些是床屏，哪些是枕屏，也许很难分辨，而它们共同的特点就是属于女性最隐秘的生活空间，也是男欢女爱种种故事的发生地。

因为屏风与绣床相近相依，宋词中常用屏风来做情爱色欲之暗示。如柳永《引驾行》："消凝。花朝月夕，最苦冷落银屏。"杜安世《河满子》："年年依旧无情绪，镇长冷落银屏。"这里感慨冷落的当然不是屏风，而是银屏后遮蔽的美女娇娃。又晏殊《清平乐》："双燕欲归时节，银屏昨夜微寒。"所谓"银屏微寒"，实际是自怜幽独。又如曾布《水调歌头·排遍第二》："瞥见红颜横波盼，不胜娇软倚银屏。"也是把银屏与红颜娇软联系在一起。至于胡翼龙《鹧鸪天》："六曲银屏梦隔云。半分鸾影匣生尘。"李甲《幔卷绅》：

"对一盏寒灯,数点流萤,悄悄画屏,巫山十二。"写到屏风便想到巫山神女之梦,其象征意味就更明显了。

在宋词的艺术世界中,女性的居处环境是描写最多的独特空间。从居所外观的小楼、小阁,到内部的一应陈设,都集中地体现出宋词的唯美追求。这里门不叫门,叫"朱户""绣户""洞户"。窗叫"小窗""绿窗""琐窗""绮窗"。台阶叫"玉阶""瑶阶"。砌叫"玉砌""香砌"。帘叫"珠帘""绣帘""重帘""画帘""珠箔"。帐幕叫"翠幕""罗幕""玉帐""锦帐"。炉叫"金炉""玉炉"。枕叫"玉枕""凤枕"。帐钩叫"银钩""玉钩"。总之和美人相连相伴的物事,都必须是美的。连台阶都能是香阶玉砌,还有什么物事不可以美化呢。所以在《全宋词》中,"金""银""玉""锦"之类字样成千上万,这里之所以不把统计数字列举出来,是因为词调名中也有很多"金""银""玉""锦",剔除统计不易。但凭感觉推导,还是"玉"的修饰功能最为强大,因为不仅有"玉屏""玉阶""玉炉""玉钩",连人也可以是"玉人",甚至不限女性。相比较来看,类似的语词唐诗中也出现过,但比宋词中要少得多。如果考虑唐诗五万首和宋词两万首的总数背景,二者的反差就更明显了。

三、软语增媚

说到软语,人们很容易想到"吴侬软语"的说法,这种联想确有可取之处,因为吴地多词人,词的语体风格也与太湖周边烟雨连绵的景致天然相合。所谓"软语温存",柔情曼声,亦皆与吴文化性分相近。古园林专家陈从周先生《吴门杂咏》诗云:"吴音软语糯留人。"[1]这个"糯"字大有意趣,移用于评词亦天然相合。盖糯者既软且甜,颇能代表吴地文化性格,而甜言软语也自是一种习惯说法。

---

[1] 陈从周:《山湖处处:陈从周诗词集》,浙江人民出版社1985年版,第48页。

软语也是女性化的言语特色。宋词中出现的软语之例，除了呢喃燕语，就是女性的声音。如向子諲《生查子》："斜窥秋水长，软语春莺近。无计奈情何，只有相思分。"这里"秋水"指女子秋波，"软语"即女子如莺啭之细语。又如赵长卿《柳梢青》："甜言软语，长记那时，萧娘叮嘱。"辛弃疾《西江月》："何处娇魂瘦影，向来软语柔情。"蒋捷《贺新郎》："深阁帘垂绣。记家人、软语灯边，笑涡红透。"这些词中的"软语"之人，即赵长卿词中的萧娘、稼轩词中的阿卿、蒋捷词中的"笑涡红透"者，当然都是妩媚多情的青春女性。

软语不仅与硬语相对，同时亦带有性感意味。盖软语近多情，近缱绻，近妩媚，近婀娜，亦近性感。如"人人"，不是每个人的意思，是特指所昵爱的女人，在长于刻红剪翠的柳永词中出现最多最频。如《两同心》："那人人，昨夜分明，许伊偕老。"《浪淘沙令》："有个人人，飞燕精神。"《少年游》："淡黄衫子郁金裙。长忆个人人。"《长寿乐》："罗绮丛中，笙歌筵上，有个人人可意。"在其他人词中也经常出现。如张先《木兰花》："尊前有个好人人，十二阑干同倚遍。"欧阳修《解仙佩》："有个人人牵系，泪成痕，滴尽罗衣。"周邦彦《红窗迥》："有个人人，生得济楚，来向耳畔问道，今朝醒未。"

又如"个人"。《中国词学大辞典》解作"那人"，《〈全宋词〉语言词典》解作"那个人"，不确。比如在李清照、朱淑真、魏夫人等女性词中，就没有"人人"的这种用法，也没有男性词人称另一位男性为"人人"。可知"个人"虽然是那个人，但却是特指而不是任指，只能指女性，甚至只能是男性眼中所昵爱之女性。可以想见，当词中提到"个人"时，其眼底心中，是带有某种爱欲或情色意味的。如晏几道《菩萨蛮》："个人轻似低飞燕。春来绮陌时相见。"黄庭坚《归田乐引》："对景还销瘦，被个人，把人调戏，我也心儿有。"张耒《减字木兰花》："个人风味，只有江梅些子似。"周邦彦《瑞龙吟》："因念个人痴小，乍窥门户。"蔡伸《愁倚阑》："恰似个人鸳被里，玉肌香。"这些词中的"个人"，均指男性所昵爱的女性。

又如"伊""伊家","侬""侬家"之类,宋词中也比较多。这显然不是因为吴语方言的原因,因为用"伊""侬"的未必是吴语区人。追根溯源,应该和乐府诗的影响有关,但在宋词中用得更普遍。如张先《减字木兰花》:"只恐轻飞,拟倩游丝惹住伊。"晏殊《菩萨蛮》:"人人尽道黄葵淡。侬家解说黄葵艳。"欧阳修《洞仙歌令》:"便直饶伊家总无情,也拼了一生,为伊成病。"苏轼《南歌子》:"簟纹如水玉肌凉。何物与侬归去、有残妆。"晁端礼《金盏子》:"想伊家、应也背着孤灯,暗弹珠泪。"陆游《鹧鸪天》:"人间何处无春到,只有伊家独占多。"吴礼之《谒金门》:"料得伊家情眷眷,近来长梦见。"利登《过秦楼》:"料想伊家,如今羞傍琴窗,慵题花院。"这些词中的"伊"或"伊家",不只是一般的人称代词,而是男女恋人之间的指称,读来别有一种亲昵或狎昵的情调。

又如"阿谁"。唐诗中也有,但宋词中更多。其语义就是谁,哪个人,但用"阿谁",不仅是增加词头变成双音词,而且语调意味变得更柔软而风流。如柳永《少年游》:"试问伊家,阿谁心绪,禁得恁无憀。"欧阳修《玉楼春》:"未知心在阿谁边,满眼泪珠言不尽。"晁端礼《临江仙》:"阿谁教你惜人深。一成迷后,不望有如今。"陈师道《木兰花减字》:"风柳腰肢。尽日纤柔属阿谁。"僧祖可《小重山》:"桃李小园空。阿谁犹笑语,拾残红。"吕渭老《浣溪沙》:"逐伴不知春路远,见人时著小词招。阿谁有分伴吹箫。"毛滂《浣溪沙》:"银字笙箫小小童。梁州吹过柳桥风。阿谁劝我玉杯空。"许棐《浣溪沙》:"方向柳边揉碧缕,又从花畔并红腮。不知凝待阿谁来。"这些词中的"阿谁",大都不是疑问词,而是明知故问,因而增加了几许波峭或妩媚。

思考题

1. 关于婉约与豪放两种词风,本章认为可以分正变,但不可以此论优劣,你以为如何?
2. 除了本章举例分析的婉约词技法之外,你认为还有哪些词中常用的表现手法?
3. 关于词的修辞特点,可结合阅读《詹安泰词学论稿》之《论修辞》一章,看看唐诗与宋词的辞格异同。
4. 从宋词选本中随意选抄一首词,自己动手查阅工具书,先为词做注释,然后从思想内容到艺术特色进行分析,写一篇鉴赏文章。
5. 从唐诗、宋词、元曲中各选一首同题材的作品,比较诗、词、曲不同的手法与风格。

延伸阅读书目

1. 施蛰存：《词学名词释义》，中华书局1988年版
2. 吴丈蜀：《词学概说》，中华书局1983年版
3. 吴熊和：《唐宋词通论》，浙江古籍出版社1989年版
4. 叶嘉莹：《唐宋词名家论稿》，河北教育出版社1997年版
5. 沈祖棻：《宋词赏析》，上海古籍出版社1980年版
6. 邓乔彬：《唐宋词美学》，齐鲁书社2004年版
7. 杨海明：《唐宋词美学》，江苏教育出版社1998年版
8. 龙榆生：《唐宋名家词选》，上海古籍出版社1980年版
9. 《唐宋词鉴赏辞典》，上海辞书出版社1988年版
10. 刘熙载：《艺概》，上海古籍出版社1978年版
11. 王国维著，徐调孚校注：《人间词话》，中华书局2015年版
12. 唐圭璋编纂，王仲闻参订，孔凡礼补辑：《全宋词》，中华书局1999年版
13. 唐圭璋辑：《词话丛编》，中华书局1986年版
14. 龙榆生编撰：《唐宋词格律》，上海古籍出版社1978年版
15. 王兆鹏、刘尊明主编：《宋词大辞典》，凤凰出版社2003年版